「目指すは、ルブフェーラ公爵家が統べる王国西都！」
アレンの義妹
カレン
少数民族である狼族の少女で、種族差別が残る中、実力で王立学校の生徒会副会長に辿り着いた優等生。アレンが連れ去られた東都を
続けるが——!?
公女殿下の家庭教師 7
Tutor of the His Imperial Highness princess

「射・程・内でございます☆」
リンスター家のメイド長
アンナ
リンスター家に仕えるメイド長であり、公爵夫人であるリサの片腕。オルグレンに攻められる東都に到着し、カレンとリチャードを助ける。

「あまり、酷いことはしないようにね」
——ここに『死神』が降臨した。

謎の幼女
アトラ
四英海の遺跡でアレンが出会った謎の幼女。彼を遺跡の奥底へと案内する。

公女殿下の家庭教師
アレン
魔法の制御においては余人の及ばぬ領域にありながらも、己の実力に無自覚な青年。精霊教に連れ去られ、四英海にある謎の遺跡に幽閉されてしまった。
「助けられたんだから、今度は僕がどうにかしないとな」

「――いきます！」
ハワード公爵家長女
ステラ
ティナの姉にして王立学校の生徒会長。アレンの指導の下、自分に自信を取り戻した、次期ハワード公爵。

光と氷の複合浄化魔法——
『清浄雪光』を全力発動。
白蒼の雪が空から、
ロストレイの地に降り注ぎ——
汚れを浄化していく。
「ん！」
勇者
アリス
長い白金髪で、人形の如き美貌を持つ少女。『勇者』の称号を受け継ぎ、各国上層部からは恐れられている。人間の争いには基本関与せず、『世界』の敵にのみ、その剣を振るう。

一緒にお風呂に入りましょう！」
はいからメイドさん
リンスター公爵家メイド隊第3席。普段はちゃらんぽらんだが、非常な才覚を持つ。どうやら『御嬢様』と呼ばれる身分のようだが……

CONTENTS

Tutor of the
His Imperial Highness princess

公女殿下の家庭教師7
先導の聖女と北方決戦

七野りく

ファンタジア文庫

3029

口絵・本文イラスト　cura

公女殿下の家庭教師7

先導の聖女と北方決戦

Tutor of the His Imperial Highness princess

The leading saint in
the northern final battle

Character
登場人物紹介

公女殿下の家庭教師／
剣姫の頭脳

アレン

ティナたちの家庭教師。本人に自覚はないが、魔法の扱いは常識外れの優秀ぶり。

王立学校生徒会
副会長

カレン

アレンの義妹。しっかりものだが意外と甘えたがり。ステラとフェリシアとは親友同士。

王国四大公爵家（北方）ハワード家

ハワード家・
次女

ティナ・ハワード

アレンの授業によって才能を開花させた少女。王立学校に首席入学。

ハワード家・長女／
王立学校生徒会会長

ステラ・ハワード

ティナの姉で、次期ハワード公爵。真面目で人一倍頑張り屋な性格。

ティナの専属メイド

エリー・ウォーカー

ハワード家に仕えるウォーカー家の孫娘。ケンカしがちなティナとリィネの仲裁役。

王国四大公爵家（南方）リンスター家

リンスター家・長女／
剣姫

リディヤ・リンスター

アレンの相棒。奔放な性格だが、魔法も剣技も超一流のお嬢様。

リンスター家・
次女

リィネ・リンスター

リディヤの妹。王立学校に次席入学。主席のティナとはライバル同士。

プロローグ

「――つまり、我等《われら》は勝ちつつあるのだな？」

「そういうことです。グラント兄上」

義挙《ぎきょ》――現ウェインライト王家に対する謀叛《むほん》開始より十日。

東都郊外《こうがい》の森林地帯、オルグレンの山荘《さんそう》内隠《かく》し部屋に集まったのは、私、グラント・オルグレン公爵《こうしゃく》と二弟《てい》のグレック。その右腕《みぎうで》であるレーモン・ディスペンサー伯爵《はくしゃく》。そして、貧弱《ひんじゃく》な身体《からだ》付きで灰色ローブ姿の三弟グレゴリー。

戦況《せんきょう》報告の為《ため》、王都から、飛竜《ひりゅう》にて一時帰還《きかん》したばかりのグレックの顔は自信に満ち溢《あふ》れていた。指揮棒を振《ふ》るい、机上《きじょう》の王国全域図を指し示す。

「我《わ》が軍は王都及び王国中央地帯を抑《おさ》えることに成功しました。やはり、既存《きそん》の制度を崩《ほう》壊《かい》させかねない、昨今の王家の姿勢に懸《け》念《ねん》を持っている者は多かったのです！　東都より王都へ移送された、ジェラルド・ウェインライトも確保致《いた》しております。最早《もはや》、喋《しゃべ》れもしませぬが、傀儡《かいらい》の王としては使えましょう。そして」

指揮棒が南と北を叩《たた》く。

「リンスターとハワードについても吉報《きっぽう》が届いております。数日前、国境沿いにて、両家は侯国《こうこく》連合及《およ》びユースティン帝国《ていこく》と交戦へ到《いた》った模様です。第一報によればリンスターは緒戦《しょせん》に敗北を喫《きっ》し守りを固め、ハワードはガロアの地より兵及び住民を引き揚《あ》げつつあるとのこと！　兄上、好機ですぞ！　早急《さっきゅう》に王都進出を‼」

「うむ！」

脳裏《のうり》に玉座へと座《すわ》る、自分の姿が浮《う》かんできた。

実際に座るは傀儡のジェラルドだろうが……実質的には、この私が王に。

「――お待ちを。グラント兄上、グレック兄上」

視線を向けると、三弟のグレゴリーが地図を覗《のぞ》き込んでいた。

自分の提案を邪魔《じゃま》されたグレックが不機嫌《ふきげん》そうに問う。

「……何だ？　言いたいことでもあるのか？」

「はい。三点程」

青白く細い指が王国西方に触れた。

「一点目。我等はジェラルド以外の王族を捕《と》らえ損《そこ》ねました。更《さら》に西方にはルブフェーラと西方諸家、そして——王国騎士《きし》団主力が健在です」

「……………ちっ」

グレックが不快そうに舌打ち。王族は王都で確保することとなっていたが、近衛《このえ》騎士団と王族護衛隊の激しい抵抗《ていこう》によって失敗していた。

「そんなことは分かっているっ！　だが、王には間違《まちが》いなく手傷を負わせた。加えて——西方は絶対に動かん！　魔王戦争以降の二百年、ルブフェーラ公爵軍も王国騎士団主力も不動なのだ！」

「はい。その通りです。西方が下手に動き防衛能力が低下すれば」

グレゴリーの指が再度、地図上を動き、西方国境沿いの大河で止まった。

人族にとって、忘れえぬ最終決戦の地——『血河《けつが》』。

『聖地』奪還《だっかん》と魔王討伐《とうばつ》が夢と消え、苦い敗北の記憶《きおく》のみが残る場所だ。

三弟が淡々《たんたん》と指摘《してき》する。

「……魔王が東征《とうせい》を再開する可能性もあります」

「ならば！」

グレックがグレゴリーの言葉を遮《さえぎ》る前に、話が続く。

「しかし、それは王と王族を捕らえた場合です。情報によれば、西都へ落ちた、と。ルブフェーラはともかく、王国騎士団が動く可能性はあると……」

「……だが、全騎士団ではあるまい。一部ならばどうにでもなるっ！」

グレックが苛立《いらだ》たしそうに、拳《こぶし》で地図を打つ。

……王と王族を捕らえることが出来なかったのは、誤算だった。三弟を視線で促《うなが》す。

東都において、この貧弱で下賤《げせん》の血が流れている弟は何度か有益な指摘をしてきた為、以前よりは評価を上げている。どんな駒《こま》であっても指し手次第《しだい》よ。

「二点目。リンスターとハワードの件です」

「……どちらも同地から逃《に》げて来た、複数の飛竜便とグリフォン便から得た最新情報だ。聖霊《せいれい》騎士団経由の情報でも両家が戦端《せんたん》を開いたのは確認《かくにん》されているっ！」

事前情報では『侯国連合、ユースティン帝国内の同志の策により、領土奪還へ舵《かじ》を切った。旧領回復後は軍を停止する』ときている。欺瞞《ぎまん》とは考えにくい。

グレゴリーが自信なげに疑問を呈《てい》した。

「両公爵家が戦端を開いたのは事実と思うのですが、……王都への情報伝達、届くのが早過ぎる、と思いませんか？」

「どういうことだ？」

私は地図に目を落とす。王国東部及び王都に到るまで味方を示す紫《むらさき》の駒が多数。王都周辺にある他の駒は未《いま》だ旗幟《きし》を鮮明《せんめい》にしていない、クロム、ガードナー両侯のみ。北・南・西には敵を示す蒼《あお》・赤・翠《みどり》の駒。三公爵家だ。

更に北方のユースティン帝国、南方のアトラス、ベイゼル両侯国、西方の魔王軍に透明《とうめい》な駒。ユースティンと両侯国とは聖霊騎士団を介《かい》した同盟状態だと言える。

この戦況図だけを眺《なが》めてみれば、我等の絶対優勢としか思えぬ。グレゴリーが呟《つぶや》く。

「現在、各公爵家は連絡網《れんらくもう》を寸断されています。その状況下で王都にだけ迅速《じんそく》に情報が齎《もたら》されるのが不思議で……」

グレックが一笑《いっしょう》に付した。

「そんなことか。相手は侯国連合と帝国なのだぞ？　兵力差は軽く数倍はあろう。数は全てを解決する！　そうであろう、レーモン？」

黙《だま》って議論を聞いていたレーモンが同意した。

「はい。当然ですが、情報は複数の筋より当たっております。それらをまとめますと、『ハワード、ガロア地区放棄《ほうき》を決定』『リンスターの先手敗北』としかなりません」

「………申し訳ありません」

三弟はグレックへ素直《すなお》に頭を下げた。二弟は鼻を鳴らし、勝ち誇《ほこ》った。

確かに展開が早過ぎる。

だが、王国の南と北、そして西方の大半も動かぬのならば……私は三弟へ聞いた。

「グレゴリー、三点目は何だ？」

「はい。……未だ東都の大樹制圧が終わっていない点です」

グレックが驚《おどろ》いた顔をし、私を見た。

「兄上、どういうことですか？　東都の敵は少数の近衛と、東都の一区画を占有《せんゆう》していた傲慢《ごうまん》な獣《けもの》達だけであった筈《はず》。十日間も耐《た》えられる筈が！」

私は義挙当日、リンスターの長子と獣、そして獣擬《けものもど》きと刃《やいば》を交えたことを思いだす。

腕組みをし、不快感に耐えながらも東都の戦況を説明する。

「……リチャード・リンスターと近衛騎士団。敵ながら中々大したものだ。大樹前の大橋半ばまでは押したが、未だ頑強《がんきょう》に抵抗しておる」

グレックが声を潜《ひそ》めた。

「……大樹権益の一部引き渡《わた》しは聖霊騎士団との約定。早めに策を講じませんと、戦後、聖霊教と我等との関係に罅《ひび》が入りかねませぬ……」

獣人族《じゅうじん》は長く東都の大樹を不当に独占し、莫大《ばくだい》な利権を手にしてきた。

それを我等、人族の手に取り戻《もど》すのは勿論《もちろん》だが、参陣《さんじん》してくれた聖霊騎士団にも渡さねばならない。

あまり戦況を長引かせるのはまずい。私は二弟と視線を合わせた。

「グレック。王都が片付いたのならば、『紫備え《むらさきぞな》』を東都へ戻しても構わぬな？　近衛を殲滅《せんめつ》し、まずは聖霊教との約定を果たす」

二弟とレーモンが懸念を伝えて来た。

「……『紫備え』を率いるハーグ・ハークレイは危険な男ですぞ？」

「『紫備え』も老ハークレイの子飼い。反旗を翻《ひるがえ》し東都にいるヘイグ・ヘイデン率いる公爵家親衛騎士団に加えてザウル・ザニの軍と合わされば、少々厄介《やっかい》かと……」

「ハーグもヘイデンもザウルも所詮《しょせん》は古き者よ。私が公爵家の証《あかし》である『深紫《しんし》』を継承《けいしょう》した以上、あの老人達はオルグレンを裏切らぬ」

脇《わき》の椅子《いす》に立てかけてある魔斧槍《まそうふ》を見つつ自信を持って言い放つ。

――私は既《すで》に公爵家を継承した。私こそがオルグレン公爵なのだ！

義挙決行前、盛った毒によりベッドで力なく横たわる愚父《ぐふ》――貴族の既得《きとく》権益削減《さくげん》を『実力主義』の名の下《もと》、推《お》し進めたウェインライト王家を擁護《ようご》し続けた哀《あわ》れなギド・オルグレンへ私は最終報告をした。

すると、愚父は寂《さび》しそうにこう告げてきた。

『……馬鹿な真似《まね》はやめよ、グラント。そのようなことをすれば……我が家は、恩知らず、恥知《はじし》らずとそしりを受け続けよう。血河の地で我等の父祖が何を仕出かしてしまったのかを思い出せ』

……本当に愚《おろ》かな父だ。二百年前の出来事に縛《しば》られ続けるとは。

獣人族に恩義……まして『古き誓約《せいやく》』を履行《りこう》する義務など、そもそもないっ！

資料を読む限り『先手、些《いささ》か敗北』程度ではないかっ！

最早、意識もあるまいが精々見ているがいい。

私が――グラント・オルグレンが王国を統《す》べるのをなっ!!!

私はグレックとレーモン、そしてグレゴリーへ告げる。

「大樹での近衛騎士団と獣共の無駄《むだ》な抵抗を除けばほぼ想定通りだ。小さな棘《とげ》をまずは抜《ぬ》き、その後で反抗する諸勢力を各個撃破《げきは》することとしよう」

「「はっ！」」「グラント兄上……そ、その……もう二点だけよろしいですか？」

「……何だ」

「ギルのことなのですが……」

「敵対しなければ殺さぬ。『光盾《こうじゅん》』の残滓《ざんし》が込《こ》められし短剣《たんけん》は回収し、飼い殺しにせよ」

忌々《いまいま》しい末弟《まってい》――父に可愛《かわい》がられ、内々には『次期オルグレン公爵候補筆頭』という評すらあったギル・オルグレンは当初、義挙《ぎきょ》には関与《かんよ》していなかった。私が送り込んだ諜《ちょう》報《ほう》員コノハの案により、軟禁《なんきん》させていたのだ。

ギルと『剣姫《けんき》の頭脳』は、大学校での先輩《せんぱい》、後輩の関係。

そして、あの獣擬きは異名通り『剣姫』リディヤ・リンスターと近しい。

深く関与させれば事前にリンスターへと情報が漏洩《ろうえい》する可能性もあった。

そんな末弟を厄介な獣擬きにぶつける――そう言い出したのはグレゴリーだった。

『ギルは随分《ずいぶん》、あの男を慕《した》っているようです。面白《おもしろ》い趣向《しゅこう》ではありませんか？』

……我が弟ながら恐《おそ》ろしいことを考えおる。

ギルへどう伝えたかは知らぬが……結果として、末弟は獣擬きを打ち倒《たお》した。

ここまで関与した以上、最早《もはや》、謀叛《むほん》を起こすまい。

「了解《りょうかい》しました。もう一点なのですが……ディスペンサー伯《はく》」

「……何でしょうか？」

レーモンが怪訝《けげん》そうにグレゴリーへ目線を向ける。

「兵站《へいたん》に関して問題はありませんか？」

「……特には。グラント公爵殿下《でんか》発案の鉄道による兵站戦維持《いじ》は素晴《すば》らしい！」

「そうですか……」

グレックがグレゴリーに厳しい口調で詰《なじ》った。

「……グレゴリー。貴様、もしや、兵站に問題あり、とでも言いたいのか？」

「い、いえ、滅相《めっそう》もありません。少しばかり気になっただけのことで。申し訳ありませんでした。グラント兄上、私からは以上——……些事《さじ》ですが、もう一点、ございました」

「……グレゴリー」

三弟は慌《あわ》てて両手を何度も振《ふ》り、早口でこう告げた。

「例の獣擬きなのですが私の方で回収を……ヘイデン、ザウルには話しておりません」

「……真《まこと》に些事だな」「……貴様の好きにせよ」

私とグレックはほぼ同時に、グレゴリーの発言を切って捨てた。

……獣擬きは私の手で罰《ばっ》しても良かったが。

あからさまに安堵《あんど》の表情を浮《う》かべた三弟に、確認しておく。

「……あのような者、何に使うのだ？」

「ふふふ……そんなの決まっているじゃありませんか？」

肌《はだ》に寒気が走った。な、何だ？　目の前の三弟は普段《ふだん》通りの笑《え》みのままだ。

「獣を使ってすることなんて、一つしかありません。――ちょっとした実験ですよ」

＊

秘密会合が終わった隠《かく》し部屋に私が入ると、グレゴリー坊《ぼっ》ちゃまは一人、地図上の駒を右手で動かし、左手で聖霊教の印をぞんざいに弄《いじ》っておられた。静かに声をおかけする。

「――坊ちゃま」

「イト……嗄《しわが》れた声を出すのは止《や》めろ。外見も戻せ。不快だ」

「……申し訳ありません」

部屋には私達しかいないので、坊ちゃまの口調はぞんざいだ。

私は声と外見を本物のそれに戻す。顔や首、手の皺《しわ》が消え、身長も更《さら》に縮む。灰色フードも取り坊ちゃまの傍《そば》へ。濃《こ》い黒と灰の入り混じる前髪《まえがみ》が鬱陶《うっとう》しい。

坊ちゃまが地図に視線を落としたまま、尋《たず》ねてこられた。

「首尾《しゅび》は？」

「こちらを」

手に入れた資料――王都における、叛乱《はんらん》軍の兵站状況を示した物をお渡しする。

乱暴に資料を受け取られた坊ちゃまは私が栞《しおり》を挟《はさ》んでいた箇所《かしょ》を素早《すばや》く確認。後方の椅子に腰《こし》かけ、持っていた透明の硝子駒《ガラスこま》を弄りながら吐《は》き捨てられた。

「……こんなことじゃないか、と思っていた。王都の連中は何日持つ？」

「このままの状況が続けば……一ヶ月程度かと」

——王都は食料を何も生み出さない都市だ。

自給出来るのは精々水のみ。食料等は他地域からの供給が絶対に必要となる。

それ故《ゆえ》、戦前、グラントは『鉄道を用いての兵站維持』を掲《かか》げていたのだが……。

「所詮《しょせん》、机上《きじょう》の空論だな。汽車の定期運行も、物資の荷下ろしも、配分も、何もかもが上手《うま》くいっていないとは！　挙句、東都と王都の駅では集積した食物が配分出来ずに腐《くさ》っている、と。グレックの馬鹿はそれを報告出来ずにいるわけか」

「大商人達の多くは協力を拒絶《きょぜつ》しています。トレット家当主が裏で『叛乱は必ず失敗する』と触《ふ》れ回っているそうです。また、王都周辺では多数の偵察《ていさつ》部隊が未帰還《みきかん》になる事案も多発。線路、信号等への破壊《はかい》工作も行われ、状況は日々悪化しております」

「モミジ・トレットを捕《と》らえた弊害か。工作は公爵《こうしゃく》家が潜入《せんにゅう》させた工作部隊だろう。だが、グラントの頭の中には汽車関連の設備を維持する、なんてものはない。中小の商人達だけで、十万を超《こ》える軍隊と王都の住民達への物資供給……不可能だな」

坊ちゃまが資料を机に放り投げた。頁《ページ》が捲《めく》れ、登用する商人候補の名前が目に入る。

ルパード伯推挙。『エルンスト・フォス』。

硝子の駒と聖霊《せいれい》教の印を同時に弄られ、坊ちゃまが苛立《いらだ》たしそうに足を組まれた。

「……事前の想定よりも馬鹿共の敗北は早そうだ。ハワードとリンスターの情報は？」

「両家とも敵軍と相対しているのは間違《まちが》いないようです。ルブフェーラは」

「西は動かない。意味のないことで僕の時間を使わせるな」

「申し訳ありません」

素直《すなお》に頭を下げる。確かに、単なる叛乱ならば、ルブフェーラ公爵家を中心とする西方諸家が動くとは思えない。

坊ちゃまが独白される。

「『剣姫の頭脳』はレフが『炎魔《えんま》』の鍵穴《かぎあな》へ放り込んだ。後は鍵を開くか開かないか……。大樹も『紫備え』が戻れば落とせる。金と地位で転ぶ獣は扱《あつか》いやすくていい。聖霊教の連中は王都の大樹と王宮書庫を押さえた。得るべき物を回収出来たのなら此処《ここ》にいる意味はない。ギルは面白い素材になる。『深紫』はグラントにくれてやる。あの程度の玩具《がんぐ》、愚物《ぶつ》にお似合いだ。レフが回収し弄っている例の男の実戦実験もしないと。もし『炎魔』の資料を得られれば、僕は世界一の魔法士になれる。レフを呼び戻し今後を――」

こうなった坊ちゃまは、戻って来られるまで時間がかかる。

――王国東北部に位置し、大陸最大の塩湖である四英海《しえいかい》の小島へ赴《おもむ》いているレフ。

数年前、坊ちゃまが聖霊教の教皇領へ赴かれた際、出会い、此度《こたび》の計画に深く関与している『使徒』を自称《じしょう》する虚栄心が強く胡散臭《うさんくさ》い男。表面上、味方の振りをしているが、裏で何をしているのか分かったものじゃない。

『聖霊教も、薄気味悪《うすきみわる》い聖女も、全てが僕の『駒』だ！　レフは同志だけどな』

私の可愛い可愛い坊ちゃまは賢《かしこ》い。大概《たいがい》の事は見通されている。

ですが、坊ちゃま？　単なる叛乱劇ならば西方は動かないでしょう。

けれど……

「ルブフェーラも西方の家々も、そして――……我《わ》が懐《なつ》かしき故郷の魔族達も『流星』を、彼との『古き誓約』を忘れてはいないのですよ……？」

私の小さな小さな呟《つぶや》きに坊ちゃまは反応されず、ただただ考え込まれている。

そんな幼い頃《ころ》と全く変わらない主《あるじ》を、私はずっと眺《なが》め続けていた。

第1章

「嘘《うそ》ですっ！！！！！　先生が……アレンが死地に残られて、大樹へ帰還されなかったなんて……そんなの信じられませんっ！！！！！」

王国北都郊外《こうがい》。ハワード公爵家屋敷。

その執務室《しつむ》に私の妹であるティナ・ハワードの悲鳴が響《ひび》き渡《わた》った。

小さな身体《からだ》は震《ふる》え、薄く蒼《あお》みがかった白金髪《はっきんぱつ》と後ろ髪につけている純白のリボンは漏《も》れ出た魔力で浮かびあがっている。

「……ステラお姉ちゃん……」

私の左隣《ひだりどなり》に立っていたメイド服姿の少女――ティナの専属メイドで、私にとっては妹同然のエリー・ウォーカーも身体を震わし、瞳《ひとみ》に涙《なみだ》を溜《た》め、左腕《ひだりうで》に抱《だ》き着いて来る。

「……エリー、大丈夫《だいじょうぶ》よ。ティナも落ち着いて。まずは話を聞きましょう？」

「…………」「…………はい」

妹達を優《やさ》しく諭《さと》す私の心中にも……大嵐《おおあらし》が吹《ふ》き荒《あ》れている。

ティナとエリーがいなかったら泣き叫《さけ》んでしまってもおかしくない程《ほど》に。

……アレン様！　……アレン様‼　……アレン様っ‼

椅子《いす》に腰かけている薄蒼髪の偉丈夫《いじょうふ》──私とティナの父であるワルター・ハワード公爵が、東都から駆《か》け付け、戦況《せんきょう》について報告をしてくれた女性近衛騎士《このえきし》ケレリアン・ケイノスを促した。

「……報告を続けてくれ」

「……はっ！」

片膝《かたひざ》を床《ゆか》につけ頭を下げている傷だらけの女性近衛騎士は、瞑目《めいもく》し報告を再開した。

「私達は東都新市街より帰還した後、アレン様の行方《ゆくえ》を必死に探《さぐ》りましたが、突《つ》き止めることは出来ず……。その後、『天鷹《てんよう》商会』のグリフォンを手にいれ、私と同輩《どうはい》は東都を脱《だっ》出《しゅつ》。私は北へ。同輩は南へ向かいました。途中《とちゅう》、迂回《うかい》を繰《く》り返した為、到着《とうちゃく》が遅《おく》れましたこと、誠《まこと》に申し訳なく……」

──王国東方を統《す》べるオルグレン公爵家を首魁《しゅかい》とする貴族守旧派の叛乱勃発《ぼっぱつ》から、既《すで》に十日が経《た》った。この間、少しずつ情報は集まってきていて、中でも『西都にて陛下と王族の皆様方《みなさまがた》、御健在《ごけんざい》！』というものは紛《まぎ》れもなく吉報《きっぽう》だった。

叛乱勃発時、王都で『アレン商会』の仕事をしていた友人のフェリシア・フォスが、南都で無事、という報《しら》せにも、心底ホッとしたものだ。

けれど……王都、東都の状況は不明のまま。

御父様《おとうさま》の後ろに佇《たたず》む初老の男性――王国北方の諜報《ちょうほう》を司《つかさど》る執事《しつじ》長グラハム・ウォーカーの分析《ぶんせき》で、『王都の敵軍は停滞《ていたい》している』ということが分かるくらいだったのだ。

御父様の隣に立つ眼鏡をかけている学者風の男性――御父様の盟友であり、王国屈指《くっし》の魔法士の一人でもある教授が額に左手を置き、声を荒《あら》らげられた。

「……やっぱり無茶を……。馬鹿だっ。アレンは大馬鹿だっ!!」

その言葉に私達は反応しようとし――教授を見て黙《だま》り込んだ。

――そこにあったのは、強い悔恨《かいこん》と自らへの憤怒《ふんぬ》。

「一人ならばどうとでもなったのだろうに……名前通り『流星』と同じことをするなんてっ！……ケレリアン嬢《じょう》。リチャードはどの程度、持ち堪《こた》えると？」

『流星』とは、今より二百余年前、人族と魔族とが争った魔王戦争において、獣人《じゅうじん》族を主体とした旅団を率いた狼《おおかみ》族の英雄《えいゆう》。

アレン様の名前はその英雄の名前に因《ちな》んで付けられたと、以前、私の親友で、アレン様の妹でもあるカレンが嬉《うれ》しそうに教えてくれた。ケレリアンが口を開く。

「副長は、『僕等は近衛だ。ハワード公と教授にはそう言えば分かる』と」

「……流石《さすが》はリンスターの公子殿下《でんか》。最後の最後まで抵抗《ていこう》する、と」

「……見事な覚悟《かくご》ではある。けれど、具体的な日にちを言えぬ程、戦局は厳しいか」

教授と父が唸《うな》る。

私は左胸のポケットに忍《しの》ばせている、アレン様から贈《おく》られた蒼翠《そうすい》グリフォンの羽に触れた。……アレン様、カレン。

御父様がグラハムに視線を向けられた。

「帝国《ていこく》南方軍の状況は？」

「準備を整えそろそろ来るようです。数は二十万程度かと」

「に、二十万？」「お、多過ぎます……」「！　ユースティン帝国が……」

ティナとエリーが茫然《ぼうぜん》とし、ケレリアンが顔を蒼くした。

右腕にティナも抱き着いて来た。身体を不安そうに震わせ、前髪も力がない。

私は動揺《どうよう》を表に出さないよう必死に耐《た》える。

駄目《だめ》よ、ステラ。貴女《あなた》まで取り乱したら、ティナとエリーが不安がるわ。

……泣くのは一人になった時でいいんだから。父が教授を見やる。

「状況が変わった。事前計画よりも早く叩《たた》く必要がある」

「手早く片付けよう。帝国軍の兵站《へいたん》と軍紀は良くない。住民の退避《たいひ》はどうだい？」

「既にガロアを治めている副公爵家には伝達済みだ。子供、女性、老人は原則として北都郊外に収容する。シェリーの差配でな」

シェリー・ウォーカー。ハワード公爵家のメイド長で、以前は軍籍《ぐんせき》だったらしい。私も、つい先日までそのことは知らなかった。教授が膝を打たれる。

「はっ！　流石は王国最高の兵站官『統制』シェリー・ウォーカー殿《どの》！　本営は任せてしまおうか。グラハム、そっちは？」

「手始めに『ハワードは帝国軍の大兵に慄《おのの》いている』との流言を帝国との国境付近にて」

「……良《い》い策だ」「最後の最後まで良い気分にさせておこう」

三人はとても怖《こわ》い顔を浮《う》かべ、頷《うなず》かれる。ケレリアンが声を振《ふ》り絞《しぼ》った。

「……ティナ・ハワード公女殿下へと、アレン様よりお預かりした物がございます」

「！　先生が、私に……？」

ティナは涙を袖《そで》で拭《ぬぐ》った。ケレリアンが懐《ふところ》から、汚《よご》れていない畳《たた》まれた白のハンカチを取り出し——妹へ差し出す。手が震えている。

ティナは両手でハンカチを受け取り——ほどいた。妹達が呆然《ぼうぜん》とする。

「……どうして？」「そ、それはティナ御嬢様《おじょうさま》がアレン先生の長杖《ちょうじょう》に付けた……」

──包まれていた物は蒼のリボンだった。

妹がケレリアンを見つめた。近衛騎士は涙を堪《こら》え教えてくれる。

「……アレン様は殿《しんがり》を務められた際、長杖のリボンを外され、こちらを……」

「……先生、が？」

さっき拭った瞳の涙がもう一度溢《あふ》れ、リボンを濡《ぬ》らしていく。

氷華《ひょうか》が室内を舞《ま》い始め小さな渦《うず》を巻き始めた。私とエリーは妹を抱きしめる。

「……ティナ。落ち着いて」「……ティナ御嬢様……」

「……どうして？　……どうして？？　どうして！！！　先生は……アレンは……私を……最後まで……最後まで一緒《いっしょ》に連れていってくれなかったのっっっ！！！！」

ティナが叫び、私の胸に顔を埋《うず》めた。

蒼のリボンが一瞬《いっしゅん》光を放ち、同時にティナの右手の甲《こう》にも薄《う》っすらと大魔法『氷鶴《ひょうかく》』の紋章《もんしょう》が浮かび上がり、氷華《ひょうか》を抑《おさ》え消える。

……もしかして、アレン様は大魔法の暴走を抑える為に魔法を込《こ》められて？

エリーと視線が交錯《こうさく》し、頷き合う。ケレリアンが声を震わす。

「アレン様の言伝《ことづて》がございます。『ティナはきっと泣くから』と」

妹は顔をくしゃくしゃにしながら、ケレリアンを見た。無言で先を促《うなが》す。

近衛騎士は背筋を伸《の》ばした。

「『焦《あせ》らず、丁寧《ていねい》に、落ち着いて。それさえ守れば、君は誰《だれ》にも——リディヤにも負けません。僕はそう信じています』」

「……先生のバカ。…………バカぁ…………」「ティナ……」「ティナ御嬢様……」

私達は三人で再び抱きしめ合う。

「ケイノス、御苦労だった。下がってくれ。この地にいる間は傷を癒《いや》すように」

「……はっ！」

父がケレリアンへ退室を命じ、心底ホッとした様子の女性近衛騎士は部屋を出て行く。

私は泣き続ける妹の背中を撫《な》でながら蒼のリボンへ視線を落とし、次いで教授を見た。

——微《かす》かに頷かれる。やっぱり暴走を抑える魔法式を。

「……御姉様、エリー、もう、大丈夫です……」

ティナは呟き涙を拭い、私達から離《はな》れる。

そして、右手首に蒼のリボンを結び付け――決然と自分の意思を告げた。

「御父様！　お願いがあります。私に――本営の御仕事を手伝わせてくださいっ！」

感情に呼応し氷華《ひょうか》が舞い始めた。けれど、荒々しさはなく、神聖さすら感じさせる。

「ティナ、これは戦《いくさ》なのだぞ？」

「戦場には出ません。『氷雪狼《ひせつろう》』を使えても、私は未熟です。先生に叱《しか》られちゃいます」

――氷属性極致《きょくち》魔法『氷雪狼《ひせつろう》』。

秘伝『蒼拳《そうけん》』と並び、ハワード公爵《こうしゃく》の武を象徴《しょうちょう》する強大な魔法だ。

教授が口を挟《はさ》まれる。

以前、この方は御父様へ『ティナ嬢をシェリーの下につける人事』を提案されていた。

「ティナ嬢は本営で何をしたいのかね？」

「戦域の天候予測を！　あと、車を掻《か》き集めて兵站や行軍に活用します！　どちらも農作物の研究をしていた時に事前研究済みです!!」

「……むぅ」「……ほおおお」「……そんな研究まで？」

御父様が呻《うめ》き、教授が感嘆《かんたん》され、私も口に手を当てて驚《おどろ》く。

「あ、あのっ！」

真剣《しんけん》な表情のエリーが手を挙げ、深々と頭を下げた。

「わ、私も、メイド長の下で御仕事をしたいです！　お願いします！」

「!?　……エリーが自ら言い出すとは……」

グラハムが目を細めた。妹達は背筋を伸ばし、御父様の言葉を待っている。

暫《しばら》くして──ワルター・ハワード公爵は重々しく宣告した。

「……二人が本営に入ることを認めよう。ステラ、お前も同じく」

「私は軍服を着て前線へ参ります」

言葉を遮《さえぎ》り、視線を合わせ希望を口にする。

アレン様には叱られてしまうだろう。でも、本営にいるよりはきっと役に立てる！

──先に視線を外したのは御父様だった。

「………駄目だ」

「御父様っ！　何故《なぜ》ですかっ!?」

けれど、御父様は私に取り合ってくれず決定を各人に通達した。

「教授、私と一緒に前線を見てもらうぞ。グラハム、委細は任せた。帝国の連中に甘い夢を見させてやれ。ティナ、エリー、本営に入るからには力となれ。……ステラ、お前はガロア南部にて、退避してくる住民を慰撫《いぶ》せよ。これはハワード公爵としての正式命令だ」

＊

ハワード公爵家領とガロア地方の間を流れる雄大《ゆうだい》なリニエ河の畔《ほとり》。かつて――王国とユースティン帝国の国境だった地だ。遠方に、蒼竜《そうりゅう》山脈の影《かげ》が微かに見える。

幼い頃《ころ》、父に連れて来てもらったのを思い出す。

『ステラ、憶《おぼ》えておけ。約百年前、侵攻《しんこう》してきた帝国軍を当時のハワード公爵家は果敢《かかん》に迎撃《げいげき》。ガロア南部ロストレイにて決戦を挑《いど》み――勝利を収めたのだ』

私は天を仰《あお》ぎ、雨具のフードを直し、呟《つぶや》いた。

「……雨、止《や》まないわね……」

前方に見える魔王《まおう》戦争以前よりリニエ河にかかる唯一《ゆいいつ》の大橋――『双天橋《そうてんきょう》』も夏とは思えぬ冷雨でぼやけ、この数日の往来で激しく傷《いた》んだ石畳《いしだたみ》の道路も所々、水たまりが出来ている。

北都の本営に道路状態も報告して――頭上に傘《かさ》が差し出された。

振り向くと後方で控《ひか》えていたブロンド髪《がみ》の長身で片眼鏡の青年――夏季休暇中《きゅうかちゅう》だけ、私の専属執事を務めているロラン・ウォーカーが傘を差し出していた。

「ステラ様、馬車の中でお待ちください。住民の方々はもう退避されたのかもしれません」

――東都から凶報《きょうほう》が届いて、今日で三日。

ティナとエリーはハワード公爵家の大会議室に設置された本営へと入った。

御父様と教授は公爵軍と行動を共にし、ガロア北部にて帝国軍と対峙《たいじ》している。

グラハムの動向は不明だけれど、活発に諜報《ちょうほう》活動を行っているようだ。

そんな中、私は――。

「大丈夫《だいじょうぶ》よ、ありがとう。ガロアには汽車も最南端《さいなんたん》のゼーセアまでしか通せていなくて、今は軍用に使ってしまっているのだもの。遅《おく》れているのかもしれないわ。もう少しだけ待ってみましょう」

「…………はい」

不承不承、といった様子でロランが引き下がった。左手で片眼鏡を弄《いじ》っている。

……怒《おこ》らせてしまったかしら？

でも、他人に傘を差してもらうのは――……王都でアレン様と一緒の傘に入った日を思い出し、胸が締《し》め付けられる。

ティナ達には恰好《かっこう》いいことを言ったけれど……私はあの子達よりもずっと弱い。

今だって、本当は何もかもを投げ捨てて、東都へ行きたいっ！

アレン様を、私を救ってくれた『魔法使い』さんを助けたいっ！

だけど――……出来ない。御父様の一言で戦場に出ることも、軍服を着ることも禁じられ、今も雨具の下は王立学校の制服だ。俯《うつむ》き臍《ほぞ》を噛《か》む。

「……私に出来るのは住民の皆《みな》さんへ頭を下げて温かい食事をよそったり、雨具や傘を配ったり、怪我《けが》している人へ治癒《ちゆ》魔法をかけたりくらいなのかもね……」

「……ステラ様」「ステラ御嬢様！　そんなことはありません！」

ロランの声が快活な否定に遮られた。私は顔を上げる。

「……ミナ」

私を注意してきたのは肩《かた》までの亜麻《あま》色髪が外に撥《は》ねている、エリーと同じくらいの背丈《せたけ》のメイドだった。確か年齢《ねんれい》は今年で二十一歳だった筈《はず》だけど、もっと幼く見える。

彼女の名前はミナ・ウォーカー。

ハワード公爵家メイド隊の次席であり、シェリーが荒事《あらごと》から引退した今では実戦部隊の長を務めている。現状は十数名のメイド達と共に私の臨時護衛役だ。

傘を手にしたミナがロランを押しのけるように私の傍《そば》へやってくる。

「……邪魔《じゃま》。相合傘を企《たくら》むな。髪型を変えられている御嬢様の想《おも》いを察しろ。落第点……」「っ！」

……今、ロランの鳩尾《みぞおち》に肘《ひじ》が入った気がしたのだけれど。

副メイド長はよろめく執事《しつじ》を無視し、私へ満面の笑《え》みを向けた。

「この数日間のステラ御嬢様の献身《けんしん》ぶり。住民の皆様方にも届いております。『公女殿下《でんか》』が直接、気遣《きづか》って下さるなんて』と！　満点です♪」

――私達の故国である王国には、東西南北に四つの公爵家が存在している。

各公爵家には建国時の功績故《ゆえ》、王家の血が入っており、敬称《けいしょう》も他国では『閣下』のところ『殿下』となる。私であれば、『ステラ・ハワード公女殿下』という具合だ。

「……誰にだって出来ることよ。ティナも以前、各地を歩き回っていたみたいだし」

この数日、私はガロア南部各地を巡《めぐ》り多くの避難《ひなん》民の人々へ食料を手渡《てわた》し、怪我人を治《ち》療《りょう》しながら、たくさん話をした。すると『ティナ御嬢様はお元気でしょうか？』『御嬢様にいただいた新品種の野菜や果実を育てるのが生き甲斐《がい》で』『帝国《ていこく》の奴等《やつら》に畑を荒《あ》らされても、すぐに再建してみせます！』と、明るく言ってくれる人々に多く出会ったのだ。

表情に出ていたのだろう。ミナが励《はげ》ましてくれる。

「皆様は本当に感激されておられました。間違《まちが》いありません！」

「――ありがとう。こんな時だけどまた会えて嬉《うれ》しいわ。これは嘘《うそ》じゃないわよ？」

私は少しだけ悪戯《いたずら》っ子のように、副メイド長へ微笑《ほほえ》み返した。

ミナの亜麻色髪と身体《からだ》にさざなみが走り、瞳《ひとみ》を大きく見開き、口元を押さえた。

「！　ス、ステラ御嬢様《おじょうさま》、そ、その笑顔は…………ま、満点の満点……」

目にも留まらぬ早さで、控えていたメイド達がその身体を支える。

「副メイド長！」「いけないわ、心の許容量が……」「『興奮しないように！』って、御《ご》自分で仰《おつしゃ》ってたのにっ！」。今日もうちのメイド達は元気だ。少し心が和《なご》む。

「ステラ嬢、楽しそうで何よりだ。ワルターの杞憂《きゆう》だったかな？」

私達は一斉《いっせい》に大橋の方向へ視線を戻《もど》した。黒傘を差し、眼鏡をかけているその男性は、

「教授⁉　父と一緒《いっしょ》に行動されているのではなかったのですか？」

「その公爵殿下に脅《おど》されたのさ。『……ステラの様子を見てこい』ってね。長距離《ちょうきょり》移動は肩が凝《こ》るというのに。ミナ嬢、ロラン坊《ぼう》、皆もすまないが少し外してほしい」

『はいっ！』「……承服しかねます。あと『坊』では……ぐっ！」

ロランの鳩尾にミナの膝《ひざ》が突《つ》き刺《さ》さった。

副メイド長達はロランを引きずり、離れていく。教授が苦笑《くしょう》される。

「相変わらずだねぇ。さて、ステラ嬢。端的《たんてき》に言おう——古都オーインが陥落《かんらく》した」

「⁉」

私は絶句した。オーインはガロア北部の主要都市だ。幾《いく》ら我《わ》が軍が積極的な交戦をしていないとはいっても……帝国軍の動きが早過ぎる。

教授が小さく首肯《しゅこう》された。

「敵総司令官ユージン皇太子が余程《よほど》、やる気に満ちているのか、優秀《ゆうしゅう》な参謀《さんぼう》でもついているのか、敵軍の動きが予想よりも早い。兵站《へいたん》面から見て今後、敵は軍を先鋒《せんぽう》と本隊とに分けるだろう。次の狙《ねら》いは大規模糧食庫《りょうしょくこ》がある中部のメーアかな？」

ハワードはガロアに善政を敷《し》いてきたこともあり、撤退《てったい》に反発は起きていないものの……積極的に戦うべきだったんじゃ。教授が続けられる。

「ワルターとも協議した。方針に変更《へんこう》はない。住民を守りつつ公爵軍は戦機が得られるまで後退する。既《すで》に副公爵軍の半数はロストレイに布陣《ふじん》させ、野戦築城中だ」

戦機を得る。……都合の良《い》い言葉だ。私は教授の目をしっかりと見た。

「――率直《そっちょく》にお尋《たず》ねします。父が私に戦略方針の仔細《しさい》を説明してくれず、軍服を着るのも、戦場へ出るのも禁じているのは……私を信頼《しんらい》してくれていないからでしょうか？」

「君は未《ま》だ十五だ。リンスターならば戦場に出るかもしれないが……」

「ティナとエリーは本営に入っています」

「『安全な本営に入れ』と告げられても拒絶《きょぜつ》しただろう？」

……見透《みす》かされている。

ティナ、エリー、リィネさんの急成長。私の親友であるカレンが持つ才能への嫉妬《しっと》。

『剣姫《けんき》』リディヤ・リンスターを実際に見た際の絶望。

『弱い』と思っていたフェリシアが、私よりも遥《はる》かに『強かった』ことへの焦《あせ》り。

王立学校進学を止めた父への反感と、『次期ハワード公爵《こうしゃく》』という称号《しょうごう》の重さ。

全てに圧《お》し潰《つぶ》されそうになり、路《みち》を見失った私はアレン様と出会い——……救われた。

結果、御父様ともぎこちないながら和解を果たし、こうして北へ帰って来た。

私は以前よりも強くなれた！

……そう、つい最近まで思っていたのに。

黙《だま》り込んだ私に教授が突然《とつぜん》、違う話を始められた。

「ティナ・ハワード公女殿下は『天才』だ。彼女は魔法が使えないままでも、後世の史書に名を残しただろう。エリー・ウォーカー嬢は、『歴代最高にして最強のウォーカー』となる。あの子の亡《な》き御両親を僕はよく知っているんだ。リディヤ・リンスター公女殿下は言わずもがな。彼女はアレンが隣《となり》にいる限り——この世界の何者にも比類し得る」

私は何も答えられない。全て事実だからだ。

「他の子の評はまた別の機会に。さて、ステラ・ハワード公女殿下はどうだろうか？——優秀。なれど、『天才』とは評されず。『氷姫《ひょうき》』の称号も与《あた》えられていない。だがね？ 思い出してほしい。ステラ嬢。君が知る最も素晴《すば》らしい魔法士は誰《だれ》だい？」

「……え？　そ、それは」

脳裏《のうり》に浮《う》かんだのは——私が凶報以来、毎晩、泣きながら無事を祈《いの》っている、誰よりも穏《おだ》やかで優《やさ》しい笑顔だった。

胸に温かいものが満ち、名前を零《こぼ》す。

「……アレン様……」

「僕は彼以上の才覚を持つ魔法士をたくさん見てきたよ。でも、彼は間違いなく大陸最高魔法士の一人となる。何故《なぜ》だか分かるかな？」

この問いならば答えられる。

「決して……決して、何があっても立ち止まらないから……でしょうか？」

王国屈指《くっし》の大魔法士は私の答えを聞き、満足そうに頷《うなず》かれた。

「君とアレンはよく似ている。彼に貰《もら》った新極致《きょくち》魔法と新秘伝、ノートに書かれた魔法群を毎朝毎晩練習しているんだろう？　その時点で——君は『ハワード』たり得ている」

「……有難《ありがと》うございます」

——アレン様と自分が似ている。

叛乱《はんらん》の報が届いて以来、表には出さないようにしていても、荒れ狂《くる》っていた心が落ち着いていく。私は何て単純な女なんだろう。

こうなってしまったのも……全部、全部、全部、アレン様のせいですよ？

この戦いが終わって無事にお助けしたら、いっぱい我が儘《わがまま》……聞いてもらいますから。

「では、今後も一層努力をしようと思います。来年は、カレンと一緒に教授の研究室へ入りたいと考えていますので、よろしくお願いしますね？」

「……待った。待とう。待ちたまえ、ステラ嬢！　な、何も、う、うちの研究室に入らなくても良いのではないかな？　ほ、他にも素晴らしい研究室が――」

「アレン様は何処《どこ》の研究室の御出身でしょうか？　私達はそこへ所属したいと思います」

教授が露骨《ろこつ》に視線を逸《そ》らされる。

「……同じ台詞《せりふ》を何度この数年面接で聞いたか……。うちの研究室の標語を教えておこう。『リディヤ先輩《せんぱい》には絶対的な服従を。アンコさんには心からの敬愛を。アレン先輩に頼《たの》まれたら、一言。はいっ！　よろこんでっ！』だよ？　僕に対する敬意は何処！」

「とても楽しそうな研究室ですね。ますます入りたくなってきました」

私は、くすりと笑う。

教授は、何が面白《おもしろ》いのか？　という顔をされ――破顔された。

「――アレンは死んじゃいないよ。ティナ嬢とリディヤ嬢へリボンを戻したのは彼女達が不安定だからだ。そう言えば、ステラ嬢も羽や二冊目のノートを貰っていたね？」

「私もアレン様がいないと不安ですから。もっともっと、あの方に甘やかされたいです」

教授の反撃《はんげき》に切り返す。自覚はしているし、改めるつもりもない。

きっと、ティナやリディヤさんも同じ――ふと、尋ねる。

「先日の情報、リンスターにも届いているのなら、リディヤさんは……」

「だからこそ急がねば。このままだと王都と東都は――雨が上がりそうだね」

あれ程《ほど》厚かった雲の合間から光が差し込んできている。

大橋の向こうに住民の皆さんが見えた。

「では、僕も戻るとしよう。ステラ嬢、最後に魔法の言葉を渡しておくよ」

「？　何でしょうか」

私は小首を傾《かし》げる。随分《ずいぶん》と心は軽くなっている。もう少しで結論を出せそうだ。

教授はニヤリ、と笑われた。

「迷ったならばこう考えるといい。『アレンなら、こういう時、どうするだろうか？』と。

ロラン坊！　グラハムから伝言だ。『ステラ御嬢様専属執事の任を、この時をもって解く。

『ウォーカー』としての任に復帰せよ』。ミナ嬢、以後は君がステラ嬢の正式な護衛役だ。

――各人、一層の努力を！」

＊

翌日の北都郊外《こうがい》のハワード公爵家屋敷《やしき》。本営が置かれた大広間は殺気立っていた。

公爵家の執事、メイド、兵站士官、各家から派遣《はけん》された者達が机を並べ怒鳴《どな》り合いながら書類と格闘《かくとう》。そして、各地から届く魔法通信や文書を確認《かくにん》し、内容を中央に大きく設置された立体的な戦域図へ色付けされた駒《こま》で反映させていく。

「……戦場ね、ここも。秩序《ちつじょ》は保たれているけれど……」

ガロアから三日ぶりに戻った私はミナを従え、ぽつり、と呟《つぶや》く。

すると、後方から杖《つえ》を突く音と矍鑠《かくしゃく》とした声が聞こえてきた。

「面白き光景！　北都より出向いて正解であったわ。お久しぶりでございます、ステラ様」

「？　エクトル老！」

そこにいたのは、木の杖を持ち蒼《あお》の軍服を着ている小柄《こがら》な老人だった。髪《かみ》も眉毛《まゆげ》も真っ白で、正しく好々爺《こうこうや》といった印象だ。

この方の名前は、ヒューバート・エクトル。

ハワードと共に王国北方を永らく守護しているエクトル侯爵《こうしゃく》家の当主で、歴戦の老将だ。

老人は私を見て目を細めた。

「王立学校での御活躍《ごかつやく》、孫からも聞いております。ハワード公はさぞお喜びでしょう」

「……いえ、そんな」

父から私は未《いま》だ子供扱《こどもあつか》いだ。

茶髪《ちゃぱつ》を短く刈《か》り揃《そろ》え、不愛想《ぶあいそう》で巌《いわお》の如《ごと》き巨軀《きょく》の男性が部屋へ入って来た。私とエクトル老を見て無言で頭を下げてくる。

私は口元に手をあて、エクトル老も片目を器用に大きくされる。

「ブラウナー侯！」「『鋼鉄』の。結局来たのか」

「軍の集結も終わった故《ゆえ》、名高き『統制』の仕事ぶりを拝見しに参った」

男性――『鋼鉄』の異名を持ち、王国きっての防衛戦の名手であるヤボク・ブラウナー侯爵は、淡々《たんたん》と私達へ告げた。両侯爵を目と手で促《うなが》し、歩を進める。

仕事をこなしている各人は私達に気付きながらも、手は止めない。

『儀礼《ぎれい》は不要。我々は兵站を維持《いじ》し、最新情報を将兵へ送り届けるのみ』

という指令が出ているのだ。両侯が中央の立体的な戦域模型を見て、呻《うめ》く。

「ほぉ……」「これは……」

「妹の発案です。『頭の中で全部を考えるのは無理です！』と」

――戦域図には、ユースティン帝国《ていこく》南部から王都近辺までが網羅《もうら》されていた。

山、河、沼地《ぬまち》、湖、谷といった地形。そして分かる範囲《はんい》での現在の天候。

線路と道路。動いている汽車とグリフォンや飛竜《ひりゅう》の数。ガロア最南端《さいなんたん》には車の駒も。

各地にいる味方と敵軍の兵数と部隊指揮官の名前。

過半以上の駒に敵指揮官の名前が書かれた小旗がついている。グラハム達、諜報部《ちょうほうぶ》は敵軍をほぼ丸裸《まるはだか》にしつつあるようだ。両侯が感嘆《かんたん》。

「分かり易《やす》いの」「ここまで精巧《せいこう》な物をよくぞこの短期間で」

「あっ！　御姉様《おねえさま》っ‼　お帰りなさいっ～‼」「ス、ステラ御嬢様《おじょうさま》！」

前方から明るい声が響《ひび》いた。周囲の者達も笑《え》みを零す。

部屋の最奥《さいおう》には三台の机が並び、私から見て両脇《りょうわき》の席に座っていたティナとエリーが、ぶんぶん、と手を振っていた。

ティナの左手首には蒼のリボンが結ばれている。私も小さく振り返す。

中央に座っている眼鏡をかけた初老の女性――開戦以来、古めかしい蒼の軍服を着て髪もおろしたハワード公爵家メイド長にして王国最高の兵站官《へいたん》『統制』シェリー・ウォーカーが顔を上げた。

「ステラ御嬢様、おかえりなさいませ。エクトル、ブラウナー両閣下、此度《こたび》、このような仕儀と相成り、臨時兵站総監《そうかん》を拝命致《いた》しました。何かあらば仰《おっしゃ》ってくださいますよう」

「ただいま、シェリー」「『統制』の差配に文句なぞないのぉ」「……有難《ありがた》く」

私達はそれぞれシェリーに答えた。

――机上《きじょう》には、堆《うずたか》く書類の山がそびえ立っている。

万単位の軍を動かすということは、膨大《ぼうだい》な物資と書類が必要になるのだ。

シェリーはこの間も書類に目を走らせ、次々と判断、サインと書き込みをし、『承認』『却下《きゃっか》』『保留』の箱へ放り投げている。

「えとえと……これは、こっちで……」

その隣からは、エリーも新しい書類をどんどん積んでいく。二人の事務処理速度たるや！

両侯は唖然《あぜん》。視線を逸《そ》らし、エクトル老がティナに話しかけた。

「……ティナ様は何をされているのですかな？」

「私はガロアと公爵領の天候予報と一部兵站業務――各家から車を集めていますっ！」

妹は立ち上がった前髪を左右へ振りながら答えた。老人が目を細める。

「ほぉ……天候とな」

天候予報は、魔法《まほう》が広く一般《いっぱん》的となり汽車と車が走る今世でも難しい技術だ。

王国建国以来、幾人《いくにん》もの学者達が試み……挫折《ざせつ》してきた。

けれど、それ程の難事を、数ヶ月前まで魔法を使えなかった私の妹は――ガロア地方を含《ふく》むハワード公爵家領全体で完璧《かんぺき》に行ってみせている。結果、ガロアの住民避難《ひなん》、各家の軍移動、兵站物資運搬《うんぱん》、といった多方面に良好な影響《えいきょう》を与《あた》えているのだ。

ティナは手首に巻いた蒼のリボンに触《ふ》れ、頰を緩《ゆる》めた。

「王立学校の入学試験を受ける前、私の先生は想定試験を作ってくださいました。――百年単位で過去の試験を遡《さかのぼ》られて。それに比べたら数十年分の天候情報を纏《まと》めて予測するのなんて難しいことじゃありませんっ！　前々から準備は進めて、資料も集めていましたしっ！　何《いず》れは全域でしようと思って模型も作っておいたんですっ！」

両侯爵が硬直《こうちょく》し、沈黙《ちんもく》する。ティナは自分の異才に気付いていないようだ。

過去数十年分の天候記録をこの短期間で読み直し、予測を構築する。

幾ら過去に調べていたといっても……紛《まぎ》れもなく神業《かみわざ》だ。

妹が意地悪な顔をして、自分の専属メイドへ視線を向けた。

「私よりもエリーの方が変だと思いますっ！」

「ひぅっ！　テ、ティナ御嬢様？　そ、そんなこと……」

エリーはびくり、としながらも、書類の山をどんどん分けていく。

一見、地味な作業だ。けれど……私は机に近づき書類内容に目を走らす。

物資量と種類。その搬入場所。鉄道の運行具合。病人、怪我人《けがにん》の発生具合や事故。兵達の士気、健康状態。帝国で報道されている内容をまとめたもの……本当に種々雑多だ。

それをエリーはほぼ一瞥《いちべつ》しただけで箱ごとに分け、溜《た》まると隣《となり》へ流していく。

ミナが呟いた。

「……メイド長と並走《へいそう》するなんて……エリー御嬢様、満点です……」

老エクトルがエリーに問われる。

「……エリー嬢、そのような技術を何処で身につけたのかの？」

「は、はひっ！　ア、アレン先生に教わった魔法の発動方法を応用しているだけなんです。教科書には『魔法の複数同時発動は困難だ』と書かれています。でも、ティナ御嬢様と私は見せて貰《もら》いました――八属性の綺麗《きれい》なお花が同時に咲《さ》くのを。だったら御仕事だって同時並行でも出来なくはないいんじゃないかなぁ、って」

「！　ぜ、全属性を」「………同時に？」

両侯が驚愕《きょうがく》し、周囲で仕事を進めている本邸《ほんてい》住みではないメイドや兵站士官達も手を止め、呆気《あっけ》にとられた。

エリーは誇《ほこ》らしそうに老エクトルへ花が咲いたような笑みを向ける。

「ティナ御嬢様と私はアレン先生の教え子ですから♪　私も七つまでは咲かせられるんで

すよ？　ティナ御嬢様はまだ一つも『お花』を上手に咲かせられませんけど」

「なっ⁉　わ、私だって、で、出来るもんっ！」

「そ、そう言って、この前も温室の屋根を氷花で吹《ふ》き飛ばしそうにしてましたっ！」

「ぐぅっ！」

妹達は皆《みな》の畏怖《いふ》の視線を気にせず、手を動かしながら言葉でじゃれ合っている。

「……七属性を」「……同時発動、だと？」「……温室の結界、分厚いのですが……」

両侯とミナの顔が引き攣《つ》っている。

……心がほんの少し、ほんの少しだけ嫉妬《しっと》で重くなるのを感じた。

私もある程度なら天候記録を読み込み、予測することは出来るだろう。書類もかなりの速度で捌《さば》くことだって出来ると思う。『花』も五つは咲かせられた。

でも……。

『天候予測』を真っ先に進言し実現してみせたティナ。

自分に出来ることで、シェリーを補佐しているエリー。

対して私は、御父様に命じられた住民慰撫《いぶ》を繰《く》り返していただけ。

妹達との差を改めて見せつけられた気がして――……

『全てを自分でやろう、なんて考えなくていいんですよ』

王都、水色屋根のカフェでアレン様に言われたことを――優《やさ》しい笑顔を鮮明《せんめい》に思い出す。

……そうだ。何もかもを自分一人でやらなくたっていい。

この子達は私の敵じゃなく、自慢《じまん》の妹達なんだから。

ティナとエリーに近づき、手を伸《の》ばして頭を優しく撫《な》でる。

「？　お、御姉様？　え、えっと……」「あぅ……ス、ステラお姉ちゃん……」

「私の妹達は凄《すご》いんですよ？　皆さん、今回の戦いで覚えて帰ってくださいね？」

各所で笑い声があがり、仕事が再開。私は妹達の頭から手を外し、両侯へ尋《たず》ねる。

「父は此度の戦役《せんえき》、どのような策を取られるとお思いですか？」

「……我等《われら》はただ下知に従うのみじゃて」「……『軍神』ハワードに口出しは無用」

両侯が先程《さきほど》までとは打って変わって、歴戦の将らしく重々しい声を出した。

御父様《おとうさま》は主だった各家の当主、シェリー、主要士官には作戦案を伝えているのだろう。

自力で類推し判断せよ、ということね……。

私は戦域図を眺《なが》め戦況《せんきょう》を再確認《かくにん》する。

教授が予測されていたように敵軍は二隊に分かれ、先鋒《せんぽう》は急速に南下しつつある。

――現状、ガロアで帝国軍と相対しているのは、公爵家と副公爵家の軍のみ。

御父様は他の北方諸家に対して総動員令こそかけたものの――未だ北都近郊《きんこう》への集結しか下令されていない。帝国大使へ啖呵《たんか》をきったにしては戦意に乏《とぼ》しく見える。

軍主力もガロア南部の古戦場であるロストレイに集結し、動く気配はない。

こういう時、アレン様なら……ふと、車両が集められている場所が気になった。

「ティナ、この図を見ると御父様は各家の車両をガロアの最南端のゼーセアへ――汽車の終着点近くへ集めさせるよう指示を出しているのよね？　そして、貴女《あなた》には週単位で北都からガロア南部――ロストレイまでは特に念入りに天候予測をさせている」

「？　はい、そうです。車に関してはもう準備完了《かんりょう》しています。でも……車って不安定なので集中運用は一度が精々じゃないかなって。天候の件も御父様は変なことを言われています。『ガロア南部一帯に霧《きり》が発生し、かつ雨が降らぬ日の特定を』って」

「ありがとう。シェリー、兵站物資はどの程度、北都に集まっているの？」

「北方諸家全軍が作戦を開始した場合でも、三ヶ月は作戦行動可能なよう、既に準備済みでございます。御《ご》命令あらば――即座《そくざ》に輸送可能状態でございます」

シェリーが淡々《たんたん》と説明してくれる。……三ヶ月？　自領で戦うには多過ぎる。

父と教授、そしてグラハムが描《えが》いている『絵』が見えてきた。
・帝国大使へあれだけ啖呵をきっておきながら戦わず退《ひ》き続ける。
・北方諸家を総動員するも、軍を北都周辺へ留《とど》め続けている。
・ガロアには最南端ゼーセアまでしか汽車が通っていない。
・この時季の天候は基本雨。そして——霧も発生しがち。
——そうか。

これは、ガロア全体を縦深陣地《じんち》に見立て帝国軍を引きずり込み、決戦に持ち込む為《ため》の策！

そして、その場所は……私は静かにガロア南部のロストレイを指さした。

シェリーと両侯《こう》の眉《まゆ》が動き、ティナとエリーは目をぱちくり、させる。

「御姉様、ロストレイは特に霧が……」「こ、ここだと、数が多い方が有利かなって……」

侵攻《しんこう》してきた帝国軍は約二十万。対してガロアにいる味方は約三万に過ぎない。

ロストレイの地形も大軍が展開し易《やす》いなだらかな平原が過半を占《し》めていて、あるのは中央の丘《おか》と南部に小さな川が一つだけ。

まともに戦えば、まず間違《まちが》いなく敗北するだろう。

——けれど。

私は左の人差し指を立て、ティナとエリーへ先生の気分になりながら告げる。

「そうね。でも、御父様と教授は帝国軍《ていこく》にそう思わせたい、としたらどう？　『ハワードは口程にもない。決戦すれば勝てる』って。グラハムもそれをきっと広めているわ」

「……全部、御父様と教授の掌《てのひら》の上……？」「お、お祖父《じい》ちゃんも……」

妹達が目を見開いた。アレン様の御気持ちが分かる。二人の驚《おどろ》く顔はとても可愛《かわい》い。

……私も、こういう顔をあの方にたくさん見せてしまっているのかしら？

だとしたら、恥《は》ずかしいし——……少し嬉《うれ》しい。

私達のやり取りを聞いていた老エクトルが破顔し、ブラウナー侯が問うてきた。

「……よくぞ。『軍神』の系譜《けいふ》、未《いま》だ絶えずっ！」「ステラ様は王立学校で軍事を？」

「いいえ。多少、戦史を読んだくらいです」

「ならば——何故《なぜ》、公爵の意図に気付かれたか？」

歴戦の両侯爵へ微笑みかける。

「全部、私の家庭教師さんのお陰《かげ》です」

——二人で見た王都の夜景を思い出す。

アレン様、貴方《あなた》はあの時、ティナやリディヤ様の行く末を見たい、と仰《おっしゃ》いましたね？

なら――私はそんな貴方を見ていたい。

……隣で、と伝える自信はまだありませんが、出来る限り貴方の御傍《おそば》に寄り添《そ》って……。

「……む」「……あぅ」

ティナとエリーが不満気に私を見るのが分かった。

立ち上がり私へ近づき、一生懸命《いっしょうけんめい》、主張してくる。

「お、御姉様っ！　せ、先生の最初の教え子は私、私ですっ！　御姉様は、えーっと……

私、エリー、リィネの後なので……四番目っ！　四番目ですっ‼」

「わ、私も、ア、アレン先生に、あの、その……」

「ふふ……そうね。大丈夫《だいじょうぶ》よ、分かってるから」

ティナが少しだけばつの悪そうな顔になる。

「うっ！　そ、そういう風に、されると……わ、私達が悪いみたいじゃないですか……」

「――私は、ステラ御嬢様《おじょうさま》と一緒《いっしょ》に習えて嬉しいです♪」

「⁉　エリー、裏切るのっ⁉」

「最初から、テ、ティナ御嬢様しか言ってないですぅ」

妹達がじゃれ合う。アレン様がいない間は私がこの子達を守らないと！

覚悟《かくご》が——出来た。私は居住まいを正して、両侯爵へ深々と頭を下げる。

「！」「ステラ様？」「？　御姉様？？」「ステラ御嬢様？？」

両侯と妹達の驚く声。

私にはこの子達やカレンのような輝《かがや》かしい才能はない。フェリシアのように強くも。

アレン様の周囲にいる子達の中で一番才能がないし、一番弱いかもしれない。

それでも——私はあの方のように、ただただ今、出来る最善を積み重ね前へと進む。

その先の王都、そして東都に——……アレン様とカレンがいると信じて！

「エクトル侯、ブラウナー侯。父にこう助言をしていただけないでしょうか？『全軍の士気高揚《こうよう》の為、ステラ・ハワードは戦場へ出るべき』と。仮に許可が出なくても前線へ参ります。私は次期ハワード公爵《こうしゃく》になる身ですから。シェリー、軍服の用意をお願い」

＊

リンスター公爵家領より南東に位置するベイゼル侯国、最南端《さいなんたん》の港湾《こうわん》都市フォロエ。

月夜の下《もと》、その大倉庫群は炎《ほのお》に包まれつつありました。

「……粗方《あらかた》、叩《たた》けたかしら？　目標以外への被害《ひがい》は最小限にしなきゃ……」

グリフォンを闇夜《やみよ》に旋回《せんかい》させながら、私――リィネ・リンスターは呟《つぶや》きます。

炎と黒煙《こくえん》、敵の閃光魔法《せんこうまほう》が上がる中、次々と十数頭のグリフォンが降下。

グリフォンと背中のメイド達が各種攻撃《こうげき》魔法を放ち、戦果を拡大していきます。

――オルグレン公爵家を首魁《しゅかい》とする叛乱《はんらん》が勃発《ぼっぱつ》し、それと連動する形で、侯国連合との戦いが始まって早十日。

開戦後、アヴァシーク平原においてアトラス、ベイゼル両侯国軍と会戦に及《およ》んだリンスター公爵家を中心とする王国南方諸家は、戦史に残る大勝を収めました。

そして、現在は――私に向けて眼下の埠頭《ふとう》から、侯国軍の兵士達が水属性初級魔法『水《すい》神矢《じんや》』を放ってきました。

すぐさま騎乗《きじょう》しているグリフォンが咆哮《ほうこう》。風の魔法障壁《しょうへき》を張り巡《めぐ》らせ、水の矢を弾《はじ》き飛ばします。

前髪《まえがみ》に着けている黒のバレッタから年上メイドの声が響《ひび》きました。

『リィネ御嬢様、高度を上げてくださいぃ～！　地上戦は原則禁止ですよぉ？』

「……それ、地上で暴れている貴女が言う台詞《せりふ》なの？　リリー」

私はグリフォンの高度を上げつつ、リンスター公爵家メイド隊第三席へ返答しました。

——会戦後、母様は恐《おそ》るべき作戦計画を私達へ披露《ひろう》されました。

『これより、北部五侯国各地の港、橋、街道《かいどう》、倉庫、商船へ、空中より襲撃《しゅうげき》をかけます』

史上初であろう、多数のグリフォンを用いた長駆《ちょうく》空中襲撃作戦です！

以来、私達は連日各地を叩き続けているのですが……原則として、地上へ降りることは禁止されていて、今も降りているのは二人だけです。

先程、私へ魔法を放ってきた敵兵の一団に長い紅髪《あかがみ》を煌《きら》めかせリリーが跳躍《ちょうやく》。大剣《たいけん》を一閃《いっせん》させ、戦列を吹《ふ》き飛ばし、海へ叩き落としました。

『むふ～。私、今晩はとっても御仕事してますぅ～』

リリーが地面に大剣を突《つ》き刺《さ》し、胸を張っています。軍装ではなく普段《ふだん》通りの淡《あわ》い紅基調の服と長いスカートの組み合わせ。胸甲《きょうこう》すらつけていません。

すると、そんな年上メイドを完全武装の騎士の別部隊が認識《にんしき》し、前進してきます。

重鎧《じゅうがい》に長槍《ちょうそう》と大楯《たて》。ベイゼル侯国の正規軍！　数は五十前後でしょう。

「リリー！　退避《たいひ》——」『ん～もう少し暴れたいので～——』

年上メイドは大剣を背負うように構え、腰《こし》を低くし騎士達へ突撃《とつげき》を再開しました。

いきなり軽装の少女に襲《おそ》い掛《か》かられると思っていなかった敵軍は見るからに狼狽《ろうばい》。

槍衾《やりぶすま》を形成することも出来ず、バラバラに水の矢を放ちました。

けれど、悉《ことごと》くが炎花《えんか》によって弾かれます。リリーがよく多用する魔法です。

一気に間合いへと踏《ふ》み込んだ年上メイドは大剣を横薙《よこな》ぎ。

『！？！！！！』

上空の私にも武装を破壊《はかい》された敵騎士達の動揺《どうよう》が伝わってきます。

リンスター公爵家メイド隊は完全実力主義。その第三席ともなれば……戦闘《せんとう》力も推《お》して知るべし、なのです。眼下のリリーは大剣を片手で軽々と振《ふ》るい更《さら》に追撃。

『よいしょっ～！』

再び敵戦列があっさりと切り裂《さ》かれます。……とんでもないですね。

私も剣を抜《ぬ》き、敵部隊へ向け魔法を解き放ちました。炎羽《えんば》が舞《ま》います。

「なっ⁉」「かかかか」「『火焔鳥《かえんちょう》』だぁ！！！！」

悲鳴が敵部隊からあがり、耐炎《たいえん》結界を張り巡らしていきます。

――しかし、炎属性極致《きょくち》魔法の前では無意味。

次々と喰《く》い破り、敵部隊に直撃する寸前で急上昇し飛散。周囲の建物を大炎上させ私達への再攻撃を防止します。兄様のノートに書かれていた『火焔鳥《かえんちょう》』の制御《せいぎょ》方法の一つです。

リリーが汗《あせ》を拭《ぬぐ》う振りをしました。

『良《い》い汗、かきましたぁ～。リィネ御嬢様、いいとこだけ取るのはズルいですぅ～』

私は肩《かた》を竦《すく》めリリーに呼びかけようとし――埠頭奥《おく》に巨大《きょだい》な炎の柱が上がりました。

焼け爛《ただ》れた幾本《いくほん》もの帆柱《ほばしら》が空中を舞い、埠頭や海面に落下。轟音《ごうおん》と炎をまき散らします。

「なっ⁉」『っ⁉』

私と上空で集結しているメイド達は絶句しました。い、今のって……。

グリフォンの手綱を引き、私は高度を下げてもらいます。

『リィネ御嬢様！　駄目《だめ》です‼　皆《みな》も上空で待機をっ‼』

珍《めずら》しくリリーが真面目な指示を飛ばしてきました。

けれど、私は無視。地上へと飛び降ります。

「リィネ御嬢様！」「……リリー、一人で行くわよ。今の炎はきっと」

――再び轟音。禍々《まがまが》しい炎の中、数隻《せき》の大型帆船《はんせん》が沈《しず》んでいくのが見えました。

駆《か》け寄って来た年上メイドは暫《しばら》く私を睨《にら》んでいましたが――苦笑《くしょう》しました。

「……仕方ない公女殿下《でんか》ですぅ」

「あら？　貴女《あなた》もそうでしょう？　リリー・リンスター公女殿下？」

この胸の大きくて、背も高い年上メイドの姓《せい》は『リンスター』。

リンスター公爵家南方の旧エトナ、ザナ侯国を治める副公爵家の長女で、私の従姉《いとこ》なのです。リリーは頬《ほお》を膨《ふく》らませました。

「むぅぅ～！　私はメイドさん、メイドさんなんですぅぅ!!!」

「あ～はいはい。ほら、行くわよっ！　――姉様のところへ！」

炎の中、埠頭を疾走《しっそう》します。上空で確認した通り、目標は粗方《あらかた》燃やし終えたようです。

それにしても『指示した目標以外の倉庫、商船への攻撃は極力禁ず』。変な命令です。

――近くまで来ると、惨状《さんじょう》がより鮮明《せんめい》に分かってきました。

停泊《ていはく》していた二十数隻の帆船が、一、二隻を残し沈みつつあります。

そして、それをたった一人で為《な》した――短く乱雑な紅髪に漆黒《しっこく》の軍装。両手に剣を持ち、背中に八枚の黒炎翼《こくえんよく》を纏《まと》いし少女と、敵騎士団約百が海岸通りで相対しています。

少女の名は『剣姫《けんき》』リディヤ・リンスター。私の姉様です。

先頭の敵指揮官が絶叫《ぜっきょう》しました。

「貴様は……貴様は、いったい……いったい何なのだっ!?」

姉様は答えず、右手首に結ばれている紅のリボンへ視線を落としました。

「……ねぇ？　わたし、がんばったの。今晩はもうおわりでいい……？」

敵指揮官が怒号《どごう》を発しました。

「全隊構えっ！　魔力温存を考えるなっ‼」『はっ――！！！！』

敵戦列が後先考えず、魔法を紡《つむ》ぎ始めました。私は悲鳴をあげます。

「駄目っ！！！！」「放てっ――！！！！」

敵指揮官が剣を振り下ろしました。百を超《こ》える攻撃魔法が姉様へ襲い掛かり――無数の黒紅の剣閃《けんせん》により全てが切り裂かれ消滅《しょうめつ》しました。

炎翼が変化し無数の刃《やいば》となったのです。

姉様はゆっくりと左右の剣を構えられました。刃が禍々《まがまが》しい黒紅の光を放っています。

けれど――目の前の敵は眼中になく、リボンへ話しかけています。

「……うん。もうおえるね。あとでたくさん褒《ほ》めてね？　――……アレン」

「た、退避――」

激しく動揺する敵指揮官が叫《さけ》ぶ前に、姉様が剣を無造作に振るわれます。

「っ⁉」「リィネ御嬢様！」

リリーが私の前へ出て、炎花の魔法障壁を形成しました。

閃光。轟音。突風。衝撃《しょうげき》。炎混じりの土煙《つちけむり》。私は思わず顔を覆《おお》い、悲鳴をあげます。

――……ようやく、収まってきました。私は恐る恐る周囲を見渡《みわた》します。

「な、何なのよ……？　これ……」

『紅剣《くけん》』の射線上にあった商船と倉庫の全てが両断され、大炎上していました。

黒紅炎は禍々しく、まるで荊棘《けいきょく》の蛇《へび》のようにのたうっています。

……アヴァシークで、姉様が放たれた禁忌《きんき》魔法『炎魔殲剣《えんませんけん》』の残り火かのように。

そんな惨状にもかかわらず敵騎士達は地面に伏《ふ》せ、頭を抱《かか》えガタガタと震《ふる》えるばかり。

誰《だれ》も死なせていない⁉　姉様の背中から炎翼が消え剣を鞘《さや》へ納められました。

私達の顔を見ず停《と》まった懐中《かいちゅう》時計を手にされ、淡々《たんたん》と告げてこられます。

「──終わりよ。帰還《きかん》するわ」

私は話しかけようとしますが……勇気が出ません。リリーも辛《つら》そうです。

そんな私達に構わず、姉様が通りを歩き始めました。

右手の甲に大魔法『炎麟《えんりん》』の紋章《もんしょう》が輝き、手首に巻かれている兄様が姉様へ返された紅のリボンは、数日前よりも黒く焦《こ》げている部分が明らかに増えています。

私とリリーも身を翻《ひるがえ》し、姉様を追いかけ──背中に敵指揮官の声が叩きつけられました。

「…………あ、くま…………悪魔《あくま》っ！！！　炎の悪魔めっ！！！！」

それを聞いた、敵騎士達も『悪魔っ！』と叫び始め、全力で魔法を展開し始めました。

私は怒《いか》りに震え、魔法を発動させようとし──姉様に手で制されました。

「姉様？」

「……私は『悪魔』になってもいい。あいつが無事なら私なんかどうなっても……」

「放てっっっ！！！！　悪魔を、『炎魔《えんま》』を打ち倒《たお》せっ！！！！！！」

敵指揮官が再び怒号。騎士達が次々と水魔法を放ちます。

姉様が小さく零《こぼ》されました。

「……私はあいつを助けに行きたいだけなの。それを邪魔《じゃま》するなら……」

姉様が懐中時計を抱《だ》きしめつつ絶叫。周囲に荊棘の炎蛇《えんじゃ》がうまれていきます。

「全て、燃やして、燃やして、燃やし尽《つ》くしてやるわよっ！！！！！！！！！」


──無数の水魔法が嘘《うそ》みたいに消失しました。

通りに顕現《けんげん》せしは黒紅炎、八翼の『火焔鳥《かえんちょう》』。

所々が荊棘の炎蛇《えんじゃ》と化し、地面へ落ちて炎をまき散らしています。

こ、こんな禍々しい『火焔鳥《かえんちょう》』……姉様の、リディヤ・リンスターの魔法じゃないっ！

『！？！！！！』

敵部隊が恐慌状態《きょうこう》に陥《おちい》りへたり込み逃《に》げ出していきます。リリーが姉様に訴《うった》えました。

「……リディヤ御嬢様《おじょうさま》、魔法を解除してください。敵はもういません」

「…………そう、ね」

姉様は小さく零され、『火焔鳥《かえんちょう》』を消され、歩いて行かれます。

私は剣を痛いくらいに握《にぎ》りしめ、歯を食い縛《しば》ります。

……兄様、リィネは、リィネはいったい、どうすれば……。

リリーが寂《さび》しそうに呟《つぶや》きました。

「……リディヤちゃん……アレンさんは今の貴女を見たら、きっと悲しむよ……」

私は空を眺《なが》めます。

炎《ほのお》と黒煙《こくえん》は空を汚し、星を隠《かく》してしまっていました。

＊

港湾《こうわん》都市フォロエへの空中攻撃《こうげき》を終えたあくる早朝、私達は南都のリンスター公爵家《こうしゃくけ》屋敷《やしき》、その玄関《げんかん》手前にグリフォンを着陸させせました。すぐに飼育係が駆け寄って来ます。

私は数日間、一緒《いっしょ》に戦ってくれたグリフォンの首を優《やさ》しく撫《な》で「ありがとう」と声をかけ、飼育係へ託《たく》し、玄関へ向かいながら、息を吐《つ》きます。

「……やっと……お風呂《ふろ》に入れるわ……」

「ふっふっふっのふ～ですぅ★　この時を待っていましたぁ！　今日こそ、一緒にお風呂」

「……入らないわよ、リリー」

追いついてきた紅髪《あかがみ》の年上メイドを冷たく一瞥《いちべつ》します。

「ええ～。一緒に入りましょうよぉ。小さい頃《ころ》みたいに♪」

リリーがじたばた。とても豊かな胸が揺《ゆ》れます。……くっ！

私達がどうでも良いことを喋《しゃべ》っていると、黒の軍装姿の美少女に追い越《こ》されました。

慌《あわ》てて背中へ声を投げます。

「あ、姉様！　えっと……御食事と入浴は……」

姉様は一切《いっさい》の感情がない口調で、淡々と告げられました。

「……後で水と布だけ部屋へ持って来させて。食事はいらない。次の目標が決定するか、あいつの新しい情報が入るまでは、誰も入って来させないで」

「…………………はい」

私は歩いて行かれる姉様の背中へ手を伸《の》ばしかけ――……引っ込めました。

玄関前で栗茶髪《くりちゃぱつ》をした若い小柄《こがら》な女性――リンスター公爵家メイド隊前第三席で、有事故《ゆえ》に現役《げんえき》復帰したマーヤ・マタが姉様を出迎《でむか》えたからです。

マーヤと視線が交錯《こうさく》。私は頭を下げます。……姉様をお願い。

二人はいち早く屋敷内へ入っていきました。私とリリー、メイド達は息を吐きます。

……アヴァシークの会戦以降、姉様とは事務的な会話しか出来ていません……。

落ち込んでいると、入れ替《か》わり茶髪を二つ結びしているメイド見習いの少女と、美しい黒の短髪と眼鏡が似合う褐色肌《かっしょくはだ》のメイドが出てきました。

「リィネ御嬢様！」

夏季休暇中《きゅうかちゅう》、私の専属になっている少女が抱き着いてきました。顔色が悪いです。

「シーダ……貴女。もしかして寝《ね》ないで待っていたの？」

「……ずっと月神様にお祈《いの》りしていました。……御無事《ごぶじ》で本当に良かったです……」

そう言うと、私よりも一つ年上の少女は泣き始めました。

黒髪メイド――リンスター公爵家メイド隊副メイド長ロミーが声を発します。

「リィネ御嬢様、お帰りなさいませ。皆も無事で何よりです」

「ありがとう、ロミー。そっちもみんな無事？」

「はい。皆《みな》から『暴れたりない！』と責められております」

ロミー達は私の母様――『血塗《ちまみ》れ姫《ひめ》』リサ・リンスターの直率下、アトラス侯国の主要港と街道《かいどう》を叩《たた》いていたのです。リリーがポツリ。

「……どうせぇ、副メイド長が一番、そう思っているくせにぃ～」

「……リリー『御嬢様』？　何か仰《おっしゃ》いましたか？」

「！　ち、違《ちが》いますぅ～。私はメイドさんっ！　メイドさんなんですぅ‼」

リリーがロミーへ抗議《こうぎ》しますが――効果無し。皆も何時《いつ》ものことなので取り合いません。

副メイド長が私へ状況《じょうきょう》を説明してくれます。

「既《すで》に奥様《おくさま》と旦那《だんな》様は一時帰還されております。リィネ御嬢様、まずは大会議室へ。エマ達が懇願《こんがん》しておりまして……フェリシア御嬢様の件とのことです」

エマはうちのメイド隊第四席。リンスター、ハワード両公爵家合同商社『アレン商会』付きを務めています。先日、王都から南都までの脱出《だっしゅつ》行を成功させた猛者《もさ》でもあります。

そして、フェリシア・フォスさんは王立学校の元先輩《せんぱい》であり、今は『アレン商会』番頭を務める身体《からだ》の弱い女の子です。

「分かったわ。シーダ、離《はな》れて。あ、印返すわね。ありがとう」

「……はい。ぐすん……」

私は得心しメイド見習いの少女をたしなめ、借りていた月神教の印を返します。

私は一緒に作戦を共にしたメイド達へ微笑《ほほえ》みかけました。

「みんな、お疲《つか》れ様《さま》！　ゆっくり休んでね。……今度はリリー抜《ぬ》きで行く？」

『そう致《いた》しましょう！』

「⁉　リィネ御嬢様ぁ⁉　みんなまでぇ！　ひ、酷《ひど》いですぅ！　あ、あんまりですぅぅ‼」

リリーが駄々《だだ》をこねます。ようやくみんなの顔に笑《え》みが戻《もど》ってきました。

……明るいこの子に感謝です。すぐ調子にのるので言いませんけど！

私はロミーに囁《ささや》きます。

「(……姉様の御様子、悪化されているわ)」

「(……私も御様子を見て参ります。奥様が『大会議室後、リアムの執務《しつむ》室へ。リリーもね』との仰《おお》せでございました)」

少し離れ片目を瞑《つぶ》り『了解《りょうかい》』と伝えます。そして、私は未《いま》だに瞳《ひとみ》を潤《うる》ましているシーダと、指に地面で文字を書いている従姉《いとこ》を呼びました。

「ほらっ！　シーダ、リリー、行くわよっ！」

＊

「列車と集積場の混乱は解消されたの⁉　生鮮《せいせん》品が駅で腐《くさ》るわっ‼」

「各家から『是非《ぜひ》とも、最前線へ！』という懇願が山程《やまほど》来てるぞ。どうにかしてくれっ‼」

「グリフォンと飛竜《ひりゅう》は無理させればすぐ死ぬ。主戦場は南方じゃない。気を付けろっ！」

「最前線であっても三食、温かい食事を！　ハワード家は三食におやつと夜食なのよっ⁉」


大会議室に設けられた王国南方軍総本営は修羅場《しゅらば》と化していました。

うちのメイド達や兵站《へいたん》担当官。各家から派遣《はけん》されてきた俊英《しゅんえい》達が目を血走らせ、書類と格闘《かくとう》し、叫《さけ》び合って指示を出し合い、次々と部屋を出入りしています。大混乱中です。

「ひぅっ！　こ、怖《こわ》いです……」「あ～…こうなりますよねぇ」

シーダが私の左腕《ひだりうで》に抱き着き、リリーは面白《おもしろ》そうに眺めています。

「おお、リィネ、リリーや」

一番奥の執務机で書類を眺められていた私とリリーの祖父――リーン・リンスターが私達に気付き、手を振《ふ》ってくださいました。普段《ふだん》と変わらぬ穏《おだ》やかな御様子です。

「御祖父《おじい》様、リィネ、帰還《きかん》致しました」「ただいまです～」

「おかえり。無事で何よりだ」

「御祖父様、フェリシアさんが此処《ここ》にいる、と聞いて来たのですが……」

「ん？　ああ、フォス嬢ならばそこだよ」

左手で指し示された先へ視線を見やり——私とシーダは困惑《こんわく》。リリーは唸《うな》りました。

「え、えーっと……」「か、紙の山……？」「むぅぅぅ……」

少し離れた大きな執務机の上には、膨大《ぼうだい》な紙の山が形成されています。

そこから辛《かろ》うじて覗《のぞ》いているのは……。

「「前髪？」」

紐《ひも》で結ばれた淡《あわ》い栗色《くりいろ》髪と結ばれた淡い紅髪が並んで揺れています。私とシーダは同時に小首を傾《かし》げます。いったい何が……。御祖父様へ視線を戻すと、優しく促《うなが》されます。

「詳細《しょうさい》はエマに聞いておくれ。リィネにしか出来ない仕事があるらしい」

「は、はぁ……」

私は頷《うなず》いて執務机に近づき——紙山の脇《わき》を抜けた先を覗きこみ、嘆息《たんそく》しました。

続いてシーダが純粋《じゅんすい》に驚《おどろ》き、リリーはこれ以上ない程、頬《ほお》を膨《ふく》らませます。

「……フェリシアさん、何をしているんですか……サーシャも……」

「わっ！　わっっ‼　わっ!!!」「むぅぅぅぅ！！！！！」

「？　あ……リィネさん……」「リィネ御嬢様《おじょうさま》、お帰りなさい……」

フェリシアさんとサーシャが書類から顔を上げました。

二人共、顔が青白く寝ていないようです。シーダが不思議そうな顔になります。

「……月神様、どうして御二人共、メイド服を着られているんでしょうか？」

──フェリシアさんとリチャード兄様の許嫁《いいなずけ》であり、リンスター公爵家幕下において諜報《ちょうほう》を統括《とうかつ》するサイクス伯爵《はくしゃく》家の次女サーシャ・サイクスは、何故《なぜ》かリンスターのメイド服を身に着け前髪を紐で結び、額を出していました。

「……フェリシアさん、質問していいですか？」

「──はい……？」

眠そうな年上眼鏡少女は小首を傾げました。

……くっ！　何なんですかっ、この胸が大きくて可愛《かわい》い生き物はっ！　反則ですっ‼

私がたじろぎ質問を発する前に、リリーが猛《たけ》りました。

「どうしてぇ、メイド服を着ているんですかぁ！　説明を求めますぅぅぅ！！！！！」

「⁉　え、えっと……あ、あの、そ、その…………きゅう」

フェリシアさんがあたふたとし、目を回されました。

「！　フェリシア御嬢様っ！」「だから、御休憩《ごきゅうけい》をと……」

近くで書類を必死に仕分けしていた二人のメイド──黒髪が綺麗《きれい》で美人なリンスター家メイド隊第四席のエマと、耳までのブロンド髪で眼鏡をかけているハワード公爵家のメイドさんのサリー・ウォーカーさんがフェリシアさんに駆《か》け寄ります。

私は背伸《せの》びをし、リリーの頭へ手刀を落とします。

「あうっ！　暴力反対ですぅ〜」

「フェリシアさんは人見知りなのっ！　初対面で怖がらせないでっ！」

まったく、この年上メイドはっ！　フェリシアさんを介抱《かいほう》しているエマとサリーさんもリリーへ冷たい視線を叩きつけていますが、効果はないようです。

私は肩《かた》を竦《すく》め、伯爵令嬢へ尋ねました。

「サーシャ、どういう状況なわけ？」

「──現在、フェリシアさんと私はリーン・リンスター様直属で、侯国《こうこく》連合の内部分析及《ぶんせきおよ》び諸工作の立案を担当しています」

「！　そこまで……『兄様の諸権限の一時的な譲渡《じょうと》』と、アンナは言っていたわね」

「そういうことです。『リンスター公爵家の身代が傾《かたむ》く手前』のお金を動かせます」

私は王都、そして東都への先行偵察《ていさつ》を行っているメイド長を思い出します。

……幾《いく》らアンナでも東都へ潜入《せんにゅう》するのは困難な筈《はず》。無事だといいんですが。

空いている椅子《いす》に腰かけたサーシャへ質問を続けます。

「メイド服なのは？」

「着替《きが》えです！　あと、リチャード様がお好きと、コーデリアさんが！」

私は伯爵令嬢の左隣《ひだりどなり》に座る長い金髪《きんぱつ》に宝石みたい金銀瞳《どう》をして、雪のような白い肌の美人――メイド隊第八席のコーデリアへ視線を向けます。

すると、美人メイドは少し困った表情になりました。

「……御嬢様方が御仕事優先で、お休みどころかお着替えもされず、止《や》む無《な》く嘘《うそ》を……」

「⁉　コーデリアさん⁉　リチャード様はメイド服が好みじゃないとっ！？！」

美人メイドは高貴さすら感じさせる仕草で優雅《ゆうが》に微笑みます。

「時には嘘も必要かと。とても可愛らしいですし♪」

「……コ～デ～リ～ア～……私もメイド服がほしいですぅぅ‼」

沈黙《ちんもく》していたリリーが怨嗟《えんさ》の声を発しました。怖っ！　シーダが私の背中に隠《かく》れます。

けれど、当のコーデリアは真面目な顔で反論しました。

「リリー、その服、遥《はる》か東方の地では正式な『メイド服』なんですよ？」

「……………本当ですかぁ？　嘘ついていませんか？」

「私、リリーに嘘をついたことなんかありません！」

「むむむ～……」

リリーが悩《なや》む中、コーデリアが私にだけ見えるよう小さな舌を出しました。仲良しね。

風魔法《まほう》で扇《あお》がれていたフェリシアさんが意識を取り戻されます。

「おはようございます──フェリシアさん、エマ達に何と言われて、メイド服を？」

「……え？」

「即答《そくとう》！」

「！　エマさんが『アレン様はメイド服、お好きでございますよ？』って──……はっ！」

「……ふ～ん……」

私はフェリシアさんへジト目を向けます。番頭さんがあわあわと言い訳。

「ご、誤解です。わ、私は、着替えもないので、し、仕方なくメイド服をですね……」

「戦況《せんきょう》が落ち着きましたら、ここに獣耳《けものみみ》とふさふさな尻尾《しっぽ》を加える所存ですっ！」

「さすれば、アレン様の陥落《かんらく》待ったなしっ！　という判断をしております」

「～～～～っっっ！！！！」

エマとサリーさんが心底楽しそうにこれからの話をし、フェリシアさんは真っ赤になり、両手で顔を覆《おお》いました。……やっぱりこの人、可愛いです。

そして、『戦後』を見ている。

私は空いている椅子に座り、『アレン商会』の番頭さんと目を合わせました。

「フェリシアさん、状況を教えてください」

「……う～ん」

「──はい。エマさん、サリーさん、起こしてください」

「畏《かしこ》まりました」

　フェリシアさんが二人に抱《かか》えられ、立ち上がります。自力で立つのも辛《つら》い、と。

　──一瞬《いっしゅん》、二人のメイドと視線が交錯《こうさく》。『とにかく休ませたい』。

　気付いていない番頭さんは机に近づき、中央に置かれている戦域図を指さします。

　──兄様が東都へ向かう前、王都で私達に見せてくださったものに似ている。

　シーダが目を丸くします。

「白いピンが味方。黒いピンが敵。赤のピンが攻撃《こうげき》をし終えた都市や街道《かいどう》、橋で、青のピンがまだ残っている攻撃目標……でしょうか？　ひ、一目で把握《はあく》出来るなんて……」

　フェリシアさんは少しだけ誇《ほこ》らしそうに顔を綻《ほころ》ばせました。

「アレンさんの地図を模倣《もほう》しています。……本当は立体投影《とうえい》をしたいんですが」

　エマとサリーさんが補足します。

「常時投影は難易度が……メイド長以外で出来る者も少数ですし」

「何《いず》れは模型等で多少は近づけるかと……」

　フェリシアさんが私へ真剣《しんけん》な目を向けてきました。

「……私には軍事は分かりません。私が少しだけ分かるのは」

ポケットをまさぐり、机の上に金貨を落としました――侯国連合のそれ。

「このことだけです。サーシャさんが、侯国連合の現在使用している魔法通信暗号、そのほぼ全ての解読に成功しました。会戦後も侯国の戦意は折れていません。なので」

「港湾《こうわん》と街道、倉庫、商船をグリフォンで執拗《しつよう》に叩《たた》かせたんですねぇ～。しかも、わざと、一部の大商人、有職者、そしてある一定の侯国には手を出さないで～」

リリーが地図を覗き込みながら悪い笑《え》みを浮《う》かべました。私も戦域図を確認《かくにん》します。

……青のピンが不自然に残っています。

侯国連合内の物流を寸断しつつ、内部で猜疑《さいぎ》が発生するのも狙《ねら》っていた⁉

フェリシアさんの顔に強い覚悟《かくご》が浮かびました。

「私は戦場に出られません。でも、こんな私をあの方は推挙してくれたんです。なら、期待には応えないと！　そして、一日でも早く、アレンさんを助けますっ！」

この人……もしかしたら、私達の中で最も『強い』のかもしれない……。

エマが話を引き取り、説明を続けます。

「アトラス、ベイゼル両侯国周辺での小麦の買占《かいし》めは大方終了しました。後は北部の一部大商人が抱え込んでいる在庫分のみ。攻撃対象からも外しております。情報によれば、二侯国の小麦相場は天井を突破《とっぱ》しているようです。フェリシア御嬢様、如何《いかが》されますか？」

「!? そ、そんなことまでしているんですかっ！？！」

「こっちがむしろ本業ですよ？」

フェリシアさんが不思議そうな顔をされ、エマへ指示を出しました。

「勿論《もちろん》──売ります。標準値よりも安値で。あと」

フェリシアさんが眼鏡を指で少し動かし、微笑《ほほえ》まれました。

悪い顔です。とても悪い顔です。何処《どこ》となく……意地悪をされる兄様に似ています。

「値段にも差をつけます。ベイゼル侯国にはアトラス侯国より少し安く。原則、市民の方だけに。その際……ため込んでいる大商人の方々の名前が漏《も》れるかもしれませんね」

「なるほど……。そうなれば連合内部の小麦相場は混乱をきたし、在庫を抱えこんでいる大商人は悲鳴をあげ、二侯国間にも不信を惹起《じゃっき》いたしましょう。急ぎ手配致《いた》します」

リリーは頷き「アレンさんの薫陶《くんとう》ですね～★」。面白《おもしろ》がってますね、この子。

サーシャは「……フェリシア様はお怖《こわ》いこと……」。貴女《あなた》も十分、怖いです。

シーダへ視線を向けると「…………」呆気《あっけ》に取られていました。ホッとしますね。

呵々大笑《かかたいしょう》が聞こえてきました。

いつの間にか、顎《あご》に手を置かれた御祖父《おじい》様が私達の傍《そば》で佇《たたず》んでおられます。

「──面白いねぇ。フォス嬢、知恵《ちえ》を拝借したい。此度《こたび》の戦役《せんえき》、落とし処《どころ》は如何《いか》に？」

「え？　ええ⁉　あ、あの……」

フェリシアさんがあたふた。サーシャを見ました。が、そこはサイクス伯爵令嬢。

「さ～未解読の東方系暗号を今日こそ解かないと☆　御父様ったら、前線で諜報《ちょうほう》活動ばかりされて、まったくもぉ～。『深淵《しんえん》』ウォーカーに憧《あこが》れ過ぎなんですよねぇ～」

仕事中です！　と身体《からだ》全体で主張し回避《かいひ》しました。

眼鏡の番頭さんはエマとサリーさんへ視線を向けるも、書類で防御《ぼうぎょ》されます。

窮《きゅう》したフェリシアさんは「リ、リィネさん……」と遂《つい》に私へ助けを求めてきます。

勿論私は――両拳《こぶし》を握《にぎ》りしめ『頑張《がんば》ってください』！

眼鏡の番頭さんは最後の抵抗《ていこう》を御祖父様へ試みます。

「……わ、私なんかが出過ぎたことは……」

「君はアレン君が認めた、と聞いている。ならば、その意見は彼が言っているに等しい」

「…………要求は一点だけ。ベイゼル侯国へ」

「アトラス侯国には？　我等《われら》は勝っている。領土併合《へいごう》すら要求出来るだろう」

「何も要求しません」

気づけば――室内の喧騒《けんそう》は収まり、皆《みな》が耳を傾けていました。

御祖父様がフェリシアさんへ先を促《うなが》されます。

「――要求内容は」

「ベイゼル侯国におけるグリフォン便の使用許可を」

「『侯国内』ではなく？」

「『侯国』とします。侯国連合内では未《いま》だ『空路』という概念《がいねん》すらないようなので」

皆が息を呑《の》みます――ベイゼルを起点とし、侯国連合内の空路独占《どくせん》を目論《もくろ》む⁉

御祖父様が微笑まれました。

「……そうか。有難《ありがと》う。エマ、フォス嬢とサーシャ嬢はお疲《つか》れのようだ。休息を」

「えっ⁉」「「はい、大旦那《だんな》様！」」

御祖父様の一言にフェリシアさんとサーシャが驚《おどろ》き、エマが即座に反応しました。

私へ向けて――片目を閉じ合図を送ってきます。二人をいい加減休ませないとね。

まず、混乱するフェリシアさんがエマとサリーさんに捕獲《ほかく》されました。

サーシャはリリーに拘束《こうそく》されていますね。「リチャード様の本当の好み、知りたくありませんか

あ？」「⁉」……何を吹《ふ》き込んでいるの？

フェリシアさんが激しく動揺《どうよう》します。

「エ、エマさん⁉　サ、サリーさん⁉　わ、私、まだ御仕事が残って……」

「駄目《だめ》でございます。まず御入浴を！」「その後は明日までお休みください」

「お、御仕事が終わったら、ゆっくり入りますっ！」

エマとサリーさんが再度合図を送ってきました。

私はわざとらしく――魔法の言葉を呟《つぶや》きます。

「……無理をしているフェリシアさんを見たら兄様は悲しまれますね……」

「！？！！！　そ、そんな、ことはないかな、って…………あの、本当にそう思いますか？」

フェリシアさんが不安そうに聞いてきました。

「間違《まちが》いなく。もしかして……フェリシアさんは兄様を困らせたいんですか？」

「⁉　ち、違いますっ！　わ、私は――私はアレンさんを自分のやり方で助けて、思いっきり文句を言いたいだけです。『無理無茶しないでくださいっ！』って！」

嗚呼《ああ》、やっぱりこの人は強い。

……『剣姫《けんき》』リディヤ・リンスターよりもずっと。

胸の痛みを覚えながら、年上の元先輩《せんぱい》へ微笑みます。

「だったら、休む時は休んでください」

「っ！　……わ、分かりました……」

「「では、早速《さっそく》！」」「サーシャ御嬢様《おじょうさま》もですよ♪」

エマとサリーさんがフェリシアさんを、コーデリアが項垂《うなだ》れるサーシャを確保しました。

伯爵令嬢《はくしゃく》は「……不覚です……サイクス伯爵令嬢たる私が情報で後《おく》れを……」と、ぶつぶつ。

リリーが鳴らない口笛を吹いています。……だから、何を吹き込んだのよ？

「……うう、おしごとぉ……」「……かいどくぅ……」

メイド達は未だ呻《うめ》く二人を抱えて部屋を出て行きました。

それを見送った後、御祖父様が室内にいる者達へ語りかけます。

「――皆、彼女の名前を憶《おぼ》えておくように。『剣姫の頭脳』の推挙を受けた、フェリシア・フォス嬢だ。何れ大陸全土に名を轟《とどろ》かせよう」

＊

エマ達に連れて行かれたフェリシアさんとサーシャを見送り、私達は御祖父様と一緒《いっしょ》に屋敷《やしき》三階奥の父様の執務《しつむ》室へ向かいました。

私は入り口前でついて来たメイド見習いの少女に指示を出します。

「シーダ、ここでいいわ。待っていてくれてありがとう。先に休んで」

「いいえ！　リィネ御嬢様をお待ちしていますっ！　その後、お風呂《ふろ》で御背中をお流ししますっ‼　月神様にもそう誓《ちか》いましたっ‼」

「……一緒には入らないわよ？　ほら、行きなさい」

「⁉　そ、そんな……リ、リィネ御嬢様ぁ………」

シーダが、瞳《ひとみ》をうるうるさせて、私に哀願《あいがん》してきます。……はぁ、私も甘いです。

視線を合わせず、言い切ります。

「そんな顔をしても駄目。……お風呂上がりに紅茶を淹《い》れてくれると嬉《うれ》しいわ」

「！　は、はいっ！　わ、分かりましたっ！　やったぁ！　リリー様に言われた通りです……」

メイド見習いの少女が張り切り、嬉しそうに身体を揺《ゆ》らしその場で跳《と》びはねます。

……今、リリーって言った？

「何かついてますかぁ？？　早くお風呂に入って、お紅茶飲みたいですねぇ……」

私の視線に気づき年上メイドが自分の頰《ほ》っぺたをわざとらしく触《さわ》ります。

……シーダをリリーの後継《こうけい》者にするのだけは、避《さ》けないとっ！

内心で決意を固め、待ってくださっていた御祖父様へ目配せしました。

優《やさ》しく頷《うなず》いてくださったので私は扉《とびら》を開け、執務室の中へと進みます。

すると、中央机上《きじょう》の戦域図を眺《なが》められていた軍服姿の母様と父様――先代『剣姫』リサ・リンスターと、リアム・リンスターが気づき、顔を上げられました。

「二人共疲れているのにすまないわね」「義父上《ちち》、本営の指揮、真《まこと》に有難うございます」

「「大丈夫《だいじょうぶ》です！」」「なに、私は座っているだけだ」

口々に答え、父様と母様の傍へと近づきます。

「ただいま～♪」

扉が開き、布帽子《ぼうし》を被《かぶ》り旅行者姿の御祖母様《おばあ》――リンジー・リンスターがニコニコ顔で入って来られました。今や敵地である侯国連合《こうこく》の水都へ赴《おもむ》かれていたのです。

後方《よこ》に汚れた軍服姿の赤髪《あかがみ》の偉丈夫《いじょうふ》――リュカ・リンスター副公爵《こうしゃく》の姿もあります。

叔父《おじ》様は私とリリーを見て微笑まれ、御祖母様に付き従われます。

父様が深刻そうに尋《たず》ねられました。

「義母上《はは》、南部六侯国と水都の反応は如何でしたか？　我等はアヴァシークで大勝致しました。これ以上の戦線拡大は我が方も侯国連合側にとっても益はありません」

「水都は相変わらず綺麗《きれい》だったわぁ～。あ、ケレブリンはマーヤのところよ～」

水都には前副メイド長ケレブリン・ケイノスがついて行ったようです。

御祖父様が椅子《いす》を持って来られて机の前に置かれました。自然な動作で御祖母様がそこに座られ。足をぶらぶらされながら、淡々《たんたん》と交渉《こうしょう》内容を話されます。

「南部六侯国の内四侯国は静観するって～。ただ……ちょっと情勢が変なのよね～」

御祖母様の瞳が深い知性の光を放たれました。地図の上に細い指を滑《すべ》らされます。

「北部五侯国は歴史的に私達と敵対していた。逆に水都と南部六侯国は戦争を忌避《きひ》していたのだけれど……レジーナちゃんの話だと、今は一枚岩じゃないみたい」

私は左隣《ひだりどなり》の年上メイドの袖《そで》を引っ張り、小声で尋ねます。

「（リリー、『レジーナ』って誰《だれ》？）」

「（侯国連合南部、ロンドロイロ侯国を治める女傑《じょけつ》ですね～）」

……御祖母様の人脈も謎《なぞ》ですね。

母様が長く美しい紅髪《あかがみ》をかきあげられ、父様に決断を促されます。

「王族の方々は西都へ脱出《だっしゅつ》して御無事《ごぶじ》とアンコの遣《つか》いが報《しら》せてくれた。アンナの報告では、王都の敵は兵站《へいたん》に苦労している。なのに『紫備《むらさきぞな》え』を東都へ下げる。つまり、未だ大樹は陥落《かんらく》していない。リアム、判断材料はほぼ出尽《でつ》くしたわ。どうするの？」

皆の視線が父様に集中しました。

腕組《うでぐ》みをし瞑目《めいもく》されていた父様がゆっくりと目を開け、雄々しく布告されました。

「是非《ぜひ》も無し。軍を二分し――主力は王都へと向かわせる！」

無論、戦力分散は愚策《ぐさく》。此方《こちら》の全力で敵の分力を叩《たた》いた方が良《い》いに決まっています。

けれど……現状がそれを許してくれません。

王都を押さえた叛徒《はんと》は動きを停滞《ていたい》させているようですが、何時《いつ》、南都攻《ぜ》めをしてもおかしくはないからです。その前に王都、次いで東都を奪還《だっかん》し、内乱を鎮《しず》めるのが最良。

……当然、兄様とリチャード兄様の救出も念頭におありな筈です。

御祖父様《おじいさま》が片手を軽く挙げられました。

「侯国連合は僕とリンジー、それとリュカで対処しよう。フェリシア嬢とサーシャ、副公爵軍の半数は貰《もら》うよ。南方諸家中には、『北部五侯国併合を！』と叫《さけ》ぶ血気盛《さか》んな者達もいる。彼等を此方に置いてはおけまい」

「勝ち過ぎている、というのも厄介ですな……御面倒《ごめんどう》をおかけします。リュカもすまぬが」

父様が御祖父様と御祖母様へ深々と頭を下げられ、次いで、リュカ叔父様の左胸に拳《こぶし》を軽く当てられました。叔父様は、ニヤリ、と笑われます。

「お任せあれ！　兄上と義姉上《あね》は勇戦を！　リンスターの武名を上げられますよう」

父様が深く頷かれ、最新情報を共有されます。

「ハワードもユースティンと一戦交える、との情報も入った。我々が主力を王都へ向かわせるのは丁度良い機だ。ワルターは帝国如《ていこくごと》きに後《おく》れは取らぬ。教授もおるようだしな」

私は北都にいる友人達——ティナ・ハワードとエリー・ウォーカーを思い出します。

兄様のこと。姉様のこと。今回の叛乱のこと……二人と今すぐにでも話したいことは山積みになっています。……私、こんなに弱い子だったでしょうか。

『ふ～ん……リィネは思ったよりも私を頼《たよ》りにしているんですね？　なら仕方ありません。聞いてあげてもいいです。だって、私は首席ですし？』

『リ、リィネ御嬢様、たくさんお話ししたいです。……聞いてくださいますか？』

脳裏《のうり》に腰《こし》に両手を置いて、ぺったんこな胸を張る首席様と、照れながら嬉しそうにしているお姉さんっぽくも妹っぽくもあるメイドさんが浮《う》かんできました。

……前言を撤回《てっかい》します。

ティナの話は聞きませんっ！　私はエリーとだけ仲良くお喋《しゃべ》りをしますっ‼

首席様が謝らない限り、決して、決して、退《ひ》きませんっ！

姉様だって、きっと私を支持して——

『私の邪魔《じゃま》をするなっ！！！！！！！！！！』

っっっ！　戦場で見た……『怖《こわ》い』姉様を思い出し、身体《からだ》が硬直《こうちょく》しました。

「リィネ、リリー御苦労だった。後は私達で詳細《しょうさい》を詰《つ》めよう」

父様が私達に退室を促《うなが》されます。心臓が、ギュッとします。

聞くのが怖い……です。でもっ！　でもっ‼　私は意を決して——口を開きました。

「父様、母様……姉様はどうされるおつもりですか？」

今の姉様は明らかに危《あや》ういです。

ただただ、剣《けん》を振《ふ》るい、禍々《まがまが》しい炎《ほのお》で全てを燃やし尽《つ》くす狂剣士《きょうけんし》。

何時……糸が切れたかのように、暴発してもおかしくないように思えます。

額を押さえられ、父様が呻かれました。

「……南都に留《とど》まらせたい」「でも、あの子は絶対に承知しないわ。そう告げたら……」

姉様は全てを放り出されて、兄様の元へと進まれるでしょう。

その結果……自らの命が喪《うしな》われようとも。母様が結論を告げられます。

「……リディヤも連れて行くわ。リィネ、リリー、アレンのいない間は、貴女達《あなた》があの子の『鞘《さや》』になってあげてちょうだい」

「……はい、分かっています」「……はい」

私とリリーは重苦しい想《おも》いを抱《かか》えながらも頷きました。

……私に出来るんでしょうか？

姉様を、黒く紅い炎翼《えんよく》を纏《まと》う『剣姫《けんき》』に恐怖《きょうふ》を感じてしまっている、私に……。

「――リィネ御嬢様《おじょうさま》」

リリーが私の両手を優しく包み込んでくれました。

……この従姉《いとこ》はこういうところがズルいんです。

「では、リィネとリリーは本当にここまでだ。――二人共、よくやってくれた」

賞賛に私の胸が熱くなります。父様が手を叩かれました。

「ありがとうございます」「リィネ御嬢様とお風呂ですぅ♪」

「⁉　は、入らないわよっ？　入らないからねっ！」

「え～？　さっきのシーダちゃん、とっても寂《さび》しがってましたよぉぉ？『……リィネ御嬢様は、私のことがお嫌《きら》いなんでしょうか……』ってぇ目が言ってましたぁ」

「うぐっ！　……そ、そうやって、私を動揺《どうよう》させようと……私がシーダを嫌う理由なんてない――……リリー、その手に持っている小さな宝珠《ほうじゅ》は何かしら？」

「『私がシーダを嫌う理由なんて』」

「あーあーあーあーあー！！！！！」

私は大声を出し、リリーから録音宝珠を奪《うば》い取ろうとします。対して流石はリンスター公爵家メイド隊第三席。まるで、舞踏《ぶとう》を踊《おど》るかのように、優雅《ゆうが》な動作で扉の方へ退避《たいひ》していきます。この子っ！　この子っ‼　この子ぉぉぉ!!!

それでも、会議を継続《けいぞく》される父様達に頭を下げ、私とリリーは部屋を後にします。

扉が閉まりきる刹那《せつな》――母様が未《いま》だかつて見たことがない悲痛な顔をされ、父様達に向き直り、呟《つぶや》かれるのが目に入りました。

「……万が一、リディヤが」

え…………？

私は思わず立ち止まってしまいました。い、今……母様は何と……何と仰《おっしゃ》ったの？

「リィネ御嬢様～。いっきますよ～」

廊下《ろうか》の先をずんずん進んでいるリリーが振り向き、私を呼びました。

ぎこちなく頷き、思考を振り払《はら》いつつ年上メイドを追いかけます。

……うん、きっと聞き間違《まちが》い。そうに決まっています。

だって……そんなの、そんなの、あり得ないっ！

……姉様が『悪魔』に墜《お》ちてしまったその時は、母様が自ら討《う》つ、だなんて……。

第2章

「……カレンの嬢ちゃん、また、族長会議はまとまらなかったみてぇだ。この数日は俺達ですら中に入れねぇから詳細も分からねぇ……動きがあったらすぐに報せる」

「……そう、ですか……」

東都大樹内の第一層。多くの負傷者が運び込まれ、喧騒《けんそう》に包まれる中、私は前獺《かわうそ》族副族長のダグさんへ力なく返答した。

東都、獣人《じゅうじん》族の新市街に住む狐《きつね》族族長の妹さんであるミズホさん経由で、族長会議にルブフェーラ公爵《こうしゃく》家への『古き誓約《せいやく》』履行《りこう》提案が出されて四日。その間、動きは無し。

昔、兄さんに読んでもらった、狼《おおかみ》族の大英雄《えいゆう》『流星』と仲間が活躍《かつやく》する物語を思い出す。

今の族長達の中に英雄はいないみたいね……。

白衣姿の栗鼠《りす》族と豹《ひょう》族の少女——幼馴染《おさななじみ》のカヤとココが、少し離《はな》れた場所から私の名前を呼んだ。

「カレン！　来て！」「カレンちゃん～重傷者さんが～」

「分かったわ！」

席を立ち、ダグさんへ御礼を言う。

「状況《じょうきょう》を教えてくださって、ありがとうございました」

「……すまねぇ……お前さん達まで負傷者の治療《ちりょう》を行っているってのに、馬鹿族長共ときたらっ！　最上層の会議室に籠《こも》り切りで姿すら見せやしねぇ……」

――私は今、カヤとココと一緒《いっしょ》に、大樹下層へ運び込まれる負傷者の治療を行っている。

本当は私も前線で戦いたい。戦って、少しでも早く兄さんを助けに行きたい！

けれど……近衛騎士《このえきし》団副長リチャード・リンスター公子殿下《でんか》と獣人族自警団団長で、ココのお父さんでもあるロロさんが許可してくれず、父さんと母さんにも反対されている。

結果……族長会議の終了《しゅうりょう》を待ち続けている。

ルブフェーラとの誓約は『獣人族が望むことを、可能な限り叶《かな》える』というもの。

今の状況を考えれば、東都への派兵要請《ようせい》になるのだろうけど……族長達は決断しない。

「……フェリシアだったら、即断《そくだん》しているところね」

「？　嬢ちゃん？」

「いえ、何でもありません。それじゃ、私は行きますね」

「……おぅ……」

老獺が去って行く。尻尾《しっぽ》の白さはこの数日で増し、背中も随分《ずいぶん》と小さくなった。新市街で兄さんを無理矢理ゴンドラに乗せなかったことを後悔《こうかい》されているのだ。

「！　そ、そんな……う、嘘《うそ》……」「い、いやぁぁぁぁ！！！！」

幼馴染達の悲鳴が聞こえてきた。意識を戻《もど》し視線を向けると、カヤは蒼褪《あおざ》め、ココが運ばれて来た担架《たんか》に縋《すが》りついていた。周囲の人々も血相を変えている。

人混みを掻《か》き分けどうにか近くへ行き、担架の人物を見て――息を呑《の》んだ。

「！　ロロさん……!?」

血塗《ちまみ》れで横たわっていたのは獣人族自警団団長を務める豹族のロロさんだった。近くで白衣を着た私の母さん――狼族のエリンが傷口を確認《かくにん》中だ。

ここまでロロさんを運んで来た、猫《ねこ》族と山羊《やぎ》族の青年が必死の形相で母さんに訴《うった》える。

「お願いです！　どうか団長を！」「俺達を庇《かば》って……」

「大丈夫《だいじょうぶ》よぉ。カレン、手伝って」

「は、はいっ！」

母さんが未知の増幅《ぞうふく》魔法をロロさんへかけていく。翠光《すいこう》が美しい。

私も手を翳《かざ》し光属性中級魔法『光神快癒《こうじんかいゆ》』を発動。本来以上の力を発揮する。

――兄さんが帰還《きかん》しなかった後、母さんはずっと泣き続けていた。

けれど、四日前に『……泣いている場合じゃないわね～。私も、頑張《がんば》らなきゃっ！』と負傷者の治療班に志願したのだ。

以来、母さんは治癒魔法こそを使えないものの、治癒魔法を増幅することでたくさんの人々の負傷を癒《いや》し、活躍している。……こんな魔法を使えるなんて、知らなかった。

私の視線に気づき、母さんが困った顔になる。

「昔、放浪《ほうろう》していた時期に、ある人から教えてもらったのよぉ。大樹内でしか使えないし、ナタンも嫌っているの……」

「この戦いが終わったら教えてください。兄さんと一緒にお話も聞きたいです」

「……そう、ね……アレンと一緒に、ね…………あ、ご、ごめんね。集中しないと……」

兄さんの名前が出た途端《とたん》、母さんの瞳《ひとみ》に大粒《おおつぶ》の涙《なみだ》が浮かび、落ちる。

目を固く瞑《つぶ》っていたロロさんが静かに目を開け、握《にぎ》りしめていた手を開いた。

中には砕《くだ》けた金属製の小札。

「……有難《ありがた》い……これで、まだ、戦える。ナタン殿《どの》の魔道具に助けられた、ぐっ……」

「お父さんっ！　駄目《だめ》っ‼」

ココが泣きながらロロさんへ抱《だ》き着き、首を何度も振る。

……命に別状はなくてもこの傷じゃもう戦闘《せんとう》は。

けれど、自警団団長は上半身を起こし、叫《さけ》んだ。

「……この程度の傷、アレンに比べれば、どうということはないっ！　私には、あいつを……獣人族の未来を変えてくれる筈《はず》だった男を新市街へ行かせた責任があるっ‼　……私は何と……何と愚《おろ》かな……。エリン殿、すまぬっ……すまぬっ…………！」

血塗れの手でロロさんは母さんの手を握りしめ、何度も何度も頭を下げる。

母さんは涙を拭《ぬぐ》い――無理矢理、笑《え》みを浮かべた。

「ロロさん、ココちゃんが心配するわぁ？　今は身体を休めて」

「……すまぬ……すまぬ……すまぬっ……」

――治癒魔法《まほう》の発動が終わった。母さんが自警団員達へ指示を出す。

「ロロさんを運んで～。すぐに次の負傷者が来るわぁ」

「「は、はいっ！」」

ロロさんの担架が今や半ば病棟になっている図書館へ運ばれて行き、ココもそれについていく。カヤが私を見てきたので小さく頷《うなず》く。栗鼠族の幼馴染は担架を追いかけて行った。

図書館の半分には避難してきた子供達がいる。カヤのことだ、この前知り合った小さい子達――狐族のロッタ、イネ、チホの様子も見て来てくれるだろう。

ロッタ、獣人族の掟《おきて》を調べていたのよね。あの子は頭がいい。

別の負傷者を治療していた、自警団分団長で治癒班を指揮している兎《うさぎ》族のシマさんが
近づいて来て周囲を見渡《みわた》した。

「此処《ここ》にいるみんなだけでも聞いてほしいの～……。私達は、アレンちゃんを新市街へ行
かせたわ。そして、新市街で包囲されていた人の多くは無事、大樹へ入ることが出来た。

……でも、彼は帰って来なかった。私達は凄《すご》い魔法士じゃない。だけど、諦《あきら》めるのは駄目。

そんなのは許されない。彼は――『家族』を救うために命を懸《か》けたんだから！」

周囲にいる人々が一斉《いっせい》に頷き、動き始める。

そこに獣人、人族、エルフ、ドワーフ……人種の区別はない。

私は涙を拭っている母さんの手を握りしめた。……冷たい。

視線を合わせ、励《はげ》ます。

「母さん、大丈夫です。兄さんは絶対、絶対、生きています！」

「……カレン……」

「大丈夫です。……大丈夫」

私は何度も何度も言葉を繰《く》り返し、大樹の上層部を仰《あお》ぐ。

――未《いま》だ族長達が降りて来る気配はなかった。

＊

「……今、何と言ったんだ、コノハ？」


東都、オルグレン公爵《こうしゃく》家別邸《べってい》の一室。

緒戦《しょせん》後、再び幽閉《ゆうへい》された私の主《あるじ》――ギル・オルグレン公子殿下は、窓の外を見ながら冷たい口調で尋《たず》ねてこられた。

十三日ぶりにお会いしたのだが、そこに温かさは皆無《かいむ》。……当然だ。

私の大失態により、ギル様は尊敬して止《や》まない『剣姫《けんき》の頭脳』と戦う羽目に陥《おちい》ったのだから……。歯を食い縛《しば》りながら伝達する。

「『剣姫の頭脳』殿の御姿《おすがた》、東都の何処《どこ》にもありません。……攫《さら》われたもの、と」

「……攫われた、だと……？　ヘイデンとザウルは何をしていたっ！！！！！」

初めて聞く本気の怒号《どごう》。

ヘイデン、ザウルとはオルグレンの宿将たる大騎士ヘイグ・ヘイデンと、名魔法士であるザウル・ザニ伯爵《はくしゃく》のことだ。

二人は青年を生き残りの近衛騎士達と共に捕虜《ほりょ》としていた。

ギル様が近づいて来られる。

「――……コノハ」

私は顔を上げる。そこにおられたのは――冷たい瞳のギル様だった。

心臓が止まりそうになるほど痛む。このような顔にしてしまったのは、私なのだ……。

「……お前が俺を今回のこの馬鹿げた謀叛《むほん》劇に参加させない為《ため》、本宅へ軟禁《なんきん》しようとしていたのは理解出来る。だが、一人じゃ無理だ。話せ。知っていることを何もかもっ！」

私は涙を堪《こら》える。嗚呼《ああ》……ギル様に……姉のモミジと私を聖霊《せいれい》教の奴隷《どれい》から解放してくれた御方に、こんな顔をさせてしまうなんて……。

――私の心臓には、グレゴリー・オルグレンの呪印《じゅいん》が刻まれている。

勝手に情報を話せば死ぬ。だが……今更《いまさら》、それがどうしたというのか？

――謀叛初日。魔法で昏睡《こんすい》させた生き別れの姉であるモミジを見せながら、グレゴリー・オルグレンは私へこう言った。

『――『剣姫の頭脳』にギルをぶつけてほしいのです。ああ、断られても結構です。しかし、敵か味方かはっきりしないギルをグラント兄上はどう思われるか……ここで一戦交えれば、貴女《あなた》は御姉様と再会出来、ギルも無事！　何を躊躇《ためら》う必要が？』

私は懊悩《おうのう》した。ギル様にそんなことをさせるのは……結局、決められず、捕《と》らえられた。

結果……グレゴリーは私達姉妹を見せながら、ギル様へ真実を伝えたのだ。

『この姉妹《しまい》は君が幼い頃《ころ》に軛《くびき》を解いたあの奴隷の姉妹だよ。さて、ギル、どうする？　一度救った命を今度は殺すかい？　それとも……アレン先輩《せんぱい》を取るのかな？』

グレゴリー・オルグレンは、想像以上に邪悪《じゃあく》だったのだ。

ギル様が促《うなが》して来られる。

「……どうした？　黙《だま》られても分からないぞ」

「……ギル様。私は──……」

心臓に激痛が走った。とても立っていられず、前屈《まえかが》みになり膝《ひざ》をつく。額に脂汗《あぶらあせ》。

まだ……まだ、全部、話すまでは──

「……魔法で縛られていたのか。顔を上げろ」

「…………は、い」

私は荒《あら》い息を吐《は》きながら、ギル様の命に従った。

そして──

「！？！！？？」

ギル様に唇《くちびる》を奪《うば》われていた。心臓の痛みが掻き消える。……え？

唇が――……離《はな》れた。呆然《ぼうぜん》と主を見つめる。

「……呪詛《じゅそ》は俺へと移《か》し替えた。とっとと話せ」

「ギル、様……？　な、何故《なぜ》……何故ですっ！」

「……知るかよっ！　そうしたいからしただけだっ！　……俺はあんたが分からなかった。今も信じちゃいない。なのに……どうして、こんな……」

……もっと素直《すなお》に名乗っていたのなら、未来は変わったのだろうか？

『私はあの時、貴方《あなた》に救っていただいた聖霊教の奴隷です』

そう、言えていたのなら……妄想《もうそう》を振《ふ》り払《はら》う。意味ない思考だ。

「当初、私はグラント・オルグレンによって送り込まれました。貴方を監視《かんし》し、同時に『剣姫』、そしてリンスター公爵家の情報を収集せよ、と。……予定通りでしたが」

「！　諜報《ちょうほう》部に入ったのは、一番俺に近づき易《やす》いと考えた為だったのか……？　呪印の主は途中《とちゅう》から、グレゴリーに代わったんだよな？」

――グラント・オルグレンは小心者だった。しかも、実戦を殆《ほとん》ど経験すらしていない。そんな者の計画が成功するとは……到底《とうてい》思えなかった。

グレゴリー・オルグレンは得体が知れなかった。

私達を奴隷に落とし、母の命を奪った邪悪な聖霊教と懇意《こんい》なのは分かったが……何を目

標に据《す》えているかは見えず。けれど、得た様々な情報を加味しても、ギル様を此度《こたび》の愚挙《ぐきょ》へ積極的に関与《かんよ》させるとは思えなかったのだ。

その為、私はグレゴリーの密偵《みってい》となった。

「……グレゴリーの指示もほぼ同じでした。『剣姫の頭脳』の情報も加わりましたが。今の私は謂《い》わば二重密偵です。……お伝え出来ず、申し訳」

「謝ったりしたら、俺はあんたを一生……いや、何度生まれ変わろうが許さない。……あんたの予測通りグレゴリーは俺を害そうとしていない。アレン先輩と戦った後も頭を下げて来た。短剣《たんけん》も回収されていない。腹の内は分からないが、未《いま》だにお前がある程度、自由に動けるのはあいつの指示だ。……アレン先輩の居場所は分かっているのか？」

「……謎《なぞ》の馬車の車列が東北へ向かったようです」

「東北だと？　あそこに何が――……四英海《しえいかい》。魔王《まおう》戦争以前の遺構か……」

大陸最大の塩湖である四英海には幾《いく》つか小島があり、オルグレンが長年、秘匿《ひとく》してきた遺構が存在している。中には、未踏破《みとうは》のものもあるようだ。

――別邸内に張り巡《めぐ》らしている感知魔法が反応した。

ギル様が険しい顔になられる。

「……老人達が来たか。いいだろう。話を聞いてやる」

吐き捨てられると、私に構わず部屋を後にされた。
バタン、と扉《とびら》が荒々《あらあら》しく閉じられる。
心臓が軋《きし》み、鋭《するど》く痛む。呪印はなくなった筈なのに。
……私の初めての接吻《せっぷん》は、余りにも苦かった。

＊

ギル様を追いかけ、別室へ。
廊下《ろうか》には男の騎士《きし》と女性魔法士がいた。護衛なのだろう。
敬礼を無視しギル様が扉を開けると、二人の老人が待っていた。
『大騎士』ヘイグ・ヘイデン伯爵とザウル・ザニ伯爵。
何《いず》れも、叛乱《はんらん》軍主力を率いる歴戦の猛者《もさ》だ。
どちらも戦塵《せんじん》で汚《よご》れている。密《ひそ》かに前線を抜《ぬ》け出して来たのだろう。
立ったまま、鋭い視線を向けて来る。
「……ギル様、メイドは外へ」「……話が出来ませぬ」
けれど——ギル様があっさりと告げられた。

「……コノハは味方だ。アレン先輩にもそう言われた。座れ」

私は口元を押さえ、震《ふる》える。

……こんな私を……まだ……まだ、『味方』と呼んで下さるのですか？

老人達は不承不承頷き椅子《いす》に腰《こし》かけ、話し始めた。

「……アレン殿《どの》の件、真《まこと》に大変申し訳なく……」

「仔細《しさい》、探らせておりますが、何者が攫ったのかは……大樹も未だ確保出来ておりませぬ」

「苦戦しているようだな。聖霊騎士団も動かず。消耗するのは東方諸家ばかりか……」

老大騎士が険しい顔のまま現戦況《せんきょう》を明かした。

「……グラント坊《ぼっ》ちゃまは王都より『紫備《むらさきぞな》え』を呼び戻《もど》す模様です」

「……以降、汽車で王都の兵を東都に戻すは不可能となるでしょう。軍需《ぐんじゅ》用と民間用で運行は大混乱を来《きた》しております。戦前に立てられた作戦計画は既《すで》に破綻《はたんいた》致しました」

「オルグレンは王国東方防衛の家。本拠地《ほんきょち》を離れて戦う想定をしていない。汽車での兵站《へいたん》維持《いじ》……うちの兵站部門には荷が勝ち過ぎている。机上《きじょう》の空論だ」

ギル様が叛徒の作戦計画を酷評《こくひょう》される。汽車での物資輸送は確かに素晴《すば》らしい。

だが……それを常時、混乱、過不足なく運行し続けることは極《きわ》めて困難。

汽車を走らせる為には、膨大《ぼうだい》な人員による後方支援《しえん》が必須《ひっす》である——この単純な事実に、グラント・オルグレンとグレック・オルグレンは思い至らなかったのだ。

老将二人が話を変える。

「大樹攻略《こうりゃく》はあと一歩まできております。先日には、自警団団長を負傷させた模様。『剣姫の頭脳』がいないことも、我等《われら》に利しております」

「これも、アレン殿に勝たれたギル坊ちゃまの功故《こうゆえ》」

「…………何だと？」

老人二人の下手な世辞にギル様の口調がいきなり烈《はげ》しいものに変化した。

「……俺があの人に勝った、だと？　馬鹿を言うなっ！！！！！」

ギル様が感情を剝《む》き出しにされ、目の前の机へ両拳《こぶし》を叩《たた》きつけられる。

分厚い木製の机に罅《ひび》が走った。

「あの人は一度、身内と決めた者に本気で剣なんか振るっちゃくれない。……どんなに懇《こん》願《がん》したって振るっちゃくれないんだっ！　アレン先輩は持っていた剣を……最後まで防御《ぼうぎょ》にしか使わなかったたっ！　長杖《ちょうじょう》での一撃《いちげき》ですら、大学校での訓練時と全く同じだった……俺が『光盾《こうじゅん》』を使ってもだっ！」

「！　まさか……」「……彼は魔法士。近接戦でギル坊ちゃまが後《おく》れを取るとは」

老人二人の顔にありありと驚《おどろ》きが浮《う》かんだ。

ギル様が震える声で続けられる。

「あの人の剣技の師は『剣姫《けんき》』リディヤ・リンスターなんだぞ……？　体調が万全《ばんぜん》だったのなら、数合で俺の首なんか飛んでいるっ！　最後に俺が撃《う》った雷属性上級魔法はな……アレン先輩が俺の為に創ってくれたものだ。本来なら、あんな簡単に喰《く》らうかよっ‼」

——『剣姫の頭脳』と古参近衛《このえ》騎士、獣人《じゅうじん》の老兵達が見せた抵抗《ていこう》は壮絶《そうぜつ》なものだった。

絶対的多数から波状攻撃を受けながらも、逃《に》げ出す者は一人としておらず、倒《たお》れる者は皆《みな》、前のめり。自爆《じばく》を敢行《かんこう》した者すらいた。

それでも多勢に無勢。一人……また一人、と倒れていくも抗戦を継続《けいぞく》。

結局、大樹から『収容完了《かんりょう》』の信号弾《だん》が上がるまで戦《たたか》い抜いてみせたのだ。

血塗《ちまみ》れになりながら最後の最後まで立っていたのは——黒髪の青年だった。

ギル様が嗚咽《おえつ》を漏《も》らされる。

「……生き残った近衛騎士達を風魔法で水路へ叩き落としたアレン先輩は穏《おだ》やかに笑っていた……あの人は、降伏《こうふく》を懇願する俺に何て言ったと思う？　『泣くなよ、ギル。よく決断した。コノハさんは味方だよ。グレゴリーに気を付けろ』だぞ⁉　最後の最後まで……こんな、こんなっ、情けない俺を案じて……そんな人に俺が勝っただと？　ふざけるなっ！！！　俺は負けたんだ。完膚《かんぷ》なきまでに敗《ま》けたんだ！　連戦に次ぐ連戦で消耗し切り、魔力も殆ど残っていなかった状態のあの人に。こんな、呪《のろ》われている短剣まで抜きながらなっ！　俺はアレン先輩を……………何れ時《いず》が来たのなら、真っ先に剣を捧《ささ》げようとしていた人を信じ切ることが出来なかった。何処《どこ》かで、無理なんじゃないか、と疑った。結果……この様だ……………」

ギル様が慟哭《どうこく》される。

私は唇を噛《か》み締《し》め、胸を掻《か》きむしりたくなるのを必死で抑《おさ》えた。

ギル様が儚《はかな》い笑《え》みを老人達へ向けられる。

「……が、現実は待ってもくれない。これからの話をしよう。大前提として——愚挙に関わったオルグレンと東方諸家は終わりだ。以後は被害《ひがい》の軽減だけを考えろ」

「！　ギル様⁉」「……まだ、負けとは」

ギル様が目を細められる。その奥《おく》にあるのは——憐憫《れんびん》。

「王国東方防衛しか考えていないオルグレンと、魔王との再戦に二百年備えている『リンスター』『ハワード』『ルブフェーラ』が同格だと認識してやいないか？　そうだとしたら」

視線を外し、嘆息《たんそく》される。

「……オルグレンは東方で微睡《まどろ》み過ぎたんだ……」

「「……………」」

ギル様の痛烈《つうれつ》な指摘《してき》に老人達が黙《だま》り込んだ。

「リンスターは『剣神』。ハワードは『軍神』。ルブフェーラは『戦神』。……今回、うちと東方諸家が喧嘩《けんか》を売ったのはそういう家々だ。しかも……アレン先輩《せんぱい》を傷つけた。……『剣姫』は許しちゃくれない。絶対に許しちゃくれない。アレン先輩がいない時、大学校の研究室で俺達はこう言われたんだ」

両手を上げ、泣き笑いの顔をされる。

「『私はあんた達にそこまで興味がないけれど、暇《ひま》なら力を貸してあげてもいい。でも……あいつの信頼《しんらい》を裏切ったり、傷つけたりしたら、一切《いっさい》の容赦《ようしゃ》はしない』」

──私は『剣姫』と『剣姫の頭脳』の戦歴を虱潰《しらみつぶ》しに調べ、人となりも探った。

その時、気付いた。あの青年は、『剣姫』という世界最高の剣の鞘《さや》なのだ。

「『剣姫』の武勲譚《ぶくんたん》は全て事実だ。黒竜《こくりゅう》を退け、四翼《しよく》の悪魔と吸血鬼《きゅうけつき》の真祖を討伐《とうばつ》したのも、千年を生きた恐《おそ》るべき魔獣《まじゅう》、蠢《うごめ》く『針海《しんかい》』を倒したのもな……。これから俺達が相手にしなくちゃならないのは──」

私の主《あるじ》様は心底からの畏怖《いふ》を吐《は》き出す。

「本物の生きた怒《いか》れる英雄《えいゆう》だ」

「……ですが、我等とて」「……如何《いか》な『剣姫』相手といえども」

ギル様が軽く左手を振《ふ》り、制止された。……出血している。

駆《か》け寄り治療《ちりょう》したい想《おも》いを必死に押し止《とど》める。

「姉御《あねご》が『剣姫』なのは、アレン先輩の隣《となり》にいる時だけだ。いなければ、全てを燃やし尽《つ》くす──『炎姫《えんき》』と化す。『火焔鳥《かえんちょう》』を受けたことはあるか？　あれは辛《つら》いぞ。こうなった以上、王都と東都主要部が灰燼《かいじん》に帰することまで覚悟《かくご》しているのだよな？」

「……それ程《ほど》の？」「……本当に、人なのですか？」

老人達の額に冷《ひ》や汗《あせ》が滲《にじ》んでいる。

──戦力想定の激しいズレ。

ギド・オルグレン老公と子飼いの老人達は、グラントやグレゴリーとは別の目的を持っている、と私は推察しているものの……ここまで認識がズレていては。

ギル様が重々しく告げられる。

「……アレン先輩が東都にいる時に、事を起こしたのは最大の下策だったな。……守るべき民《たみ》を傷つけた時点で、下策の下策だが。獣人族との融和《ゆうわ》、最早《もはや》不可能だぞ？」

「…………獣人族に対しては言葉もなくっ…………」

「……貴は、何れ我等が全て背負う所存です……」

老人達が深々と頭を下げる。獣人族を襲撃《しゅうげき》することに固執《こしつ》したのは、あの、人の皮を被《かぶ》った悪魔である聖霊騎士《せいれいきし》団と、それに感化された部隊なのだろう。

新市街の戦闘《せんとう》後、この二人の老人達は獣人族を出来る限り保護してもいる。

しかし……幾ら説明しても、獣人族との信頼関係が崩壊《ほうかい》した事実は覆《くつがえ》せない。

ギル様が自嘲《じちょう》される。

「ハーグは俺に『オルグレンの名誉《めいよ》を』と言って、こんな短剣《たんけん》を渡《わた》して来た……買い被《かぶ》りだ。俺は剣を捧げるべき相手を信じ切れず、剰《あまつさ》え剣を向けた愚か者《おろもの》だ。名誉も何もない」

心が切り裂《さ》かれる。

私が、グレゴリーの悪性を過小評価しなければ。償《つぐな》うにも償えない。

ギル様が信じられない程、冷たい口調で老大騎士と老魔法士へ問いかけた。

「……親父《おやじ》は、ギド・オルグレンはどうしてこんな愚挙《ぐきょ》を止めなかった？　かの『翠風《すいふう》』レティシア・ルブフェーラ様直々に騎士としての心得を叩きこまれた、あの人とお前達が唯々諾々《いいだくだく》と……話せ。親父は何を企《たくら》んでいる？　もし、それが馬鹿げた内容ならば」

嗚呼《ああ》……こんな……こんな筈《はず》じゃなかったのに……。

私が命にかえても、守らなければならなかった御方《おかた》は、決定的な言葉を吐かれた。

「――……俺が、この手で引導を渡す」

「…………」

老人も沈痛《ちんつう》な面持《おもも》ち。彼等とて誤算続きではあるのだろう。

暫《しばら》くし――老騎士と老魔法士は重い口を開いた。

『オルグレンが為《な》すべき事』の話を聞き終えたギル様は頭を抱《かか》えられた。

「……馬鹿だな。馬鹿だよ……だから、ハーグがこんな短剣を俺に押し付けてきたのか。全てが終わったら、『後始末』をしろと？　勝手過ぎるだろうがっ！！！！！！」

老人達は深々と頭を下げるばかり。私はあの日――私達姉妹《しまい》を解放してくれた、小さきギル様を叱責《しっせき》するオルグレン老公を思い出す。

……何て苛烈《かれつ》な御方。護国の為《ため》ならば、御子息にここまでのことを……。

控《ひか》えめなノックの音が響《ひび》き、外から男性と女性の声がした。

先程、廊下《ろうか》にいた護衛だろう。

「……ヘイデン卿《きょう》、大樹への総攻撃命令が出ました」「……師父、我等にもです」

「……今、行く、ユグモント」「……サンドラ、分かっておる」

老大騎士と老大魔法士は悲壮《ひそう》な決意を瞳《ひとみ》に示し立ち上がり、扉《とびら》へと向かった。

ギル様が呟《つぶや》かれる。

「……武運は祈《いの》らない。だが……まだ死ぬな」

「……はっ」


二人が出て行った後、私達は部屋へ戻った。

ギル様は、椅子《いす》に腰《こし》かけられず、執務《しつむ》机の引き出しを開けられ——布の小袋《こぶくろ》を投げてよこした。慌《あわ》てて受け取ると——重い。金貨だ。

「……当座の路銀だ。姉をどうにか助けて逃げろ。もう……そんなに時間はないぞ。各公《こう》爵《しゃく》家の反撃は苛烈を極《きわ》めるだろう。……俺を守ろうとしてくれたことには感謝する」

最後の穏やかな言葉に……心が深く抉《えぐ》られる。

「ギル様っ！！！！！」

私は手で胸を押さえつけ、床《ゆか》に跪《ひざまず》き哀願《あいがん》する。布袋から金貨が零《こぼ》れ落ちた。

「このような事を言えぬ身なのは重々承知しております。ですが、お願いです。どうか、どうかっ！　私を最後まで御傍《おそば》にっ！！！！」

「……俺があんた達姉妹を救ったのは気紛《きまぐ》れ。今回の件も、こうなったのは俺が愚かだったせいだ。まったく、俺は大学校であの人から何を学んだんだろうな……」

血が未《いま》だ流れているギル様の手をそっと握《にぎ》り、治癒《ちゆ》魔法をかける。かけ続ける。

私は大きく何度も頭《かぶり》を振った。

「いいえっ！　いいえっ‼　いいえっ‼‼　——……あの日、教皇領の裏奴隷《どれい》市場で、絶望の淵《ふち》にいた私は……私達は、他の誰《だれ》でもない。貴方様《あなたさま》によって救われたのですっ！　南方島嶼《とうしょ》諸国出身で、誰も救ってくれなかった私の手を握ってくれる人がいた……。この想いがあったからこそ……私は、今日まで生きてこられたのです。どうか……どうか……お願いします……。最後まで……御傍に……！」

涙《なみだ》で視界が滲《にじ》む。……私は失敗した。どうしようもない失敗をした。

けれど——まだ、生きている。

ならばっ！　せめて……今度こそ、ギル様の命だけは守り切ってみせるっ！

生涯《しょうがい》で一番長いと感じる沈黙《ちんもく》の後、ギル様は静かに私へこう告げられた。

「……まずは姉を捜《さが》し、逃《に》がせ、その後で、まだ想いが残っているなら——戻《もど》って来てくれ。俺はこれでも『オルグレン』なんだ。…………為すべきことがある」

＊

大樹前の大橋は今や激戦場に他ならない。

「近衛《このえ》騎士団副長リチャード・リンスター！　覚悟っ！！！」

僕目掛《めが》けて、若い敵騎士が槍《やり》を繰《く》り出してきた。連日戦い続け、顔を覚えられてきているのだ。後方の敵戦列も雷矢《らいや》を準備し、一斉《いっせい》に撃《う》ってくる。

僕の前方に回り込む小さな影《かげ》――敵騎士の槍が軽鎧《けいがい》姿の小熊族の男性が持つ大楯《たて》に受け止められた。獣人《じゅうじん》族自警団分隊長のトマ君だ。

「させるかよっ！　スイ‼」「応っ！！！」

名前を呼ばれたボロボロな青道着の狐《きつね》族の青年――新市街の戦闘を生き延びたスイ君が大樹内で即製《そくせい》されている金属製の小札を投げ、簡易耐雷《たいらい》結界を展開。雷矢を防ぎ跳躍《ちょうやく》。

「がはっ！」

敵騎士を思いっきり戦列へ蹴《け》り飛ばした。

スイ君は着地し振り向き、ニヤリ。

「トマの兄貴、動きが遅《おそ》くなってるぜ？　歳《とし》なんだから――」

「おのれっ！　死ねぃ！」

突撃《とつげき》してきた複数の重騎士が戦斧《せんぷ》をスイ君へ振り下ろす。

対してトマ君が即時反応。大楯で受け止め、

「そら、よっとっ！！！！」

片手で持っている戦槌《せんつい》を叩《たた》きつけた。

『っ！？！！』

重騎士達が驚《おどろ》き後退。……とんでもない筋力だな。

「誰が歳だって？　嫁に逃げられたスイ？」「……筋肉馬鹿がっ！」

仲が良《い》いことだ。僕は剣《けん》を高く掲《かか》げ、炎《ほのお》属性上級魔法『灼熱大火球《しゃくねつだいかきゅう》』を敵戦列へ解き放つ。耐炎《たいえん》結界を喰《く》い破り、着弾《ちゃくだん》。戦列に大穴を穿《うが》った。

「副長に続いて――撃てっ！」

後方から若い少女近衛騎士――ヴァレリー・ロックハートの号令が聞こえ、各種属性攻《こう》撃《げき》魔法が追撃。更《さら》に混乱を引き起こさせ敵部隊が退いて行く。

軍旗から見て男爵《だんしゃく》、准爵《じゅんしゃく》率いる二線級の部隊ばかり。戦意は低い。

「……勝ったかな」

息を吐き——剣を納める。アレンに奪《うば》われた愛剣じゃないせいか、どうにも違和感《いわかん》があったもののようやく馴染《なじ》んできた。トマ君とスイ君が命令を飛ばす。

「怪我人《けがにん》は大樹へ退けっ！」「交代で休息だっ！　シズク、負傷者を選別しろっ！」

自警団員達がそれぞれ応じ、動き始める。

ロロ殿《どの》が負傷された時はどうなることかと思ったけれど……頼《たの》もしい限りだ。

「ベルトラン、僕等も——……ああ、そうだったな」

アレンと共に新市街に残った副官の名前を呼んでしまい、頭を掻《か》く。

連日の激戦で疲労《ひろう》が溜《た》まっている。

「副長も休息を取られてください。陣地《じんち》構築は私達がします！」

極々《ごくごく》淡《あわ》く長い翠髪《みどりがみ》を簡単に纏《まと》めたヴァレリーが元気よく進言してきた。

近衛騎士団最年少のこの子や、自警団最年少のシズク嬢《じょう》を戦場に出さなくてはならない程《ほど》、僕等は追い込まれているのだ。

後方の近衛騎士達、それにトマ君とスイ君も視線で伝えてくる。『休め』と。

「……任せた。敵陣に動きがあったらすぐ報《しら》せてくれ」

僕は大橋から下がり、大樹前まで戻って来た。

周囲は引っ切り無しに人が行き交《か》うも……みんな余裕《よゆう》がない。

此度《こたび》の叛乱《はんらん》が始まった当初、僕等は大樹前にある大橋を渡った大広場を陣地としていた。

しかし……現在は大橋半ばを明け渡し、大樹までは指呼の間まで押されている。

近衛騎士団も自警団も怪我人が続出し、部隊指揮官も多くが欠けた。戦力は半減。

けど、大樹内で負傷者治療《ちりょう》を統括《とうかつ》している兎《うさぎ》族のシマ殿を前線に戻すのは最後の手段。

彼女がいなかったらとうの昔に、前線は崩壊していただろう。

かといって、カレン嬢を前線に出すのは……彼女はヴァレリーよりも年下なのだ。

危機的状況《じょうきょう》にも拘《かかわ》らず族長会議は依然《いぜん》として沈黙。

他地域の情報も入ってこず。その上敵は主力を温存し、雑多な軍を連日ぶつけ消耗《しょうもう》を強《し》いてくる。アレン達がどうなったかも分からない。食料、水の備蓄《びちく》はあるものの水路の確保も危《あや》うくなってきている。

通り道を外れゴンドラの残骸《ざんがい》が浮《う》かぶ大水路を眺《なが》めつつ、煙草《たばこ》入れを取り出し――仕舞《しま》う。残りは一本しかない。

「かっかかっ……シケた面《つら》してやがんなぁ、赤の公子殿下《でんか》。ここだろうって、聞いてな」

「……ダグ殿」

僕を見つけ近づいて来られたのは、前獺《かわうそ》族副族長のダグ殿だった。

手で合図されたので、そちらへ移動。

僕達は喧騒《けんそう》の中、片隅《かたすみ》に椅子と小さな机を確保し向かい合う。

煙管《キセル》を咥《くわ》えた老獺が諦念《ていねん》を伝えてきた。

「……もう、駄目《だめ》かもしれねぇ……。現役《げんえき》の族長共で、一時でも大樹の下層に降りてきやがったのは猿族族長だけだ。妙《みょう》な様子だったが……お前さんに頼みがある」

「偶然《ぐうぜん》ですね。僕も頼みたいことがありまして。……と、その前に」

拙《つたな》いながらも静音魔法を発動。僕等の声を聞こえなくし、老獺を見やる。

「貴方《あなた》に隠《かく》し事《ごと》は出来ません。戦局は絶望的です。大樹が陥落《かんらく》する前に女性、子供、老人、怪我人だけでも逃《のが》さないと……殿《しんがり》は僕等が引き受けます」

「……船は掻き集めておく。……ただし、条件がある。これが俺の話だ」

ダグ殿が煙管を机に叩きつける。その瞳には深い悲しみがあった。

「逃すのは怪我人、女、子供、それと――大樹へ逃げ込んで来た他種族の連中にする。前族長及《およ》び副族長、主だった有力者全員同意済みだ。あんた達にはその護衛を頼みたい」

「⁉ そ、それは」

「…………アレンはなぁ、昔、こ～んなチビ助《すけ》だったんだ。かっかっかっ……背もカレンの嬢ちゃんと同じくらいでなぁ…………」

老獺が指で表現しながら、独白を零す。

──煙管を持つ手は震《ふる》えている。

「魔力《まりょく》も少ねぇ……身体能力も大したことねぇ……外見のせいで、獣人街にいればどうしたって目立ちやがる。ゴンドラに乗ると、俺の膝上《ひざうえ》でよく泣いたもんだ。『……僕に獣耳《けものみみ》と尻尾《しっぽ》があれば良かったのに……』ってな。……ナタンとエリン、カレンの嬢ちゃんにも言ったことはねぇ。他言無用だ」

僕は小さく頷《うなず》く。ジェラルドの件以降に調べた、アレンの来歴には『獣人族内で一時期、排他《はいた》されていた』と、書かれていた。

ダグさんが視線を動かされ、遠くを見られる。

──新市街の方向。

「だが、あいつは諦《あきら》めなかった。努力して、努力して、努力してっ！　……何の後ろ盾《うしだて》も無しに王立学校に受かりやがった。……合格が決まった後、手紙が来たんだ。何て書いてあったと思う？」

「…………」

僕は沈黙で先を促《うなが》す。

「『ダグさんには、たくさん大切な事を教えていただきました。本当に有難《ありがと》うございました。また、ゴンドラに乗せてくれると嬉《うれ》しいです。行ってきます――ダグお爺《じい》ちゃん！』。

……俺は何もしてねぇ……。ただ、ゴンドラに乗せてただけだっ……。俺は……あいつに、何も、何も、してやれてねぇのに……あいつは……あいつは……」

老獺の頬《ほお》を涙が伝っていく。

「……その日の晩、俺は泣いたよ。あのチビ助が！　俺の膝上に乗って、面白《おもしろ》くもねぇ昔話をずっと聞いていやがった、あの……あのアレンがっ！　よくぞっ！　よくぞっ‼」

ダグ殿が震える手で顔を覆《おお》った。

「……口には出さなくとも……実の、実の……孫だと、思っていた……。なのに……俺は、あいつを見殺しにしちまった……なぁ、赤の公子殿下」

手を外した老獺の真っ赤な瞳《ひとみ》には覚悟《かくご》。……この人も深くアレンを愛していたんだな。

そして、勿論《もちろん》――アレンも。

「子を……孫を盾にして老い先短い俺達が生き残る。……そんなことぁ、もう真っ平だ。ああ、真っ平だっ！　今度は俺達の番だろうが？　――リチャード・リンスター公子殿下、時来たらば、我等《われら》の妻、息子《むすこ》、娘《むすめ》、孫、そして他種族の輩《ともがら》をお頼み申す」

＊

ダグ殿と別れ僕は大橋前へ。そろそろ陣地へ――突然《とつぜん》、名前を呼ばれた。

「リチャード様」

振《ふ》り向くとそこにいたのは、小さな年代物の眼鏡をかけ、頬を金属煤《すす》で汚《よご》している狼《おおかみ》族の男性だった。アレンの義父であるナタン殿だ。疲労と憂《うれ》いの色が濃《こ》い。

僕は深々と頭を下げる。――それ以外の選択肢《せんたくし》なぞない。

「……お止《や》めください。貴方様は『公子殿下』であられるのですよ？」

溜め息が聞こえ、精緻《せいち》な刻印が施《ほどこ》された金属の小札が差しだされた。

「これを渡《わた》しに来たのです」

「……僕に？　これはロロ殿の命を間一髪《かんいっぱつ》のところで救った魔道具なのでは？」

顔を上げ小札を受け取る。ナタン殿が小さく頷かれた。

「耐《たい》魔法用の魔道具の試作品です。一度だけですが致命傷《ちめいしょう》は避《さ》けられます。……大樹に持ち込んだ材料で作れるのは、それが最後の一枚でしょう」

「！　受け取れません。……僕にはその資格が」

「今日まで、大樹を守ってくれたのは貴方様と近衛《このえ》騎士団です。貴方様に今、倒《たお》れられれば——全ては終わる。残りは妻と娘に持たせています」

再び頭を下げる。……『妻と娘』。つまり、本人は持っていない。

「もし納得《なっとく》出来ないのでしたら……少しだけ僕の愚痴に付き合ってください」

「……無論」

眼鏡を外され大樹を眺められる。叛乱開始後、上空を飛ぶ蒼翠《そうすい》グリフォンの数が妙に増えたそうだ。ナタン殿が零《こぼ》される。

「アレンは……僕達には過ぎた子でした……」

「？　それはどういう？？」

「……リンスター公爵《こうしゃく》家の方ならば調べておいででしょう？　リディヤ公女殿下の傍《そば》にいる、狼族の養子の素性《すじょう》を調べぬ筈《はず》がない」

ナタン殿が淡々《たんたん》と述べた。瞳には深い知性の光。この人は東都屈指《くっし》の魔道具職人なのだ。

「僕達夫婦《ふうふ》とアレンに血の繋《つな》がりはありません。当時、故郷を出て大陸各地を放浪《ほうろう》していた僕とエリンは腰《こし》を落ち着けたい、と思っていました。その時、拾ったのがあの子です」

『誰《だれ》の子かは一切《いっさい》不明』。報告書にはそう書かれていた。

「東都での日々は、僕達に平穏《へいおん》と安らぎを齎《もたら》してくれました。娘のカレンも生まれましたしね。ただ……だからこそ、アレンが排他されていることに気付くのが遅《おく》れました」

『新市街で起こった狐《きつね》族の娘の死。それ以降、排他されていた時期あり』。ただし、一部調べきれない項目《こうもく》があった。……狐族の少女の死が何故《なぜ》、国家機密指定に？

「僕とエリンは悩《なや》みました……。アレンの為《ため》を想《おも》うならば、東都を出るべきだったのでしょう。しかし、カレンもまだ幼く、結局、その選択をしなかった……」

ナタン殿が瞑目《めいもく》。肩《かた》は震えている。

「ですが……こんなことになるのならば、王都にでも、北都にでも、南都にでも、西都にでも……行っていれば良かったっ！　僕は過《あやま》ちを犯《おか》しました……」

小さいけれど、よく通る声を聞いて人々が立ち止まる。

「王立学校の時もそうです。あの子の成績ならば、もっと早く進学も出来たんですよ。西都の学校であれば、入学年齢《ねんれい》は低いですしね。ただ、僕達はあの子の笑顔《えがお》を傍でもう少し見ていたくて、その選択肢を放棄《ほうき》してしまった……。羽ばたく翼《つばさ》があったのに、です」

……つまり、リディヤと出会わなかった可能性も存在していた、と。

紙一重だったんだな、全てが。いや…………運命か。

「……僕には父祖達が持っていたような力はありません。ですが……僕とエリンが今日まで歩んで来られたのは、間違《まちが》いなくあの子がいてくれたからだった。この身をもってあの子の盾とならなければ、釣《つ》り合いが取れないっ。なのに僕は、貴方も多くの兵の命を救っています」

「……アレンは望まないでしょう。それに貴方も多くの兵の命を救っています」

僕は、慚愧《ざんき》の念に押しつぶされそうになっている男性を、じっと見つめた。

簡易耐雷《たいらい》結界はナタン殿《どの》が考案、即製《そくせい》されたのだ。

ふっと微笑《ほほえ》まれる。……アレンによく似ている。

「……子を『盾』として生き残った親の命に価値なぞありませんよ。勿論、この世界には様々な考えがあるでしょう。でも——僕は否定します。親は子を守り慈《いつく》しむ為に存在している！　……少なくともそうであってほしい、と願っています」

聞き耳を立てていた人々が静かに頷く。僕は自分の考えを伝える。

「これは推測なんですが……彼は、受けた恩を純粋に返したかっただけなんだと思います」

「…………返したかった？」

「ええ。心から愛している御両親《ごりょうしん》と妹、そして獣人族《じゅうじん》の『家族』へ——ただただ自分が受け取ってきたものを少しでも返したかった。僕の妹に対してもきっとそうです。王都では、まだ獣人に対する差別が根強い。ですが、王立学校入学試験以来、妹は彼から離《はな》れませんでした。——彼は間違いなく貴方達の背中を見て育ったんですよ」

……でも、戦後は許さないけどねぇ……アレン。

君には偉《えら》くなってもらう。死ぬなんて……許さない。

ナタン殿の肩に手を置く。

「胸を張ってください。貴方方は何一つとして間違ってなんかいないっ！　貴方達がいてくれたからこそ彼は前を見て、ここまで進んで来られたのだと確信します。リチャード・リンスターは、この地で狼族のアレンと共に戦えたのを生涯《しょうがい》の誇《ほこ》りとするでしょう」

「……ありがとう、ございます」

ナタン殿が涙《なみだ》を流される。

――大橋側から、ヴァレリーの大声。強い切迫《せっぱく》感が滲《にじ》む。

「副長！　敵陣《てきじん》に動きありっ‼　戦列内に――オルグレン公爵家親衛騎士団、ザニ伯爵《はくしゃく》家の軍旗を確認《かくにん》しましたっ‼！　グラント・オルグレンも着陣した模様ですっ！」

「……分かった。ヴァレリー、シマさんにも連絡《れんらく》を！」

「はいっ！」

僕は平静を装《よそお》いながら応じ、指示を出す。

おそらく本攻勢《こうせい》。シマさん達抜《ぬ》きでは……最早《もはや》、持ち堪《こた》えられない。

……ここまで戦力を削《けず》られて、果たして防ぎきれるだろうか。

いや――出来る、出来ないの話じゃない。やるか、やらないか、だ。

アレンは諦めなかったのだ、僕が弱気になるのは……許されない。僕は彼の友なのだ。

ナタン殿へ挨拶《あいさつ》をする。

「――この戦いが終わったら、アレンの話を聞かせてください。出来れば、ダグさんも呼んで、美味《おい》しいお酒を酌《く》み交《か》わしながら」

＊

外から、ここ数日なかった規模の激しい魔力が放たれている。

大樹第二層の図書館でいらない服を裂《さ》き、簡易包帯を作製していた私は思わず呟《つぶや》いた。

「この魔力は……」

「カレン……」「カ、カレンちゃん……」

椅子《いす》に座り一緒《いっしょ》に作業している幼馴染《おさななじみ》のカヤとココも不安そうに私を見てきた。

さっきまで、近くで『グリフォンの恩返し』という絵本を楽しそうに読んでいた狐族のイネとチホも獣耳《けものみみ》と尻尾《しっぽ》を震《ふる》わせ、東都の孤児《こじ》院出で、兄さんを尊敬しているというロッタにしがみ付いている。

幼女達の母親のミズホさんと母のエリンはいない。治療《ちりょう》班の会議に出ているのだ。

図書館を出てみると、巨大《きょだい》な大樹正面の扉《とびら》が開いていた。次々と重傷者を乗せた担架《たんか》が運び込まれて来る。

……苦戦、している？　思わず羽織っていた白衣を脱《ぬ》ぎ捨てる。

「カヤ、ココ——私、行くわ！　ロッタ達をお願い！」

先日は私を止めた幼馴染達も、今日は沈黙《ちんもく》し俯《うつむ》いた。

王立学校の制帽《せいぼう》を目深《まぶか》にかぶり直し、大樹の入り口へ。

加勢の覚悟をした人は私だけじゃなかったようで、武器を持った人々が続々と集まって来る。大樹の扉入り口には槍杖《そうじょう》を持って立っている兎《うさぎ》族のシマさんと自警団員達。

シマさんが悲壮《ひそう》感に満ちた顔で告げた。

「皆《みな》さん、敵の総攻撃《こうげき》が開始されました。私達も増援《ぞうえん》へ向かいます！　大樹の中をよろしくお願いします、いざという時は、どうか子供達と一緒に逃《に》げてください」

深々と頭を下げられ、戦場へ向かわれる。……あんな顔を初めて見た。

私も力にならないと——後ろから強く抱《だ》き着かれる。

「！　……母さん……」

「……駄目《だめ》よ、カレン！　……駄目！　お願い……お願いだから、行かないで……」

瞳には大粒《おおつぶ》の涙。痩《や》せた身体《からだ》を再認識《にんしき》し、胸が締《し》め付けられる。

「母さん……私は王都へ行って強くなったんです。みんなを守らないと！」

「……カレン……貴女《あなた》まで喪《うしな》ってしまったら……私は、どうすればいいの……？」

「…………っ」

身体が恐怖で震えてくる。少しだけ……兄さんの気持ちが理解出来た。

でも——母さんの両手を握《にぎ》りしめる。

「私は絶対に帰ってきます。だって、兄さんを助けに行かないといけませんからっ！」

「…………」

悲痛な表情の母さんがゆっくりと離れる。視界の先の人混みの中に父さんが見えた。顔を歪《ゆが》ませつつも微《かす》かに頷《うなず》いてくれる。私は背筋を伸《の》ばし、入り口を目指す。

「カレン！」

母さんが叫《さけ》ぶ。でも……振《ふ》り返らない。

だって、振り返ってしまったら……涙を堪《こら》えられないから。

母さんを振り切って大樹の扉を抜け、久しぶりに外の空気を吸い込む。

——血と何かが焼ける不快な臭《にお》い。

「最前線が近い……？」

兄さんが新市街の人々を助けに行った時、近衛騎士団と自警団は大橋を渡った大広場を確保していた。でも、今……味方戦列は大樹近くまで押し込まれている。

上空には多くの蒼翠グリフォン。さっき、幼女達が読んでいた絵本を思い出す。

「……兄さんがいてくれたら、この前の子が助けてくれたかもしれないわね……」

儚《はかな》い希望を呟きつつ、大橋へ。

大樹に運ばれる怪我人《けがにん》達と前線へ行こうとする人達の列で中々進めない。

――近づくにつれ戦況《せんきょう》が分かり始めた。

敵味方の戦列同士で激しく魔法を撃《う》ちあい、中でも敵の一部部隊がやけに速い速度で初級魔法を放っている。

持っているのは、奇妙《きみょう》な形の木の棒……ララノア共和国の魔銃《まじゅう》？

先日、私が大樹の外へ出るのを止めた近衛騎士のヴァレリー・ロックハートさんや、山羊《やぎ》族の自警団員であるシズクさんが必死に治癒《ちゆ》魔法を発動させているのが見える。

――最前線では主戦力同士が相対していた。

敵将は二人。

片刃《かたば》の槍《やり》を持つ老大騎士ヘイグ・ヘイデンと槍杖を持ち帽子《ぼうし》を被《かぶ》っている老魔法士。

戦列最後方には馬に乗った、敵総大将グラント・オルグレンの姿も見える。

味方はリチャード様と、ロロさん負傷後、自警団の指揮を執《と》っている小熊族のトマさん、新市街の自警団を率いている狐族のスイさん、そして、先発したシマさんもいる。

私は混乱しつつある近衛騎士団の戦列へと急ぐ。ヴァレリーさんの切迫した叫び。

「大騎士ヘイグ・ヘイデン！　ザウル・ザニ伯……！」

後者の名前も知っている。強敵だっ！

ヘイデンが槍を真横に大きく振るい、風属性上級魔法『嵐帝竜巻《らんていたつまき》』を五連発動。

更《さら》に老ザニが槍杖を高く掲《かか》げ、雷《かみなり》属性上級魔法『雷帝轟槍《らいていごうそう》』を三連発動。

竜巻と合わさり——五つの雷嵐《らいらん》へと変化した。上級魔法が合わせて八発⁉

老大騎士と老魔法士が叫んだ。

「受けてみるがいいっ！」「防げるものなら防いでみよっ！」

魔法が解き放たれ、リチャード様達に迫《せま》り来る。躱《かわ》せば、味方戦列が吹《ふ》き飛ぶ！

「こいつは……俺からだなっ！！！！！！！！！」

トマさんが叫びみんなの先頭へ。大楯《たて》を掲げ、一発目の雷嵐を防ぎにかかる。

「一人で戦わないで、トマ！　私もいるんだからっ！」

後方から展開されたシマさんの強大な魔法障壁《しょうへき》が勢いを緩和《かんわ》。トマさんも大楯で防ぎ

続け、一発……二発、と消失させるも、三発目を受ける前に限界。大楯が砕《くだ》け、

「ぐがっ！」

トマさんが倒《たお》れ込んだ。庇《かば》うように片手に全魔力を集束させたスイさんが回り込む。

「おらぁぁぁぁぁ！！！！！！！！」

全力正拳突《せいけんづ》きを三発目の雷嵐に叩《たた》きこみ――貫通《かんつう》！

そこでスイさんも前のめりに倒れ込む。シマさんは魔法障壁を維持《いじ》しながら、二人へ治癒魔法を飛ばしているものの……魔力は見る見るうちに小さくなっていく。

けれど、雷嵐はあと二発残っている。

「――三人共、ありがとう！　後は僕がっ‼」

リチャード様は剣《けん》を両手持ちにし、突撃《とつげき》を敢行《かんこう》される。

前方に炎《ほのお》属性上級魔法『灼熱大火球《しゃくねつだいかきゅう》』を二連発動させ、四発目、五発目の雷嵐を相殺《そうさい》。

遂《つい》に老大騎士と老魔法士への路《みち》が開かれ――

敵戦列最後方にいたグラント・オルグレンが魔斧槍《まそうふ》を振り下ろし、雷属性上級魔法『雷《らい》帝乱舞《ていらんぶ》』二発を倒れ込んだトマさんとスイさんへ向けて放った。ここで横槍っ⁉

「死ねぇいっ！！！！！」

近衛騎士団と自警団は敵部隊と殴《なぐ》り合っていて、対応不能。

私も――この距離《きょり》じゃ駄目っ！　間に合わないっ‼

シマさんが悲鳴をあげ――リチャード様が強引《ごういん》に突撃方向を変更《へんこう》するのが見えた。

「うぉぉぉぉぉ！！！！！！！！！！！」

トマさん達を守るべく、裂帛《れっぱく》の気合が放たれ、『雷帝乱舞《らいていらんぶ》』へ剣を一閃《いっせん》、二閃。

やったっ！　防ぎきっ――……オルグレン公爵《こうしゃく》家親衛騎士団の先頭にいる男性騎士と、
ザニ伯の部隊を率いる女性魔法士が、それぞれ強引に部隊の矛先《ほこさき》をリチャード様へと変更。

「一斉射撃《いっせいしゃげき》っ！」「撃てっ！」

「ぐっ！！！！！！」

無数の雷槍《らいそう》と雷弾《らいだん》がリチャード様へと殺到《さっとう》。懸命《けんめい》に剣を振るわれ、二人を守る。

後方のシマさん、近衛騎士、自警団員、義勇兵達も全力で魔法障壁を張るも……数の暴
力により削られ遂には着弾。大閃光と衝撃《しょうげき》。私の耳は金属の割れる音を捉《とら》えた。

咄嗟《とっさ》に手を翳《かざ》す。光が収まり……恐《おそ》る恐る目を開ける。

戦列に直接的な打撃はない。しかし……。

「……やってくれた、ね……。また、ナタン殿《どの》に借りが出来たよ……」

リチャード様はボロボロになりつつ、大騎士と老魔法士を睨《にら》みつけた。全身から血が噴《ふ》
き出し、鎧《よろい》も血に染まっている。父さんに借りて……私は持っている小札を思い出す。

赤髪《あかがみ》近衛副長は自分も血塗《ちまみ》れにも拘《かかわ》らず、剣を横薙《よこな》ぎ。

炎槍《えんそう》を放ち、老大騎士と老魔法士を牽制《けんせい》しながら叫ぶ。

「トマ君とスイ君を早くっ！」『はいっ！』

近衛騎士と自警団員がボロボロな二人を戦列に引き込んだ。べっとりと血の跡《あと》。

……あの血の量、戦闘継続《せんとうけいぞく》は無理だ。

斬《き》り合っていた敵と味方も距離を離《はな》し、お互《たが》い戦列を整え合う。

シマさん、ヴァレリーさん、シズクさんが二人へ駆《か》け寄り、治癒魔法をかけ始めた。

老大騎士と老魔法士が後方のグラントと自分の部下へ怒号《どごう》を叩きつける。

「ユグモント、何故《なぜ》、手を出したかっ！　……グラント様、手出し無用っ！」

「サンドラ、戦いの名誉《めいよ》を汚《けが》すな！　……グラント様、後程《のちほど》、御《ご》説明をいただきたい」

「！　も、申し訳……」「師父、で、ですが……」

「そ、そんなものはどうでも良《い》いっ！　攻勢《こうせい》を再開せよっ！」

男の騎士と女魔法士が叱責《しっせき》に動揺《どうよう》し、グラントが狼狽《ろうばい》しながらも命令を下す。

が、兵士達は戸惑い動かない。

この間、リチャード様へ次々と治癒魔法の光が瞬《またた》くも……足りない。味方の魔力も枯渇《こかつ》寸前なのだ。ヘイデンとザニが口を開く。

「失礼した……。だが、その手傷と消耗《しょうもう》した貴殿《きでん》では我等《われら》二人には勝てぬ」

「貴殿等は奮戦された。降《くだ》りたもう。新市街で戦われた方々も我等は捕虜《ほりょ》にしている」

「…………」

リチャード様は申し出を受け、黙《だま》り込まれた。捕虜……兄さんも？

赤髪の近衛副長は頬《ほお》の血を徐《おもむろ》に拭《ぬぐ》われ、懐《ふところ》から煙草《たばこ》入れを取り出し、自然な動作で一本に火を点《つ》け口に咥《くわ》えられた。

紫煙《しえん》を吐《は》き出し——虚空《こくう》へ放り投げ、炎魔法で焼き尽《つ》くす。

そして、剣を大橋に突き立て、叫ばれた。

「何を言うかと思えば……答えは否《いな》。断じて、断じてっ、否だっ！！！」

裂帛の気合に反応し、周囲を炎羽《えんば》が舞《ま》う。

リチャード・リンスター公子殿下が静かに二人へ問われる。

「ヘイグ・ヘイデン。ザウル・ザニ。今のは、大陸西方にその名を知られた大騎士と名魔法士らしからぬ愚問《ぐもん》だぞ？　王国建国以来の伝統すらも忘れたのか？」

戦列を形成する近衛騎士達の士気が高揚《こうよう》していくのが分かった。

赤髪近衛副長が言い放つ。

「如何《いか》なる過酷《かこく》な戦場、苦境、死地に置かれようとも——……近衛は降伏《こうふく》せずっ‼」

金属を叩く音が響《ひび》き渡《わた》る。周囲の近衛騎士達が一斉に胸甲《きょうこう》を叩き、賛意を示したのだ。

リチャード様の瞳《ひとみ》に、激情の炎が浮《う》かぶ。

「まして僕はアレンに後を託《たく》されたっ！　…………託されたんだっ！！！！　同じ戦場で生死を共にした友との約束を果たさずして、何が騎士っ‼　何が次期公爵っ‼　……この場でこれ以上の問答が必要か？」

「……詮《せん》なきことであった」「……我等も耄碌《もうろく》していた」

老大騎士と老魔法士は謝罪を示し——それぞれの得物を掲げる。再び、その切っ先に上級魔法が展開されていく。私は短剣《たんけん》の鞘《さや》に触《ふ》れた。この距離なら！

意を決し、リチャード様の前へ動こうとした——その時だった。

上空から羽ばたく音と、賞賛の声が降り注いだ。

「見事な御覚悟《おかくご》！　リチャード坊《ぼっ》ちゃま、それでこそ、『リンスター』でございます！」

！　こ、この声⁉　で、でも、あの人は南都にいるんじゃ……。

私は慌《あわ》てて上空を見上げた。グリフォンが四頭、舞っている。

乗っているのは——リンスターのメイドさん達！

リチャード様が剣を引き抜《ぬ》かれ、肩《かた》へ置かれた。

「……母上には負けるけど、ね。及第点《きゅうだい》は取れたかな——アンナ？」

音もなく、ふわり、とリチャード様の前へ降り立たれたのは、栗茶髪《くりちゃぱつ》をした小柄《こがら》のメイド長さんだった。見慣れたメイド服に胸甲をつけている。武器は持たれておらず徒手だ。

片目を瞑《つぶ》り、明るい声で応じられる。

「はい♪　勿論《もちろん》でございます☆　後は——私達にお任せくださいませ★」

＊

アンナさんに続いて三名のメイドさん達も地面へ降り立った。グリフォン達は高度を上げていく。

一人は極々淡《ごくごくあわ》い紅髪《あかがみ》を後ろで簡素に結《ゆ》わえ、耳がやや長く肌《はだ》はやや褐色《かっしょく》寄り。スラリ、とした長身で右手には漆黒《しっこく》の大鎌《おおがま》を持っている。……胸がとても豊かだ。

大鎌持ちのメイドさんの右隣《みぎどなり》の方は、淡い水色髪の二つ結びで小柄。背負っていた長杖《ちょうじょう》を構え、魔法式《まほう》を構築し始めた。おそらくは……水属性上級魔法。

最後のメイドさんは見事な銀髪《ぎんぱつ》。口元から犬歯が覗《のぞ》き、見るからにやる気十分な様子。腰《こし》に下げていた二振《ふ》りの曲剣を抜き放ち、強大な身体強化魔法を発動させていく。

ザニ伯爵《はくしゃく》が命令を下した。

「……戦場にメイドとは。だが、容赦《ようしゃ》はせぬっ！　魔法、斉射用意！」

『はっ！！！！』

老魔法士の命令が響き、伯爵軍が魔法と魔銃を放とうとする。

アンナさんが指示を出す。

「リチャード坊ちゃま、此処《ここ》は私が。御挨拶《ごあいさつ》もしたく★」

「……分かった。あまり、酷《ひど》い事はしないようにね」

そう言い残し、リチャード様が戦列内へ後退。近衛騎士《このえきし》と自警団の人達が駆け寄り、治癒《ちゆ》魔法をかけ始める。アンナさんはちょっぴり不服そうだ。

「まぁ！　坊ちゃまは、私の心配ではなく叛徒《はんと》共の心配をなさるのでございますか？　何《い》時からそのような冷血非道な御方に……よよよ……アンナは悲しゅう」

「放てっ！！！！」

ザニ伯が勢いよく槍杖《そうじょう》を振り下ろした。伯爵軍戦列が雷《かみなり》属性魔法を発動し——

『っっっっ！？！！！！』

次々と魔銃《まじゅう》が暴発して、鎧姿の敵兵が宙を舞う。

怒号と悲鳴が飛び交《か》い、敵軍内が激しく動揺。い、いったい、何が起こって？

メイド長はスカートの両裾《すそ》を摘《つま》み、優雅《ゆうが》な挨拶をした。

「私、リンスター公爵家がメイド長を務めております、アンナと申します。名前を憶《おぼ》えていただく必要はございません。騎士崩《くず》れ、に憶えられても不快極《きわ》まりますので★」

いきなりの煽《あお》りに、敵軍内から怒気が発せられた。老ザニ伯も険しい顔になる。

「我等が……騎士崩れだと？」

「ん～？　……ああ！　これはこれは失礼を致《いた》しました」

アンナさんは敵戦列の怒気など、何処吹《どこふ》く風で小首を傾《かし》げ——手を叩《たた》いた。

そして、満面の笑《え》みを向け、嘲《あざけ》る。

「そもそも——血河《けつが》以降、基本的にはずっと負け犬のままでございましたね。そして、此《こ》度《たび》の件。更《さら》に下を極めんとする、その無駄《むだ》な方向の御努力！　私、感服致します★」

「黙れっ！　我等は負けてなどいないっ‼　二百年前の血河を忘れてもいないっ‼　我等の父祖は雄々《おお》しく戦うも武運拙《つたな》く、些《いささ》か及《およ》ばなかったに過ぎないのだっ！！！！」

女性魔法士サンドラが激高。長杖に展開していた雷属性上級魔法を発動しようとする。

……この人、血河で何があったのかを知らないんだ。

「流石《さすが》にここまで言われてはなっ！」「ザウル、待てっ！」

老魔法士もヘイデンの制止を意にも介《かい》さず、槍杖に雷属性上級魔法『雷帝轟槍《らいていごうそう》』を再び三重展開。振り返ったアンナさんと目が合った。

「カレン御嬢様《おじょうさま》、御心配なきよう。こう見えて、私――」

老魔法士達が上級魔法を解き放つ！　対して、アンナさんは左手を軽く振る。

刹那《せつな》――私の目は空間を走る『線』を捉えた。

「なっ⁉　ば、馬鹿なっ！」『⁉』

――発動直前の上級魔法はバラバラに分解され、虚空へ消失していく。

アンナさんが片目を瞑る。

「それなりに強いのでございます☆」

老ザニ伯とサンドラが呻《うめ》き、グラントは顔面を蒼白《そうはく》にしている。

「上級魔法を、刻んだ、だ、と⁉」「そ、そんなっ⁉」「〜〜〜っ！」

「この程度、児戯《じぎ》かと。リチャード坊ちゃまならば私の十倍は容易《たやす》く！」

遂《つい》に座り込み、血を失い過ぎたのか蒼《あお》い顔のリチャード様が苦笑《くしょう》する。

「……いや、無理だから」

「坊ちゃま、やっぱり冷とうございます……よよよ」

アンナさんが泣き真似《まね》をしながら、右手をほんの少し振るった。

「っ⁉　がはっ！！！」「ザウルっ！！！！」『っっっ！？！！！』

老魔法士の槍杖と魔法障壁《しょうへき》があっさりと数十に切断され、被《かぶ》っていた帽子《ぼうし》が宙を舞う。

「師父っ！！！！」

サンドラの悲鳴。本人は目を見開いたまま、全身を無数の『線』に刻まれそうになり
――老大騎士に首根っこを摑《つか》まれ強制後退。血を流しながら魔法士達に受け止められる。

敵戦列にも襲《おそ》い掛《か》かった『線』は暴威《ぼうい》を振るい、斧槍《ふそう》、長杖、大楯《たて》、鎧兜《よろいかぶと》を
易々と切断。敵兵達が悲鳴と苦鳴を叫び、恐怖《きょうふ》が伝播《でんぱ》していく。

そんな中、唯《ただ》一人、身体《からだ》中から出血しながらも攻撃《こうげき》を凌《しの》ぎきり、治癒魔法を発動させて
いるヘイデンはアンナさんを睨《にら》みつけた。

「………この技《わざ》、帝国《ていこく》の」

「私、前職はユースティン帝国が暗部にて、最高位『死神』を拝命しておりました♪」

『！？！！』

アンナさんの告白に敵戦列が硬直《こうちょく》した。

……ユースティンの『死神』という称号《しょうごう》はそれ程《ほど》、恐《おそ》ろしい？

老大騎士が左手を掲《かか》げた。

「……全軍、橋の中央まで後退。ユグモント、指揮を。グラント様、お退《ひ》きあれっ！」

「……はっ！」「…………わ、分かった」

やや落ち着きを取り戻《もど》した敵戦列が大橋を後退していく。

相対する笑顔《えがお》のアンナさんと、険しい顔のヘイデン。表情は対照的だ。

「……むんっ！」

老大騎士が槍の石突《いしづき》を突《つ》き、水魔法を発動させた。極薄《ごくうす》い白霧《きり》が大橋上に生まれる。

「……貴様の技は確かに捉《とら》え難《がた》し。なれど、見切ること不可能でもあるまい」

「ふむふむ。流石は対応がお早い。ですが——一言だけよろしいでしょうか？」

アンナさんが両手を軽く振られた。老大騎士が気合を放ち、突進《とっしん》を開始した。

「無駄だっ！　見えるのならば——なっ……!?」

——聞こえてきた悲鳴は後退している敵戦列からだった。

武器、防具が刻まれ、血しぶきと肉片《にくへん》が舞《ま》っている。

グラントも落馬。「がっ！　わ、私を助け――」。戦列に呑まれ、見えなくなった。

メイド長が嘲笑《あざわら》う。

「射・程・内、でございます★」

敵軍の兵士達が叫び続けている。「何だっ⁉　い、いったい、何に攻撃されているのだっ！？！！」『絃《げん》』だっ！　不可視の絃で攻撃されているっ‼」「魔法障壁を全力で展開しろっ！　石壁《いしかべ》で周囲を囲めっ！　治癒魔法を絶やすなっ！」

アンナさんが待機されている三人のメイドさん達の名前を呼ばれた。

「ケレニッサ、ニコ、ジーン、雑兵は適当に蹴《け》散《ち》らしなさい。この大橋は、古き大樹の枝が用いられていて簡単には壊《こわ》れません。全力で暴れるのを許可します」

「はっ！」「は～い」「おっしゃぁっ！」

メイドさん達が得物を構えられ、老大騎士の脇《わき》を抜け橋の上を疾走《しっそう》されていく。

ヘイデンは長槍を構えたまま動けず。アンナさんから目を離《はな》せないのだ。

先頭を走るケレニッサと呼ばれたメイドさんが、大楯持ちの重騎士達へ漆黒の両手鎌を振るった。

分厚い複数の大楯が切断され、後衛の魔法士達までもが全身から血を流し、倒《たお》れる。

「……無数の風刃《ふうじん》を、鎌から発生させている？」

私は戦慄《せんりつ》を覚える。現実とは思えない魔法制御《せいぎょ》技術だ。

淡い水色髪のメイドさん――ニコさんは途中《とちゅう》で立ち止まり、長杖を高く掲げた。

未知の巨大《きょだい》な魔法式が空間を占有《せんゆう》し――橋下の大水路から、大量の水が渦《うず》を巻いて立ち上って来た。シズクさんが茫然《ぼうぜん》と呟《つぶや》く。

「……あれって、水の獅子《しし》？　しかも、あんなにたくさん……」

生まれたのは多数の魔法生物だった。数は少なくとも――数百頭！

ニコさんが杖《つえ》で石突を突いた。獅子達が敵戦列へ突撃《とつげき》していく。

銀髪のメイドさん――ジーンさんは、戦列近くに到《いた》ると高く跳躍《ちょうやく》された。

当然、恰好《かっこう》の的になり次々と攻撃魔法が放たれる。

……が。本人は強大な魔法障壁と、数えきれない数の治癒魔法を発動させながら、迎撃《げいげき》を突破。二振りの曲剣《きょくけん》を上段から力任せに振るう。

「おっらぁぁぁぁぁぁ！！！！！！！！！」

私達の所まで衝撃《しょうげき》が届き、多数の敵兵が吹き飛ばされ、大水路へ落下していくのが見えた。ジーンさんは無傷だ。

アンナさんはその光景を見て、老大騎士へ論評された。

「私達のようなか弱い乙女に蹂躙《じゅうりん》されるようでは、とても王国東方防衛を任せられませんが？　オルグレンは『敵《かな》わずとも、その任を死しても果たす』の御家柄《おいえがら》だったのでは？」

「…………貴様、その技。紘ではないな？」

「うふふ……♪　何故《なぜ》か、皆様《みなさま》、私の得物を紘だと勘違《かんちが》いされるのですよ。……アレン様には初見で見破られた挙句、詳細《しょうさい》に分析《ぶんせき》までされてしまいましたが！　よよよ……あの御方、ああ見えて虐《いじ》めっ子気質なのです。リディヤ御嬢様はアレン様に虐められるとぶつぶつ言いながらもお喜びになられますが、私を虐めて何が楽し――……はっ！」

アンナさんが、人生の真理を見つけたかのように身体を震《ふる》わせ、両頬に手を置いた。

メイド長さんは身体をもじもじさせながら、世迷言《よまいごと》を口にする。

「も、もしや、これが噂《うわさ》に聞く、『大好きな女の子を虐めたくなっちゃう男の子』というやつでございましょうか？　そ、そんな、い、いけません……私には奥様《おくさま》とリディヤ御嬢様と、リィネ御嬢様が……御買い物と御食事と夜景を眺《なが》めるくらいでしたら……」

「駄目《だめ》ですっ！　却下《きゃっか》ですっ！　妹として断固反対させていただきますっ！」

「……アンナ、歳《とし》を考えようよ……」

メイド長さんが唇《くちびる》を尖《とが》らせ、私とリチャード様をちらり、と見た。

「カレン御嬢様、いけずでございます。リチャード坊《ぼっ》ちゃまには……後でお話がございます。ああ――お待たせ致しました。貴方様《あなたさま》に聞きたいことがございます」

メイド長の目が細まり、老大騎士《きし》を見つめた。

——ゾワリ。

皮膚《ひふ》が粟立《あわだ》ち、周囲の温度が明らかに下がる。

「——アレン様は御無事でしょうか？　返答は慎重《しんちょう》を期すべきと考えます。間違《まちが》えれば、王国東方諸家で此度の愚挙《ぐきょ》に関わった者、悉《ことごと》く生き残ること能《あた》わず」

「……それを確かめる為《ため》に南都から此処まで？　貴殿《きでん》程の実力者を欠き、侯国《こうこく》連合との戦《いくさ》に後《おく》れを取ったらどうするのだ？北方のハワードも帝国を相手にし、動けぬのだぞ？」

老大騎士《し》の白い眉《まゆ》が上がり、疑問を発した。同時に私の心臓が締《し》め付けられる。

東都だけじゃなく南都と北都も攻《せ》められているっ！

——くすくすくす。

アンナさんが嗤《わら》われている。老大騎士が長槍を突きつけ、猛《たけ》った。

「……何がおかしいのだっ！」

「いえ……よもや、オルグレンの『双翼《そうよく》』と謳《うた》われし、大騎士ヘイグ・ヘイデン卿《きょう》ともあろう御方からそのような言葉を聞こうとは——お歳でございましょうか？」

表情は笑顔のままだ。けれど……声色《こわいろ》はまるで氷刃《ひょうじん》。

「——我《わ》がリンスター公爵《こうしゃく》家が負ける？　侯国連合如きに？？　まして、ハワードがユースティン帝国の一方面軍程度に後れを取る？　あり得ませぬ」

アンナさんが両手を動かす。老大騎士の後方に三人のメイドさんが降り立った。

後方の敵軍は……戦列をズタズタに引き裂《さ》かれ、水の獅子に悪戦している。

「ハワードは『軍神』。彼《か》の家が歴史の表舞台《おもてぶたい》に出て、早数百年経《た》ちましたが――字義通り戦場において『不敗』でございます。更にハワードの半身たる、あの恐るべきウォーカー家も未《いま》だ健在。しかも、今回は本気の教授までついておられる。勝算は絶無かと」

メイド長さんが老騎士へ質問する。

「一点だけ……本当に、老公と貴方方まで血河《けつが》での汚辱《おじょく》を忘れ去られたのですか？」

「……ギド様は変わられておられぬ。アレン殿《どの》は一度、捕虜《ほりょ》とした。が……その後、拉致《らち》された。連れて行かれた先はおそらく、四英海《しえいかい》。生死は分からぬ」

ヘイデンがアンナさんの最初の問いへ答えた。

私は思わず両手で口を押さえる。身体がガクガクと震えてきた。

攫《さら》われた？　どうして四英海なんかに？　しかも……生死不明？

「……カレン様」「……カレンちゃん」

ヴァレリーさんとシズクさんが駆《か》け寄って来て、両肩《りょうかた》を抱《だ》きしめてくれた。

ヘイデンが長槍を構えた。

「……我等《われら》はもう既《すで》に一歩を踏《ふ》み出してしまった。ならば――我が名に懸《か》けて任は果たす！　『死神』であろうと、討《う》つ！」

アンナさんが俯《うつむ》かれたまま呟かれた。

「………私を討つ、と？　大変な誤解があるようなのですが」

風が止《や》み、音がなくなり、周囲に漆黒《しっこく》の光が舞い散り始めた。

「――……私、とてもとても――……とても怒《おこ》っているのですよ？」

『っっっ！！！！！』

メイド長がゆっくりと顔を上げた。その瞳《ひとみ》には――深い悲しみ。

「今、この瞬間《しゅんかん》もリディヤ御嬢様《おじょうさま》は剣を振《ふ》るっておいでしょう。自らがいるべき唯一《ゆいいつ》の場所へ……アレン様の御傍《おそば》へ急ぐ為、全てを捨てる覚悟《かくご》を決められて。そして、その御姿を見て、奥様、リィネ御嬢様、リリー御嬢様は心を痛めておられる……」

リディヤさん……！　でも……気持ちは分かる。分かってしまう。

あの人の中心点は何時《いつ》だって兄さんなのだ。

「――アレン様に出会われて以降、リディヤ御嬢様はよくお笑いに……本当によくお笑いになられるようになりました。物心つかれた頃《ころ》より『リンスターの忌《い》み子《ご》』なぞと蔑《さげす》まれ、毎晩のようにベッドで泣かれ、笑顔を久しく忘れられていたあの御嬢様がっ！　……そのことがどれ程《ほど》の奇跡《きせき》だったかっ！　貴方様にお分かりになりますか？」

兄さんの手紙に書かれていた。

『短い綺麗《きれい》な紅髪《あかがみ》。剣技《けんぎ》がとにかく凄《すご》い！　我《わ》が儘《まま》。だけど実は泣き虫な寂《さび》しがり屋で……とても優《やさ》しい女の子』

直接、会った時に確信した。

……この人は兄さんがいなかったら、きっともう……。

アンナさんが、両腕《りょううで》を左右に振られた。

漆黒の魔力《まりょく》光が、老大騎士を完全に包囲する。逃《に》げ道《みち》はない。

「王立学校入学試験後、王都の御屋敷《おやしき》にアレン様を連れて来られ、屋敷中のドレスを集め、必死に選ばれるリディヤ御嬢様の恥《は》ずかしそうで、幸せそうな笑《え》み！　そして――それを密《ひそ》かに見られた時の奥様のお喜びようっ！　私、リンスターに仕えて以来、あの日の夜程、泣いた記憶《きおく》もございませぬ。貴方方が害した御方は、そのような御方だったのですよ？」

ヘイデンは声も出ない。

――殺気が……濃《こ》過ぎる。

「貴方方がどのような御事情で此度《こたび》の愚挙を決行されたのかは存じませんが、私にとっては『リディヤ御嬢様が泣かれている』が全て。言えることは一つ、でございます」

アンナさんが左手を天に翳《かざ》した。漆黒の竜巻《たつまき》が四つ生まれ、ヘイデンを完全包囲する。

「……私の御嬢様を泣かせた罪、万死《ばんし》に値《あたい》します。アレン様の御身《おんみ》に万が一のことがあり、リディヤ御嬢様の御心が壊れるようなことあらば……」

アンナさんの瞳から光が喪《うしな》われ漆黒に染まり、

――ここに『死神』が降臨した。


静かで絶対的な殺気と黒の魔力をまき散らし、壮絶《そうぜつ》な微笑《びしょう》を浮かべる。

「――楽な死に方が出来るなぞと、甘いお考えをお抱きになられませぬよう。肉片《にくへん》も残さず、刻んで、刻んで、刻んでくれましょう」

「……非難は受けよう、『死神』よ。――だが、私も退《ひ》けぬ！　退けぬのだっ！！！！」

ヘイグ・ヘイデンはそれでもなお折れず。長槍《ちょうそう》を握《にぎ》りしめ、迎撃する構えを見せた。

「ならば……此処《ここ》で退場を」

その時――頭上に翠光《すいこう》が走り、一人の老騎士が急降下してきた。

「――まだ、そやつを殺させるわけにはいかぬっ！」

「アンナ様！」「メイド長！」「ここで奇襲《きしゅう》かよっ！」

三人のメイドさん達が即座《そくざ》に反応。

アンナさんを貫《つらぬ》かんとした長槍を、大鎌《おおがま》、水獅子、曲双剣《そうけん》で受け止め、弾《はじ》き飛ばした。

メイド長さんが目を細める。

「オルグレンが『双翼』、もう一人の大騎士にして『紫備え《むらさきぞな》』を率いし、ハーグ・ハークレイ様。汽車の立ち往生にもめげず、王都からお戻《もど》りになられましたか」

「……王都・東都間の線路に対する破壊《はかい》工作は貴様達の仕業《しわざ》であったか。すまぬが、我等にも主命がある。まだ、死ねぬのだよ。ヘイグ！　呆《ほう》けるなっ！」

「……分かっておるっ！」

ヘイデンが応じ――『双翼』が並び立った。

見事な白髪《しらが》を後ろで簡単に結《ゆ》っているハークレイが長槍を大きく薙《な》ぐ。

風属性上級魔法『嵐帝竜巻《らんていたつまき》』を五重発動。ヘイデンも続き、十本の竜巻が荒《あ》れ狂《くる》う。

暴風を肌《はだ》に感じつつ、私は鞘《さや》に触《ふ》れ短剣を抜《ぬ》き放ち――全力で『雷神化《らいじん》』。

兄さんの補助魔式が漆黒の剣身に走り、紫へと変化、手に顕現《けんげん》させた雷槍《らいそう》は巨大《きょだい》な十字槍となった。今までとまるで違《ちが》う、高揚《こうよう》感。

私は兄さんに守られている！

高速機動し、アンナさんと並び立つ。

「まぁまぁ、カレン御嬢様……その短剣は……」「カレン嬢、来てしまったのか……」

メイド長さんが目を細め、赤髪の近衛《このえ》副長は治療《ちりょう》を受けながら嘆息《たんそく》される。

更《さら》に雷《かみなり》の出力を上げ、雷槍を突《つ》きつけつつ名乗りをあげる。

「私は、狼《おおかみ》族のアレンが妹、カレン！　貴方《あなた》達には色々、答えてもらいますっ‼」

「……『先祖返り』……」「……『流星』と同じか……」

大騎士達は顔を歪《ゆが》めるも、退く様子はない。

大激突《げきとつ》が始まろうとするその刹那《せつな》――

『⁉』

十本の竜巻と魔力光が全て不意に消失。

大橋周囲を蒼翠《そうすい》グリフォンの群れが取り囲んだ。

「……え？」「……ほほぉぉぉ」「…………」

私は戸惑《とまど》い、アンナさんは興味深そう。リチャード様は一点を見つめている。

上空から、私の前へ降り立ったのは年老いた純白の蒼翠グリフォンだった。

古い古い首輪をつけ、背中には「♪」楽しそうな幼獣《ようじゅう》。兄さんが助けた子だ。『グリフォンの恩返し』が脳裏《のうり》を過《よぎ》る。気配を感じ、視線を上空へやると母グリフォンを見つけた。

純白のグリフォンは老大騎士達を無視。私へ近づき――媒介《ばいかい》にしている短剣を見つめる。

私が雷槍を解くと、長い首を伸《の》ばしてきて、触れた。

――鮮明《せんめい》な映像。

血塗《ちまみ》れの狼族の魔法士が背を向けたまま短剣を構え話している。

これって、私が持っている物と同じ？　前方に迫《せま》るのは――魔族の大軍勢だ。

『今まで、本当にありがとう。君と出会えて僕は幸運だった。間違いなく幸運だった。さあ……もう行って。こんな所で……こんな馬鹿げた事で死ぬのは、僕だけで十分だ！』

『私』と私の背中に乗っている存在が泣きながら叫《さけ》ぶ。……若い女の子？

敵軍の先頭に、深紅《しんく》に縁《ふち》どられたフードを被《かぶ》っている魔法士が進んできた。

『行けっ‼　行くんだっ！！！！　来世があるのなら――また、君の背中に乗せておくれよ？　大樹を、みんなをよろしく――』

私は名前を呟《つぶや》く。

「……ルーチェ……」

「――――――――！！！！！！！！！！！！！！！！」

純白の蒼翠グリフォンは歓喜《かんき》の叫びを轟《とどろ》かせ、宝石のような金色の瞳から涙《なみだ》を零《こぼ》し始めた。周囲を飛翔《ひしょう》するグリフォン達が、一斉《いっせい》に風魔法を老大騎士達へ展開し始める。

……『流星』と約束を交《か》わしたのは……人だけじゃなかったんだ……。

「……私は貴方《あなた》の大切な人の生まれ変わりじゃない。だけど、私に力を貸してくれる？」

ルーチェは目を細め、白き翼《つばさ》を広げ歌い始めた。

首輪に描《えが》かれた紋章《もんしょう》がはっきりと見える――『流星』。

再び雷槍を顕現。老大騎士達へ通告する。

「――この魔法まともに受けない方がいいですよ？」

兄さんが私の為《ため》に創ってくれた試製雷属性上級魔法『迅雷牙槍《じんらいがそう》』を八連発動！

昼間なのに、はっきりと見える程の紫と白の魔力光が無数に飛び交う。

ヘイデンとハークレイの顔が険しさを増した。

「……増幅《ぞうふく》魔法だと？」「……英雄《えいゆう》の妹もまた英雄か」

「いきますっ！！！！！！！！」

私は上空から渦《うず》を巻く巨大な八本の雷槍を降り落とすっ！

リチャード様とアンナさんの号令。

「全員、退避《たいひ》っ！」「ケレニッサ、ニコ、ジーン、退きますよっ！」

――今まで経験したことがない、破壊音が轟き。巨大な物体が大水路へ落下していく。

『雷神化』を解くと幼獣が胸に飛び込んで来た。「♪」。とても嬉《うれ》しそうだ。

二人の老大騎士《きし》の姿はない。退いたのだろう。赤髪近衛副長の苦笑《くしょう》が聞こえてきた。

「……とんでもないね。カレン嬢、近衛騎士になるつもりはないかな？」

「私は大学校へ行きます。兄さんとステラに約束しているので」

「それは残念――大樹前の大橋を落とせる程の人材は中々、確保出来ないんだけどね」

――さっきまで私達の目の前にあった大橋は跡形《あとかた》もなくなっていた。

私は短剣を仕舞《しま》い、ルーチェへ幼獣を返す。

「ありがとう。本当に助かったわ」

純白のグリフォンは喉《のど》を鳴らし、飛び立った。歓喜の歌を歌い続けている。

――……これからも助けてくれるようだ。

リチャード様が、手を叩《たた》かれた。

「良し！　負傷者の治療を急ごう。シマ殿《どの》、トマ君とスイ君は大丈夫《だいじょうぶ》かな？」

「大丈夫ですぅ〜――……リチャード・リンスター公子殿下《でんか》。私の大切な人と、弟分を助けてくれてありがとう。……本当に、本当にありがとう……ございました……」

二人を見ていたシマさんは深々と頭を下げた。自警団の皆《みな》さんも同様だ。

リチャード様が鼻の頭を掻《か》かれる。

「……気にしないでほしい。戦友を守るのは、当然のことなのだから」

「リチャード坊《ぼっ》ちゃま、成長されて……アンナは嬉しゅうございます♪　ニコ、ジーンはここで負傷者の治療を。ケレニッサ、カレン御嬢様の護衛につきなさい」

「はーい」「応っ！」「はい」

「さて……カレン嬢、アンナ、行こうか。族長達に会わないとね」

「はい！」「私はエリン様に御挨拶《ごあいさつ》を。奥様《おくさま》よりお手紙を預かっておりますので」

大樹入り口へ向け歩き始めたリチャード様の後に続く。アンナさんが小声で問われた。

「……………リチャード坊ちゃま、よもや玉砕《ぎょくさい》を選択《せんたく》されるおつもりだったのですか？」

「しない。僕はアレンに後を託《たく》されたんだ。何が何でも、皆を守り抜く」

静かな、けれど断固とした決意。そのまま大橋の向こう側――新市街へ視線を向けた。

「『安易な死は許さず。如何《いか》な苦境に置かれようとも、各々《おのおの》、その生を全うすべし』。血河《けつが》の畔《ほとり》で、『流星』にそう告げられ生き残った人々も、僕等と同じ心境だったんだろうね。簡単に死ぬことすら許してくれないなんて……まったく困った男だよ、アレンは」

＊

私はリチャード様達と大樹へ。

アンナさんは母さんを見つけ、駆《か》け寄って行った。近くにはミズホさんもいる。入れ替《か》わりで、ダグさんと獺《かわうそ》族前族長のデグさんが駆け寄って来た。

「赤の公子、カレンの嬢ちゃん、来たな」「最上層へ行くんだろう？　ついてこい」

頷《うなず》き、円形の大広場中央に進む。周囲には人々が鈴《すず》なりになっている。

ダグさん、デグさんが中央吹《ふ》き抜け直下に立ち、両手を叩いた。

「うし！」「行くぞっ！」

二人は同時に植物魔法を発動。地面から太い蔦《つた》が生まれ、私達を乗せ上昇《じょうしょう》していく。

最上層――大会議室前に到着《とうちゃく》。目の前の光景を見て、私は息を呑《の》んだ。

「！　こ、これは……いったい。何が？」

扉《とびら》には無数の蔦が絡《から》まり、その前面には無数の魔法障壁《しょうへき》が築かれている。植物魔法！

ダグさんとデグさんが目を細め、罵倒《ばとう》を放った。
「……何をしていやがるんだっ！」「……族長共を一人として見ぬ筈だっ！」
私は腕組《うでぐ》みをしている赤髪の近衛副長へ視線を向けた。
すると、リチャード様は苦笑。軽く左手を振《ふ》られる。
「ケレニッサ」「はい」
薄紅髪《うすべにがみ》のメイドさんが私達の前へ進み――漆黒《しっこく》の大鎌を一閃《いっせん》！
全ての障壁と蔦が切断され、続けてケレニッサさんは扉を蹴《け》り飛ばす！
轟音《ごうおん》と共に扉が蝶番《ちょうつがい》ごと吹き飛び――中が見えた。
いるのは現役《げんえき》の族長と副族長。それに、狼族族長にして獣人《じゅうじん》族取り纏《まと》めのオウギさん。
……どうして、トネリ達がこんな所に？　相変わらず、鼠《ねずみ》族のクーメもいない。
引っかかりを覚え、唖然《あぜん》とし、憔悴《しょうすい》しきっている族長達を数える。
旧市街の狼、豹《ひょう》、小熊、兎《うさぎ》、獺、猫《ねこ》、栗鼠《りす》。
新市街の狐《きつね》、鼬《いたち》、山羊《やぎ》、牛。
…………猿《さる》族と鼠族の族長がいない？　ダグさん達も怪訝《けげん》そうな顔をしている。
疑問を覚える私達に対し、リチャード様とケレニッサさんはそのまま無造作に中へ。慌《あわ》
てて私達も続く。机前で止まり、一礼。

「――失礼。近衛騎士団副長リチャード・リンスターだ。待つのも飽《あ》きたので、直接聞きに来た。オウギ殿、ルブフェーラへ『古き誓約《せいやく》』の履行《りこう》を求める件、結論は如何《いか》に？」

呆気《あっけ》に取られていた族長達の顔が真っ赤に染まっていく。口々に罵倒。

「……如何な公子殿下でもっ！」「そうだっ！」「前例なき提案……そうそう決められぬのは当然っ！」「第一、どうやって西都まで？」「乱暴狼藉《ろうぜき》、リンスター公爵《こうしゃく》家へ報告させていただくっ！」「オルグレンとの交渉《こうしょう》も考慮《こうりょ》中だ」

……心が急速に冷えていく。

この人達は……この人達は、何を？　いったい、何を言っているの？？

「はぁ…………そうかそうか……」

赤髪の公子殿下が溜《た》め息《いき》を吐《つ》かれ、族長達の前の大きな木製机を――両手で思いっきり叩かれ、睨《にら》みつけられた。凄《すさ》まじい勢いで炎羽《えんば》が怒《いか》り舞う。

「……貴様等、今まで何をしていた……？　何をしていたんだっ！！！！」

族長達が顔面を蒼白《そうはく》にし、視線を逸《そ》らし、黙《だま》り込む。部屋の隅《すみ》に移動したトネリと取り巻き達は身体《からだ》を震わし耳を塞《ふさ》いでいる。そのままなのは、明らかに疲労困憊《ひろうこんぱい》な様子のオウギさんと、頰《ほお》がこけている狐族女性族長ハツホさんだけだ。リチャード様が猛《たけ》る。

「会議室に籠《こも》り切り、下層の負傷者達も見舞わず、陣頭《じんとう》指揮も執《と》らず、決断も出来ず言い訳ばかり……オウギ、これが獣人族族長だと？　ふざけるなっ！！！！！　お前らは大樹が焼かれても会議中、と言うつもりかっ！！！！」

「……リンスター公子殿下、少し落ち着いていただきたい」

オウギさんは辛《かろ》うじて声を振り絞《しぼ》る。その表情は苦渋《くじゅう》そのもの。

リチャード様は大袈裟《おおげさ》に首を傾《かし》げられた。

「……落ち着く？　『状況《じょうきょう》は絶望的だが、どうするんだ？』と聞いているだけだぞ？」

「……オルグレンは『古き誓約』を破った。ルブフェーラが守る保証が何処《どこ》にあると？　加えて、西都は遠い。辿《たど》りつけぬのでは意味がない。まだ、オルグレンとの交渉も――」

「――リチャード坊ちゃま、もうよろしいのではありませんか？　時間の無駄《むだ》と存じます」

背後から涼《すず》やかな声。振り返ると、アンナさんが佇《たたず》んでいた。

メイド長さんが優雅《ゆうが》に会釈《えしゃく》される。

「リンスター公爵家メイド長のアンナと申します。……かつてもこうだったのだろうな、と。二百余年前の魔王《まおう》戦争、その最後の決戦前夜においても、貴方方《あなたがた》の父祖は無為《むい》な論議を重ね続け、血河へ獣人族本隊を進ませず、遅参《ちさん》。『流星』を見殺しになさいましたし？」

『っ－？！！！』

アンナさんの言葉に族長達の身体が硬直《こうちょく》する。

――……獣人族が、『流星』を見殺しにした？

私はダグさんとデグさんを見る。渋《しぶ》い顔。メイド長さんが話を続けた。

「『獣人の連中は、東都出身ではない『流星』が戦後まで生きていたら邪魔《じゃま》になると考えた。だから、合議で決定的な一日を空費。結果、ドワーフ、巨人族《きょじん》への伝令も遅《おく》れ、決戦に遅参した』。決戦後、生き残った兵達の多くはそう噂《うわさ》しておりましたよ？　そして」

室内を見渡《みわた》され、これ見よがしに人数を数えられる。

「族長の方々の人数が足らないようですが、これはどうしたことでしょうか？」

再び族長達が重く沈黙《ちんもく》する。いったい、どういう――……

『新市街に取り残された住民は、『大樹』からの指示で水路へ向かわなかった』

まさか……そ、そんな……そんなっ⁉　アンナさんが決定的な指摘《してき》をされる。

「――内通者が旧市街、新市街、どちらの族長からも出たのですね？　そして、そこにおられる坊ちゃま方も関与《かんよ》している、と」

『っ！！！！！！！！』

族長達の顔に絶望を浮かび、トネリ達が身体を大きく震わせる。

………………待って。

「……貴方方が叛乱《はんらん》発生後、最上層から降りて来なかったのは……裏切り者が出たことを……そして、それが族長だったことを言い出せなかったからなんですかっ⁉　その間に、どれだけの人達が亡《な》くなり、傷ついたと――……兄さんは……私のお兄ちゃんは…………何の、何の為《ため》に…………許せないっ…………」

短剣《たんけん》の柄《つか》を握《にぎ》り締《し》め、抜《ぬ》き放《はな》とうとし――鞘《さや》の補助魔式を感じる。……兄さん。

リチャード様が冷たく問われる。

「オウギ、内通者がいたのは事実なのか？」

「……猿族族長ニシキ、鼠族族長ヨノが内通していました。両名共、数日前より姿が消え、同時に厳重に保管されていた古書数冊が紛失《ふんしつ》しています。そして、我が愚息《ぐそく》トネリを含《ふく》め、族長の子息達も叛乱初日に偽《にせ》情報を新市街の一部住民へ流した模様です……」

オウギさんが両手で顔を覆《おお》われた。

大半の族長達は顔を土気色に、トネリ達は膝《ひざ》を抱《かか》え、丸まっている。

アンナさんが手を振られ、オウギさんを見た。

「私は貴方様方を責めるつもりはございません。――が、二百年前と同じことを繰《く》り返すは、後世の史書に酷評《こくひょう》されても甘んじて受けるべきかと。血河の会戦前、貴方方の父祖の一部は魔族側へと離反《りはん》。疑心暗鬼《ぎしんあんき》に陥《おちい》り会戦に遅参したのをお忘れでございますか？」

族長達が項垂《うなだ》れ、身体を震わす。

……魔族に離反した一族がいた？　獣人族内に？？

アンナさんが嘆息《たんそく》された。

「……『流星』が生きてくれさえいたら！』この言葉、戦後、幾度《いくど》聞いたか分かりませぬ。人の世が続く限り、英雄とは数多《あまた》生まれてくるものでございます。けれども——世界に良き影響《えいきょう》を与《あた》え得《う》る英雄《えいゆう》の中の英雄はそうそう出てこないのですよ。アレン様が囚《とら》われたことはお聞き及《およ》びでございましょう？　あの御方は正しく新しき『流星』！　かつての『流星』と今の『流星』。二度も見殺しとするは……獣人にとって汚辱《おじょく》となりましょう」

「……そこなメイド様は、まるで二百年前を見ていたように言われるのだな」

鼬族の男性族長が苦々しく指摘した。

アンナさんは右手の人差し指を顎《あご》につけ、小首を傾げた。

「——それはそうでございましょう？　私、魔王戦争に従軍し、血河の会戦にも参加をしております。『流星』様とは直接、会話をしたことはございませんが」

『っっっっっ！？！！！！！！！！』

今日一番の驚愕《きょうがく》が会議室内を包んだ。ア、アンナさんって、何歳《なんさい》——メイド長さんが笑《え》みのまま振り向き「カレン御嬢様《おじょうさま》ぁ？　乙女《おとめ》の秘密でございますよぉ★？」……はい。

リチャード様が口を開こうとした——その時だった。

「……取り纏め役様にお話ししたいことが、あります」

そう言って、黒灰髪をし古い本を抱えた狐《きつね》族の少女——ロッタが部屋に入って来た。

入り口には狐族のハツホさん。そして、イネとチホの幼姉妹《しまい》。

ハツホさんがアンナさんを見て、微《かす》かに会釈された。

少女は堂々と机前に進み——真っすぐオウギさんを見て、告げた。

「……大樹の孤児院《こじ》にいる、狼族のロッタといいます。取り纏め役様、この子達が、貴方様にどうしても言いたいことがあるそうなんです。どうか、聞いてくださいませんか？

『獣人族の取り纏め役は、全獣人の話に耳を傾《かたむ》ける』。そうですよね？」

「…………聞こう」

オウギさんが深く頷いた。この子……ずっとそれを調べて？

「ありがとうございます。さ、二人共、言って」

「「……うん！」」

幼女達は頷き母親を見た後、離《はな》れ、ロッタの近くに行き手を繋《つな》ぐ。

そして——オウギさんへ願いを口にした。

「お願いします。わたしをお舟《ふね》にのせてくれた優《やさ》しいおにいちゃんを助けてください！」

「おねえちゃんをわたしに返してくれた優しいおにいちゃんを、どうか助けてください」

……会議室内を沈黙が完全に支配した。

暫《しばら》くし――無言でオウギさんが席を立たれた。後方の金庫を開け小さな匣《はこ》を手に取り、テーブルの上へ置く。族長達が息を呑む。

「……我等《われら》は間違《まちが》っていたっ。小さき子にこのような……許されるものではないっ！！！！

ルブフェーラ公爵家へ『古き誓約』履行の要請《ようせい》を出すっ！！！！！」

「同意します！」「……同意する」「……オウギ殿《どの》に一任す」「これより先は命を賭《と》さねば」

憑《つ》き物《もの》がおちたかのように、族長達が次々と同意を叫《さけ》ぶ。

――オウギさんが匣を開ける。

出てきたのは、古い小さな黒布だった。

『流星』が亡くなる直前に自分の片腕《かたうで》だった人物に託《たく》したって……本当に実在したんだ。

「問題はどのように西都へ持って行くのかだが……リンスター公子殿下《でんか》、アンナ殿。貴方ならば――これを誰《だれ》に託す？」

「カレン嬢《じょう》だね」「カレン御嬢様以外にはおられません」

「！」

突然《とつぜん》の指名に驚《おどろ》き、戸惑《とまど》う。私は大樹で戦うつもりだったのだ。

部屋の脇《わき》にいたトネリが、よろよろと起き上がった。

「……親父《おやじ》……俺に行かせてくれ……。そうでもしねぇと……俺は、俺は……」

「……トネリ」

オウギさんが顔を歪《ゆが》める。この少年はお世辞にも良《い》い性格とは言えない。

けれど、根っからの悪人でもなかった。……どうして。

リチャード様が、トネリに近づき――

「!?」

いきなり抜剣《ばっけん》された。前髪《まえがみ》が数本切れ落ちていく。少年は腰《こし》を抜かし、へたり込む。

「失格だ。君のことは、トマ君やスイ君に少し聞いたよ。『才能はあった。チビの頃《ころ》はアレンよりも』『けれど、あいつは磨《みが》くのを止めた』とね。その評は当たっているらしい」

「っ！　あ、あんたに俺の……俺の何が分かるっ！！！」

「分からないね。自分の一族を敵の贄《にえ》に差し出すような輩《やから》なんて理解《わか》りたくもない」

痛烈極《つうれつきわ》まる罵倒《ばとう》。ロッタとチホ、イネが私にしがみついてきた。

……この人も『リンスター』なのよね。リチャード様がトネリを見下ろした。

「今の一撃《いちげき》、カレン嬢ならば防ぐだけじゃなく、上級魔法を即時《そくじ》発動出来るように反応しただろう。アレンならば動きもせず、『殺気が皆無《かいむ》です』と言ってくる。君は勝負の舞台《ぶたい》にすら立てていない。うちの団長なら、こう言うと思うよ？　『一から出直せ』ってね」

トネリは歯を食い縛《しば》り、俯《うつむ》き――嗚咽《おえつ》を漏《も》らし始める。

赤髪の公子殿下がオウギさんへ視線を戻《もど》した。

「ルブフェーラへの『古き誓約《せいやく》』は、『黒布を持って来た者が望むもの、それを出来る限り叶《かな》える』だったかな？　……オウギ、何を頼《たの》む？」

みんなの視線が獣人《じゅうじん》族取り纏《まと》めに集中する。

オウギさんは両手を組み厳《おごそ》かに口を開き、内容を告げた。

――聞き終えて、私は唖然《あぜん》。頰《ほお》を涙《なみだ》が伝っていく。

こんな……こんなことが起きるなんて……。

ダグさん、デグさんが愉快《ゆかい》そうに笑われた。

「かっかっかっ。下に報《しら》せるっ！」「かっかっ。父祖の汚名、晴らすかっ！」

リチャード様も破顔された。

「――どうやら、獣人族への憧《あこが》れをなくさずに済みそうだよ。カレン嬢、西への特使、任せる！　オウギ、詳細《しょうさい》を教えてくれ」

＊

私はオウギさんから受け取った黒布を兄さんの懐中時計《かいちゅう》の中に折り畳《たた》んで入れる。

魔法で厳重に封《ふう》をし、大樹の下層へ。

既《すで》に情報が伝わり各層は騒然《そうぜん》としている。「まさか……」「実際にあったんだな……」

「あんな若い子で大丈夫《だいじょうぶ》なのかしら……？」「取り纏め役がこの後、説明されるそうだ」

そんな中を、私はアンナさん、ケレニッサさんに守られながら大樹の入り口へ進む。

海が割れるかのように人々が左右へ分かれていく。

外へ出ると、近衛騎士《このえきし》団、自警団、義勇兵、南都からここまで来てくれたニコさんとジーンさん……今日まで戦い続けた人達が集まってくれていた。

上空には蒼翠《そうすい》グリフォンの群れが舞《ま》っている。とりわけ目立つ純白のルーチェも。

いきなり——白衣姿の幼馴染《おさななじみ》達が抱き着いて来た。

「カレンっ！」「カレンちゃん〜！」

「……カヤ、ココ……」

普段《ふだん》、明るい二人の目には大粒《おおつぶ》の涙。私は努めて笑顔《えがお》を作る。

「大丈夫よ！　すぐに戻って来るわっ！」「…………」

二人は無言で私を更《さら》に強く抱きしめ――離れた。頷《うなず》き合う。

足音がし、二頭の蒼翠グリフォンが歩いて来た。母グリフォンの背中には鞍《くら》が着けられ、幼獣《ようじゅう》が乗っている。その奥《おく》には父と魔道《まどう》具職人の人達。鞍の準備をしてくれたのだろう。

二頭は私の前で止まると、父グリフォンが幼獣を黄色い嘴《くちばし》で摘《つま》んだ。

そして、自分の背に放り投げ、母グリフォンへ長い首を絡《から》ませた。『気を付けて』

――背中に淡《あわ》い紫《むらさき》の外套《がいとう》が被《かぶ》せられる。

振《ふ》り向くとそこにいたのは、

「カレン……」

布袋《ぬのぶくろ》を持った母さんだった。抱きしめ、視線を合わす。

「兄さんは生きています。絶対、絶対、生きています！　今度は私が、私達が兄さんを助けないとっ‼　だから――私、西都へ行きますっ‼‼」

「……気を付けるのよ？　これも持って行って……肌身《はだみ》離さず、よ？」

沈痛《ちんつう》な表情の母さんが布袋と自分の分の小札を渡《わた》してきた。素直《すなお》に受け取る。

すると、私の胸に顔を埋《うず》め――啜《すす》り泣き。抱きしめ返すことしかできない。

父さんが近づいてきて、掌《てのひら》に載る程度の四角い魔道具を渡して来た。

「？　……これは？」

「急いで作った魔道具だ。西都までの方位を示してくれる。……僕は君を止めるべきなんだろうね。……アレンに続いて、君まで……」

「……父さん、母さん……」

私は母さんから離れ、大好きな両親の顔をしっかりと見て深々と頭を下げた。

「──心配かけてごめんなさい。でも、私は兄さんを……お兄ちゃんを助けたいのっ！　だから……お願いします。……私を信じてください……」

私は二人に──優しく抱きしめられた。

「……ついこの前まで、あんなに小《ち》っちゃかったのになぁ……カレン、君を信じるよ」

「……何時《いつ》の間《ま》に、こんなに大きくなっちゃったのかしらぁ？　私も信じるわ。だって──私は貴女《あなた》のお母さんなんだもの」

「……ありがとう、ございます……」

涙で視界が滲《にじ》む。父さんと母さんは私の頭を優しく撫《な》で──離れた。

大樹からリチャード様とシマ姉、ミズホさん、ロッタ、イネ、チホが出てきた。

シマ姉が大きな胸を張る。スイ兄とトマ兄は医務室なのだろう。

「カレンちゃん、こっちのことは任せてねぇ～。大橋も落としてもらったし～」

「当面は敵の攻勢《こうせい》を凌《しの》げると思う。アンナ達も来てくれたしね。僕も少しは楽を――」

「おやおやぁ？　リチャード・リンスター公子殿下は、か弱きメイドに過ぎない私達を酷《こく》使《し》される気なのですか？　うっ……先程《さきほど》の戦闘《せんとう》で受けた傷が痛んで……」

アンナさんが倒《たお》れる振りをする。リチャード様は両手を軽く上げた。皆《みな》が失笑《しっしょう》。

「カレン嬢。手順を確認《かくにん》するよ？　まずは、西都のゾルンホーヘェン辺境伯《へんきょうはく》家の御屋敷《おやしき》を目指すんだ。枯《か》れた大木があるから見落とすことはないと思う。その後は」

「『流星』の副官だったレティシア・ルブフェーラ様に御目通りを願う……ですよね？」

「レティシア様とは一度だけ会ったことがある。良い人だよ。謀叛《むほん》の情報はもう西都にも届いてる筈《はず》だから、間違いなく招集を受けられていると思う」

私は頷き、見送りに来てくれたロッタと、イネ、チホへ視線を向け、小さく手を振る。

そして、母グリフォンの首筋を撫で、金の瞳《ひとみ》を覗《のぞ》き込む。

「長旅になるけど、よろしくね？」

目を細め、身体《からだ》を擦《こす》りつけ私を促《うなが》してくる。

――良しっ！　行かなきゃっ‼

私は制帽《せいぼう》を被り直し外套を着て、内ポケットへ懐中時計を仕舞《しま》う。そして、布袋を持ち、ひらり、と母グリフォンの背に飛び乗った。みんなへ叫ぶ。

「必ず救援《きゅうえん》を連れて戻って来ます。皆さん、私が戻って来るまで持ち堪《こた》えてくださいっ‼」

「カレン嬢に敬礼っ！」

リチャード様の号令一下。近衛騎士の方々が私へ敬礼してくれた。私も返礼。

自警団、義勇兵、他の人々も手を振ってくれた。

母グリフォンが翼を広げ――飛び立つ。幼獣を背に乗せた父グリフォンも隣《となり》を飛んでいる。高度を取り、大樹上空へ。

そこには、ルーチェと数百頭の蒼翠グリフォンが集まっていた。

そして、私達の後ろへ遷移《せんい》し――……歌い始める。増幅《ぞうふく》魔法！

母グリフォンの翼《つばさ》が蒼白《そうはく》の光を放ち始め――大きく羽ばたいた。

急加速。魔力の残光を引きながらどんどん速度を上げていく。

――目指すは、ルブフェーラ公爵《こうしゃく》家が統《す》べる王国西都！

背中に強い強い追い風を感じつつ、私は兄さんの懐中時計を握《にぎ》りしめた。

第3章

「う……くっ……」

僕はその地下牢《ろう》の冷たい床《ゆか》を少しずつ這《は》って行く。噴《ふ》き出た塩による不快さが増す。

聖霊《せいれい》騎士達を一撃で葬《ほうむ》った炎蛇《えんじゃ》の姿は見えず、魔力も感じない。

僕の身体はぼろぼろ。特に灰色ローブの男――グレゴリー・オルグレンの腹心であるレフから背中に受けた杖《つえ》の打撃が結構まずい。

どうにかして、両腕《りょううで》を拘束《こうそく》し、魔力を封じている腕輪を外さないと……。

ここまで痛い目にあったのは、

「黒竜《こくりゅう》戦の時以来かも……ね……」

泣き言が零《こぼ》れる。

こんな姿をリディヤに見られたら、一週間はベッドに寝《ね》かしつけられそうだ。

『……アレンのバカ。……アレンのバカ。……アレンの大バカ。私がいない所で傷つかないで……私と一緒《いっしょ》でも傷つかないでっ！』

そして、あの泣き虫な公女殿下《でんか》は泣き疲《つか》れて寝てしまうのだ。

教え子達――ティナとエリー、リィネにはこんな情けない姿、見せられやしない。

『先生……』『ア、アレン先生……』『兄様ぁ……』

ベッド脇《わき》を離《はな》れず、涙を溜《た》めている姿が容易に想像出来る。

凄《すご》く可愛《かわい》いけれど……心配させるのは先生として駄目《だめ》だろう。

ただでさえ、ここ最近は心配させ通しなのだし。

ステラは――

『アレン様。完全に治るまでは何もなさらないでください。その間は私がずっと看病します。……心配しました。凄く心配しました……』

きっと僕の袖《そで》を摑《つか》んで離してくれない。

そして、それを見た僕の妹は、

『兄さん……どうして、ステラに看病してもらっているんですか？　ここは、妹である私の出番の筈ですっ！　それが世界の理《ことわり》です！』

と、紫電《しでん》を飛ばし、ぶつぶつ怒《いか》りながらも背中を濡《ぬ》れた布で拭《ふ》いてくれるのだ。

平静を装《よそお》いつつ、一番過度な対応をするのは……フェリシアだろう。

『はぁ……アレンさん。どうして、そう無茶をされるんですか？　仕方ない人ですね。

――大陸全土から薬を届けてもらいます。……早く治ってくれないと困りますから！　病室で御仕事は絶対にしないでくださいね？　私はここで御仕事しますけどっ！』

……超《ちょう》高級な薬品類をベッド脇に山積みにしそうだ。職権乱用が過ぎる！

つらつらと妄想《もうそう》しながら苦笑する。うん、笑えるなら……まだ大丈夫じゃないか。

――僕は彼女達のもとへ帰らないといけない。絶対に帰らないといけない。

あの子達を悲しませるのは本意じゃない。

ティナとリディヤに封じられている大魔法《まほう》『氷鶴《ひょうかく》』『炎麟《えんりん》』の解放方法も見つけ、父さんと母さん、カレンから貰《もら》ったものを返し切るまでは、死ねない。

きっと、自分を責め続けているだろうギル・オルグレンとも話さないとだし、ね……。

――闇《やみ》の中を少しずつ進んでいく。

奥にはとんでもない魔力を持つ『何か』がいる。

不思議と悪意は感じない。僕を殺す気なら……とっくの昔にやってるだろう。

「……僕は、これと似た魔力を知っている……大魔法『氷鶴《ひょうかく》』『炎麟《えんりん》』……っく……！」

独白しながら壁《かべ》に背をつけ、よろよろと立ち上がり、一歩、一歩進んでいく。

激痛が走るも無視する。耐《た》えられない痛みじゃない。

突然《とつぜん》──両脇の魔力光が灯《とも》った。前方にあるのは、

「……扉《とびら》？」

後方に制御《せいぎょ》された微《かす》かな魔力の反応。……先程の炎蛇《えんじゃ》か。

僕は腕輪がついている両手を掲《かか》げ、話しかける。

「先程は助かりました。ですが、僕は魔法を封《ふう》じられています。御役に立てるとはとても」

紅《くれない》の閃光《せんこう》が走り魔力を封じていた腕輪を両断。残骸《ざんがい》が床に転がった。

手首には傷一ついていない。

ジェラルドが使った短剣《たんけん》に込《こ》められていた魔法より威力《いりょく》、精度共、遥《はる》かに上か。

戦慄《せんりつ》しながらも、僕は光属性初級魔法『光神治癒《こうじんちゆ》』を発動。

身体の痛みが、どうにか耐えられる程度にまで緩和《かんわ》されていく。

次いで足下《あしもと》に転がった腕輪の欠片《かけら》を拾い、ポケットへ。

僕をここまで連れて来た灰色ローブの一人の言葉を思い出す。

『十日後には死ぬ異端者《いたんしゃ》用の呪詛《じゅそ》が込められている』

薄明《うすあか》りの下、両手首を確認。そこには禍々《まがまが》しい紋章《もんしょう》が刻まれ脈動していた。

「……腕輪を外しても、解呪されるわけじゃない、と」

魔法士の言葉を信じるならば、十日後に僕は死ぬ。……………十日か。
引っかかりを覚えつつ振《ふ》り返り――僕の身長よりも巨大《きょだい》な炎蛇《えんじゃ》を見上げる。
「有難《ありがと》うございます。……この中に入れば良《い》いんですか？」
炎蛇《えんじゃ》は深紅《しんく》の瞳を輝《かがや》かせ、未知の炎《ほのお》属性魔法を並べ始めた。
……進まねば撃《う》つ、と。
前には凄《すさ》まじい魔力を持った『怪物《かいぶつ》』。後ろには、恐《おそ》るべき炎魔法を使う炎蛇《えんじゃ》。
地上へ戻《もど》っても周囲には聖霊騎士《きし》団。レフは相当な手練《てだ》れ。
今の状態は普段《ふだん》と比べて一割以下の力。包囲突破《とっぱ》はまず不可能だろう。
かと言って、このまま此処に籠《こも》っても……命は十日。先へ進むしかない。
意を決し、古い扉を思いっきり押し、こじ開ける。
――そこは恐ろしく広い空間だった。
両壁には未《いま》だ光っている古い魔力灯が連なっていて、視界に問題はない。
最奥《さいおう》に目を向ける。
そこにいたのは――禍々しい黒灰の鎖《くさり》に四肢《しし》を繋《つな》がれた巨大な純白の狐《きつね》だった。

蹲《うずくま》っていた白狐《びゃっこ》は顔を上げ――視線が交錯《こうさく》。

『！！！！！！！！』

「っっっっ！！！！」

凄まじい大咆哮《ほうこう》。衝撃波《しょうげきは》と無数の紫電が部屋内を走り、魔力灯が明滅《めいめつ》する。

僕は無意識に土属性初級魔法『土神壁《どじんへき》』を多重発動。

身を潜《ひそ》め――直後、衝撃と壁の破片《はへん》が周囲を飛び交《か》う。

「……こ、これは洒落《しゃれ》になってない、な……」

十三枚の壁の内、十二枚は無惨《むざん》に砕《くだ》かれ消失していた。残った一枚も半ばまで罅《ひび》。

魔力量は…………計測不能!!!

白狐は鎖を軋《きし》ませながら立ち上がろうとするも、黒灰の鎖が禍々しい魔力を放ち、抑《おさ》えにかかった。……嫌悪《けんお》感が先に立つ。

あれはジェラルドが、そして東都で僕とカレンが倒した聖霊騎士ゴーシェが使った、『光盾《こうじゅん》』と『蘇生《そせい》』を用いた魔法の筈《はず》。

つまり、この場所にも聖霊教の手が――白狐が声なき声を叫《さけ》び、倒《たお》れ込んだ。

『！！！！！！！！！！！！！！』

部屋の壁が震《ふる》える程《ほど》のつんざかんばかりの大音量。両耳を押さえ――……思い至った。

最初の咆哮と今の叫びって……悲鳴だったんじゃないか？

炎蛇《えんじゃ》がこの部屋に僕を追い立てた意味を理解する。

『拘束している鎖を断《た》ち切れ』

土壁から白狐を見やる。鎖に抑え込まれうまく動けないようだ。痛みからか唸《うな》り、身体《からだ》を震わせている。

幼い頃《ころ》、父に教わった言葉を思い出す。

『自分がしたことは忘れていい。けれど、他者から受けた恩は忘れないように』

――腕輪を先に外してもらったのは僕。ならば……その恩は返さないといけない。

父さん、僕は今まで貴方《あなた》の教えを守ってきました。

今更《いまさら》、それを曲げるのは貴方の息子《むすこ》に相応《ふさわ》しくありませんよね？

覚悟《かくご》は決まったものの――相手の魔力が圧倒的《あっとうてき》なことに変わりはない。

万全《ばんぜん》な状態でも、奥まで辿《たど》り着けるかは怪《あや》しい。まして、今の僕の状態は酷《ひど》い有様だ。

「……ふぅぅぅ……」

大きく息を吐《は》き──僕は土壁から飛び出した。白狐は立ち上がれないものの、

『！！！！！！』

純白の毛先を紫《むらさき》に染め、見たこともない雷《かみなり》魔法を発動させた。

八本の雷柱《らいちゅう》が生まれ、空間を制圧しながら僕へ迫《せま》り来る。

魔法介入《かいにゅう》は──生き物のように変容する暗号式と魔力不足で到底《とうてい》、間に合わない。

僕が使える魔法じゃ防御《ぼうぎょ》も、逸《そ》らすのも不可能だろう。

……で、あるならば！

なけなしの魔力を使って風魔法を発動。

耐雷《たいらい》結界を張りつつ、雷柱の間の微かな隙間《すきま》を駆《か》け抜《ぬ》ける。

「ぐっっっ！」

刹那《せつな》の間であっても、雷柱の余波は僕の身体を強烈《きょうれつ》に打ち据《す》え、激痛が走った。

それでも──……抜けたっ！　白狐の傍《そば》まで到達《とうたつ》する。

近くの壁から繋がっている『鎖』に直接、触《ふ》れられれば拘束《こうそく》を解除出来──

「…………ああ、うん。これは流石《さすが》に無理だね」

白狐は身体を震わしながら立ち上がり、新たな魔法を展開させていた。

――精緻《せいち》の極致《きょくち》ともいえる魔法式が浮遊《ふゆう》。電光を放ち照準を向けている。

内包している魔力量から見て……ゴーシェが『蘇生《そせい》』『光盾《こうじゅん》』の力を用いて、変異した際に放った光閃《こうせん》よりも遥かに上。僕一人がどうこう出来る魔法じゃない。

ゆっくり、と両手を掲げる。

そして――白狐の金色の瞳《ひとみ》を真っすぐ見つめた。

「……敵意はないよ。その『鎖』を解いてあげられるかもしれないんだ。信じてほしい」

突然――部屋の灯《あか》りが全て消えた。魔力切れじゃない。

魔力干渉《かんしょう》！

反応する前に激しい金属音がし、僕は床《ゆか》に身体を押し付けられていた。

「っ!!!」

悲鳴が零《こぼ》れるも身体は動かせない。灯りが回復した。

白狐が鋭《するど》い牙《きば》を見せ、僕を覗《のぞ》き込んでいる。瞳に浮《う》かんでいるのは強い警戒《けいかい》だ。

……やばい。魔力切れと痛みで、意、識が……。

辛《かろ》うじて動く指を動かし、鎖に触れ干渉を試みる。

うわ……何だ、これ。

動けば動くほど絞《し》まるように構築しているなんて……最終的には四肢を千切る気だったのか？　とても生物に使うものじゃない！

残りの全魔力《まりょく》を使い、一本に介入。無理矢理――断《た》ち切る。

轟音《ごうおん》と共に鎖が落下。床が割れる音。

白狐が不思議そうに僕を押さえつけていた右前脚《あし》をどかした。血が滴《したた》っていて非常に痛々しい。僕はどうにか微笑《ほほえ》む。

「……これで、少しは信じてくれる……かな？」

視界が暗くなっていく。……駄目《だめ》だ。もう、指の一本も動かせない。

……まだ、死にたくは、ないなぁ……。

「……う、ん……」

目が覚めた僕が感じたのは――魔力灯の淡《あわ》い光だった。

どうやら、あのまま食べられはしなかったらしい。炎蛇《えんじゃ》の気配もなし。

ふと、かつて出会ったお菓子《かし》好きの少女を思い出す。

『ん。アレンはきっとそのまま食べても美味《おい》しくない。もっと私に甘くなるべき』

……アリス。そういう子とは一緒《いっしょ》にお菓子を食べに行かないよ？

半覚醒《かくせい》の状態で、どうにか上半身を起こした――その時だった。

金属音が聞こえ、瞳に大粒《おおつぶ》の涙《なみだ》を溜《た》めた白服姿の獣人《じゅうじん》の幼女が僕へ抱《だ》き着いてきた。

「…………えっ？」

場にそぐわない声が出る。反射的に受け止めたのは習慣故《ゆえ》か。けれど、頭は大混乱中。

ど、どうして幼い頃のカレンがこんな所に⁉

薄明りの下、まじまじと幼女を見つめ――……僕は頭《かぶり》を振る。

「いや。君は僕の妹じゃない。カレンの髪《かみ》はこんなに長くもなければ、白くもないし、獣耳《けものみみ》と尻尾《しっぽ》の形も違《ちが》う。瞳の色だって金色じゃ…………むしろ、あの子に…………」

幼い頃、実の妹を庇《かば》い亡《な》くなった狐族の少女を……アトラを強く思い出す。

「――――」

僕の独白には答えず、幼女は鎖に繋がれた――否《いな》、喰《く》い込み、血塗《ちまみ》れの左手首を見せて来た。両足にも鎖がはまっている。

幼女の大きな瞳から大粒の涙がぽろぽろ、と零れていき、首を、イヤイヤ、と振る。

激しい怒《いか》りが湧《わ》き上がり、僕は躊躇《ちゅうちょ》なく鎖の魔法式に介入した。

激痛と、小さな虫に身体を這《は》いずり回られるような嫌悪感を覚えるも、全て無視。

魔法式の一部は聖霊《せいれい》騎士ゴーシェが用いたものに酷似《こくじ》している。これならっ！

僕は全力で魔法式を崩壊《ほうかい》させていき——幼女の右手首と両足首の鎖を断ち切り、床へと落とす。鎖は禍々しい黒灰となり消えた。

次いで幼女の傷口に応急治《ち》癒《ゆ》魔法を静謐《せいひつ》発動。

両手足首には僕の手首に付いているものと似通った刻印が不気味に脈動している。

僕の治癒魔法じゃ傷跡《きずあと》が残る。早く外へ出て上級治癒魔法を大量にかけつづけないと。

しかも、この刻印。おそらくは呪詛《じゅそ》……。

解呪魔法は極《きわ》めて高度な魔法だ。使い手は少なく、そもそも発動には膨大《ぼうだい》な魔力が必要。

知り合いで使えるのは教授と学校長くらいしか……。

ステラのノートには試製魔法を書いておいたけれど、まだ使いこなせないだろうし。

暗澹《あんたん》たる思いを抱《いだ》く僕に対して幼女は『信じられない』といった表情を浮かべ、更《さら》に涙を零し、強く強く抱き着いて来た。

「僕の名前はアレン。君は？」

幼女は僕の胸の中で泣き続ける。

獣耳が動いているので、言葉は理解出来るけれど、喋《しゃべ》れないのかもしれない。

為《な》されるがままにされつつ、考える。

――両手首の鎖。狐族の特徴《とくちょう》。そして、白髪《はくはつ》で先端《せんたん》のみ淡い紫。瞳は金色。

「……魔力も白狐と同じなんだよなぁ……」

「…………？」

「大丈夫《だいじょうぶ》だよ。さっきはごめん」

「！　‼　‼　…………」

幼女は頭を何度も振《ふ》り、しゅんとした。『ごめんなさい……』と言いたいらしい。

やっぱり――この子が先程《さきほど》の『白狐』のようだ。

幼女は自分の両手足をちらちら、と見ている。

「まだ痛いかい？　……僕がもう少し治癒魔法を使えれば良かったんだけど」

「⁉　！　‼　‼」

身体を目一杯《めいっぱい》使って、『そんなことないっ！』。

……こういうところは、小さい頃のカレンを思い出すなぁ。

お礼に頭を優《やさ》しく撫《な》でる。あ、カレンとは撫で心地《ごこち》が違うや。

「♪」

幼女はくすぐったそうにしつつも、自分から頭を動かし押しつけてくる。

——さて、こうしているのも楽しいのだけれど。

膝《ひざ》を屈《かが》め目線を合わせる。宝石のような綺麗《きれい》な瞳。

「僕はここから出ないといけないんだ。でも、入り口は怖《こわ》い人達に見張られていて出られそうにない。他の出口を知ってるかな？」

「！　‼　♪」

幼女は、ぴょんぴょん、と跳《と》びはね、僕の手を両手で引っ張った。

手首の傷からは未《ま》だ出血している。癒《いや》しきれないか。

今にも先へ進もうとしている幼女へ声をかける。

「少し待ってね」

不服そうに立ち止まった幼女の頭を一撫で。ボロボロになっているローブの内、少しはまともな部分を風魔法で切り取り、更に縦へと裂《さ》き即席《そくせき》の包帯を作製する。

膝を曲げ、目線を合わせ幼女へ微笑む。

「結ぶから、手首と足首を見せてくれるかな？」

素直《すなお》に差し出された両手首、足首を順番に水魔法で洗い、布を当て軽く縛《しば》りつつ、治癒魔法を再び静謐発動。

「一先《ひとま》ずはこれで良し。外へ出たら、きちんと診《み》てもらおうね？」

幼女はキョトンとし、巻いた布を見て――

「？　！　♪」

嬉《うれ》しそうに僕の周りを駆けまわり始める。元気な子だ。

でも……どうしてこんな場所に捕《と》らえられていたんだろう？

僕をこの牢《ろう》へ放り込んだレフの言葉が脳裏《のうり》を過《よぎ》った。

「……『炎魔《えんま》』の封《ふう》、か……。確かこの異名は禁忌《きんき》魔法の開発者の……。此処《ここ》は四英海にある魔王戦争前の遺構……。つまり、この場所は…………研究施設《しせつ》？」

ようやく思考がまとまってきた僕の右手に幼女が抱き着き、引っ張って来た。

「！　‼」

『早く！』ということらしい。

先にはまたしても扉《とびら》が見える。……行くしかない、か。他に道もない。

少なくともこの子は邪悪《じゃあく》な存在じゃない。なら、信じよう。

――僕は嬉しそうな幼女に手を引かれて、更に奥《おく》へ向かい、歩き始めた。

「…………これは――」

扉を開け、次の部屋に辿《たど》り着いた僕は眼前の光景に言葉を失う。

——そこにあったのは、漆黒《しっこく》の闇《やみ》を湛《たた》えた大穴だった。

壁《かべ》の魔力灯は幾《いく》つか点《つ》いているものの、その程度の光では全く底まで見通せない。

……降りられるんだろうか？

躊躇していると、幼女に手を引っ張られた。獣耳、尻尾は『早く！』と主張。そこに恐怖《きょうふ》は一切《いっさい》ない。でもなぁ……流石に怖さが先に立つ。

幼女は動かない僕にしびれを切らし、手を離《はな》すとそのまま大穴へ足を踏《ふ》み入れ、

「あっ！」

——嘘《うそ》みたいに消えた。魔力も一切感じられない。

幾つか灯りを浮かべ、大穴へ落としてみるも何も見えず。

まるで、闇が光を喰らっているかのようだ。

進まなければ分からない、と。僕は頭を掻《か》く。

「……仕方ない、か……」

何時《いつ》でも浮遊魔法を即時《そくじ》発動出来るようにし大穴へ足を踏み入れ——る前に、いきなり、小さな手に引っ張られた。

「っ!?　……こらっ！」

「！　‼　!!!」

心臓が止まりそうになるも、目の前で心底楽しそうな幼女には通じない。

――踏み入れた先には不可視の階段があった。

どういう原理なのか、一歩目を踏み出しただけなのに、上の大穴は全く見えない。

足からはしっかりとした感触《かんしょく》。そして――周囲を飛び交《か》う淡い様々な光。

以前、僕が王立学校で生徒達へ見せた天球図の中に放り込まれたかのようだ。

「……この光、御魂送《みたまおく》りの時、大樹の周囲を飛んでいるものと一緒……？」

「♪」

幼女が上機嫌《じょうきげん》で足を踏み出した。

――足下《あしもと》から無数の星のような光が舞《ま》い、僕達を淡く照らす。

魔法……なのだろうか？

こんな状況《じょうきょう》なのに背筋がゾクゾクとし、自然と笑顔《えがお》になってしまう。

「……凄《すご》い……」

素直な賞賛が零《こぼ》れ落ちる。此処を作り上げたのが誰かは分からない。

けれど……今の僕では到底《とうてい》理解出来ない魔法技術だ。どうなっているのだろう？

リディヤの呆《あき》れる声が聞こえて来る。

『……あんたねぇ……状況を考えなさいよっ！　死にかけたのよ？　しかも、十日後には死ぬかもしれないのよ？　少しは危機感を持ちなさいっ！　新しい魔法を見つけると、すぐそうやって飛びついてぇぇぇ！！！！』

あ～うん……自覚はしてるよ……。

「？　！　♪」

幼女が僕の手を引っ張った。

……さぁ、底には何が待っているのかな？

＊

僕達は不可視の螺旋《らせん》階段を下っていく。

降り始めて随分《ずいぶん》経《た》ったけれど底は未《いま》だ見えず、降りる度《たび》に舞う淡《あわ》い光と、僕が生み出した魔法の灯《あか》り以外は、漆黒の闇。

一人だったら恐怖が先に立ったかもしれない。

――そう、一人だったら。

僕の左手を握《にぎ》りしめている白狐《びゃっこ》の幼女が小首を傾《かし》げた。

こういう仕草も小さい頃《ころ》のカレンとよく似ている。

「ああ、ごめん。大丈夫だよ」

幼女は満面の笑みを浮《う》かべた。

──回復してきた魔力で水を生み出せたのは幸いだった。

喉《のど》の渇《かわ》きは癒せたし、汚《よご》れも多少は落とせた。僕は幼女の両手足首の布を見やる。

この子の傷口も洗うことが出来たしね。

「？」

「手と足は痛くないかい？」

「！」

「そっか。それにしても……この階段は何処《どこ》まで続いているのかな？」

「♪」

先導する幼女は楽しそうに僕の右手を引っ張るばかり。

この子は最初に手を繋《つな》いで以降、自分からは一度たりとも離そうとしない。

傷口を洗う時も瞳《ひとみ》に大粒《おおつぶ》の涙《なみだ》を溜《た》めながら愚図《ぐず》って、困った。

……本当に昔のカレンとそっくりだなぁ。

でも、流石《さすが》に疲《つか》れてきた。話しかける。

「少し休憩《きゅうけい》しようか？」

幼女は大きく頷《うなず》いた。その場にへたりこみ、足を投げ出す。身体《からだ》の端々《はしばし》から痛みが走る。

僕が使える治癒《ちゆ》魔法で、深手を完治させるのは無理なのだ。

じー、という視線を感じた。

「うん？　どうかした――ああ、膝上《ひざうえ》に来たいのか。いいよ、おいで」

「♪」

幼女は顔を輝《かがや》かせ僕の膝上によじ登って来た。ちょこん、と収まり御満悦《ごまんえつ》の表情。

頭を撫でつつ考える。

――新市街の戦闘《せんとう》後、僕は大騎士《きし》ヘイグ・ヘイデンの捕虜《ほりょ》になった。

老大騎士と、ザウル・ザニ伯爵《はくしゃく》が僕を覗《のぞ》き込み、部下の騎士と魔法士達へ強い口調で訓示していたのは、何となく覚えている。

『――よいか。『騎士』とは、弱きを助け、強きを挫《くじ》き、そして……他者の為《ため》に笑って命を懸《か》けられる者を指す。若き騎士達よ、そのこと、努々《ゆめゆめ》忘れることなかれ。このアレン殿《どの》のような御方《おかた》を……生涯《しょうがい》の範《はん》となすべし！』

『魔法士として、この御方の技量に匹敵《ひってき》する者――東方において唯《ただ》の一人もおらず！　更《さら》に、その心底の強さたるや！　王国に数多《あまた》魔法士いれど、我一人として勝《まさ》る者を知らず。若い魔法士達よ。貴殿《きでん》達の人生は長い。目指すならば、この御方を目指すべし』

反論も出来ないまま褒《ほ》められるのがあれ程《ほど》、くすぐったいものとは……今度、ティナ達に試《ため》してみよう。思考を進める。

——あの老騎士と老魔法士は僕の命を取ろう、とは考えていなかったように思える。

あの御二方と、王都にいる老ハークレイ卿《きょう》は、オルグレンの宿将にして屋台骨。

主君の命に忠実な古き良き時代の騎士と魔法士。

……だからこそ、こんな愚挙《ぐきょ》に加わらざるを得ないのだろうけど。

その後、レフ率いる聖霊《せいれい》教異端審問官《いたんしんもん》と聖霊騎士団に拉致《らち》され——連れて来られたこの場所が、予測通り四英海《しえいかい》だとする。オルグレンが『空』の概念《がいねん》研究をしていたとは聞かない。身体に感じた振動《しんどう》からも、移動の殆《ほとん》どは馬車だった筈《はず》だ。

不味《まず》い食事の回数を踏まえて逆算すると…………非常にまずい。

——……最悪、叛乱勃発《はんらんぼっぱつ》から十日以上は経過している。

リボンは近衛《このえ》騎士のライアン・ボル様に託《たく》しはしたものの……リディヤなら暴発していても決して不思議じゃない。ああ見えて、こういう時は余裕《よゆう》をなくす子なのだ。

どうにかして、『生きている』と報《しら》せないと——幼女が再び、僕をじーっと見て来た。

「うん？　どうかしたかな？」

「！　‼　！！！！」

「？　あ、声に出てたのかな？　そうなんだ。とても泣き虫で、優《やさ》しい女の子がいてね。ずっと泣いているだろうから早く帰ってあげないと……君と似ている妹も待ってるしね」

「？」

「僕の可愛《かわい》い妹だよ。カレン、って言うんだ。ここを出たら会わせてあげるよ」

「♪」

嬉しそうに抱《だ》き着いて来る。表情が豊かでとても可愛らしい。

……この子にあんな禍々《まがまが》しい鎖《くさり》をはめたのはいったい何者なのか。

魔法式からして、聖霊教乃至《ないし》は聖霊騎士団が関わっているのは確定的だけれど……此処はオルグレン公爵《こうしゃく》家領。

そして、この子を封じていた鎖は明らかに古い物――少なくとも数年前の物だった。

老公ギド・オルグレンは王家の忠臣だ。

聖霊教の人間がこの地に入るのを許可するとは思えない。

何より、あの炎蛇《えんじゃ》。並の騎士、魔法士じゃどうこう出来やしないだろう。

勿論《もちろん》――僕だってこの子が普通の獣人《じゅうじん》とは思わない。

人は四肢《しし》に鎖をはめられ、数年間生きていけはしないし……正体の推察はついている。

取りあえず――全てはここを脱出《だっしゅつ》してからだ！　出来る限り早く。

じゃないと……リディヤがここまで乗り込んできて、全てを斬《き》った挙句、証拠《しょうこ》隠滅《いんめつ》で周囲一帯を灰に……いや、島ごと消滅させてもおかしくない。

そして……その後、拉致される。間違《まちが》いなく拉致される。説得は不可能。

ここからだと……四英海を北上して、ララノア共和国とかに直接連行されそうで怖《こわ》い。

『リディヤ・リンスター公女殿下《でんか》、共和国に亡命か！』

……洒落《しゃれ》になりもしない。

ティナ達は大丈夫《だいじょうぶ》だろう。何しろ――ステラがいる。

あの子達の暴走を止めてくれるだろうし、彼女自身はそこまでの無茶をしない筈だ。

聖女様は凄く頑張《がんば》り屋さんで、良識を持っている子なのだ。

きっと……リィネが一番苦労している……。

リディヤは余裕をなくしてしまうと、途端《とたん》に視野が狭《せま》くなる悪癖《あくへき》があるからだ。

フェリシアは――エマさん達と一緒《いっしょ》だったし王都から脱出し、南都へ落ちただろう。

身体を壊《こわ》してないかは心配だけど……。

あとは……幼女の頭を少しだけ乱暴に撫《な》で回す。

「！　‼」

「嫌《いや》だったかな？」

「♪」

「そっか。なら、こうだ！」

「!!! ♪」

更に強く撫で回すと、膝上で嬉《うれ》しそうに幼女が身体を動かす。

……カレンはリディヤに次いで、こういう時、少し危《あや》ういかもしれない。

『兄を守るのは、妹の義務なんですっ！！！！』

妹が安全でいてほしいと、お兄ちゃんは心底から願っています。

………母さん、父さんも無事だろうか。

大樹前の大橋の二人を思い出し、胸が痛む。

後悔《こうかい》はしていない。何度でも僕は同じ決断をするだろう。

僕の命は母さんと父さん、カレンがいてくれなかったら、とうの昔に終わっていた。

それを返す時が来ただけのこと。

リチャードには――……当分、会わないようにしないと。

ぜったい、本気で殴《なぐ》ってくる。あれで、あの人は熱いのだ。

……ベルトラン達もかな？

最後の最後で、無理矢理、水路に落としたから……凄《すご》く怒《おこ》られそうだ。

「♪」

幼女が歌い始めた。周囲に舞《ま》う淡い光が生きているかのように舞い踊《おど》る。

更につらつらと考えていく。

──おそらく、この叛乱自体は短時間で鎮圧《ちんあつ》されるだろう。

オルグレンと東方諸家は魔王《まおう》戦争以来、約二百年間に亘《わた》って外征《がいせい》を経験していない。

結果──他の三公爵に比べ明らかに兵站《へいたん》組織が貧弱《ひんじゃく》だ。

王都を押さえたとしても、維持《いじ》出来るとは思わない。

汽車を活用したとしても、運ぶだけでは意味がないのだ。

荷を降ろし、集積し、分配する。

そして、それをずっと維持し続けるというのは、正しく一大事業。

叛乱軍総大将グラント・オルグレンが、その困難さを理解しているとは思えない。

純粋《じゅんすい》な用兵面では、更に差がある。

リンスター、ハワードに勝てる軍は大陸を見渡《みわた》しても存在しない。

侯国《こうこく》連合とユースティン帝国《ていこく》が、叛乱に乗じて動いていても、問題にしないだろう。

本気になったあの二公爵家は──それ程までに強い。

『羊は、狼に率いられたわんこには勝てない。朝食』

『兎は、鷲に率いられたとりさんに勝てない。夕食』

……だったかな？

淡々《たんたん》としつつも、やたらと嬉しそうに、空色屋根のカフェの特製タルトを頬張《ほおば》りながら各国情勢を僕に向かって説明してくれた短い白金髪《はっきんぱつ》の少女を思い出す。

天下の『勇者』様に対して、無理なお願いかもしれないけれどさ、あの時の――黒竜《こくりゅう》戦時の貸しを是非《ぜひ》とも返してほしいよ、アリス。

人族同士のつまらない争いに関わらないのは知っているけどね。

――思考を戻《もど》す。

結局のところ、西方のルブフェーラ公爵家は動かなくても問題ないのだ。

獣人族が『古き誓約《せいやく》』を持ち出せば……彼《か》の家は動くだろう。

誰《だれ》しもが歴史と恩義を忘れたわけじゃない。

でも……族長会議の光景を思い出し、暗澹《あんたん》たる想《おも》いになる。

今頃《いまごろ》、族長達は――

「！！！！」

「おっと！」

歌い終えた膝上の幼女が頬《ほお》を大きく膨《ふく》らまし、僕の頬に両手を置いた。構ってくれなくて拗《す》ねてしまったらしい。

「ごめんごめん。お詫《わ》びに——こうだ！」

「！‼!!!♪」

幼女をおんぶし立ち上がる。信じられないくらい……軽い。

「さ、行こうか」

「♪」

背中から、安心しきった歌。……本当に、行動は昔のカレンそのものかもしれない。

——帰らないと。早く僕がいるべき場所へ。

想いを再確認《かくにん》し、僕は再び不可視の螺旋《らせん》階段を降り始めた。

＊

「……ここが、底、かな？」

一段一段、不可視の螺旋階段を降り続け——僕等《ら》は遂《つい》に底へと降り立った。地面の感《かん》触《しょく》に心底、安堵《あんど》を覚える。

けれど、周囲は漆黒《しっこく》の闇《やみ》。

魔法で数個の灯《あか》りを浮《う》かべているものの、先は見えず、舞っていた淡《あわ》い光もない。

風魔法で確認する限り上の階層程ではないにせよ、大分広いようだ。

……そもそも、同じ塔《とう》内なのかさえ不明だけれど。

気づかない内に転移させられている可能性も捨てきれない。壁《かべ》に触《さわ》る。

所々、べとついた塩分を含《ふく》んだ水。転移はしていない、と。

同時に……違和感《いわかん》。

「……壁一面に古い魔法式がびっしりか……これは東都の地下水路と同じ？」

背中からちょこんと、少女の顔が覗《のぞ》き込んで来た。

「大丈夫だよ」

「♪」

水魔法で手の汚《よご》れを取り、頭を撫でる。

「♪♪」

どうやら、おんぶが気に入ったらしい。無事に出られたら肩車《かたぐるま》もしてあげようかな。

幼女を下ろし、膝《ひざ》を屈《かが》め視線を合わせて尋《たず》ねる。

「ここが、君の連れて来たかったところかな？」

全身を使って『そうなの！』と伝えて来る。微笑《ほほえ》み、頷《うなず》く。

「そっか。案内してくれるかい？」

「♪」

張り切った様子で、幼女が僕の右手を引っ張って来た。迷いなく歩き出す。

そこに恐怖《きょうふ》は微塵《みじん》もなく、最初に見せた涙《なみだ》も見えない。獣耳《けものみみ》と尻尾《しっぽ》が機嫌《きげん》良さそうに揺《ゆ》れている。僕は念の為《ため》、周囲を探《さぐ》りつつ通路を進みながら、考える。

レフが僕へ吐《は》き捨てた言葉。

『――『炎魔《えんま》』の封《ふう》を解き、そして死ね。お前は『使い捨ての鍵《かぎ》』――』

僕は張り切っている幼女を見つめる。

封を解く、というのはこの子の鎖《くさり》を指しているわけじゃないだろう。

あの鎖に、炎蛇《えんじゃ》の魔力は一切《いっさい》感じなかった。

つまり……僕は立ち止まり、前方を見つめる。

「本命は、この先、と……」

「！」

幼女が僕を見上げ、少し頬を膨らませた。『突然《とつぜん》、止まらないでっ！』と。

僕は膝を曲げ、

「ああ、ごめんごめん。お返しに、ぎゅー」

母さんが昔、僕によくしてくれたように、優《やさ》しく抱《だ》きしめた。

「♪♪」

幼女は妹と同じように喜び全開。獣耳をぴこぴこ。尻尾をぶんぶん。

よく見ると、白髪の中にほんの微《かす》かに紫《むらさき》が交じっている。本来の髪色《かみ》は紫なのだろう。

「………あ」

──お腹《なか》が鳴ってしまった。

此処《ここ》に連れて来られて以来、食事を摂《と》っていないから当然ではある。

きょとん、とした表情で幼女が僕を見上げ、お腹を人差し指で突《つつ》いた。

「お腹が減ってきた音だよ。ここを出たら美味《おい》しい物をたくさん食べようね」

「？　！　‼　‼」

「？　どうしたんだい？？」

幼女がいきなり駆《か》けだした。僕も後に続く。

──やがて、幼女が立ち止まった。

が、何も見えない。灯りを近づけてもそこにあるのは、単なる汚れた石の壁だ。

白髪幼女が、ぴょんぴょん、飛び跳《は》ねた。

「！　‼」

「ここなのかい？　何もないように──っ⁉」

右手を伸ばし壁に触《ふ》れると──背筋に戦慄《せんりつ》が走った。

この感じ……黒竜や、四翼《しよく》の悪魔とやりあった時と同じ。

──絶対的な差で恐怖に心臓を握《にぎ》りしめられる感覚──

だけど……。

「？」

幼女は何も感じていない。むしろ『まだ？　まだ？』という表情。尻尾も上機嫌だ。

……ここで、悲鳴をあげるのはちょっとカッコ悪いね。

苦笑《くしょう》し、更《さら》に壁に触れていく。

直後──後方に膨大《ぼうだい》な魔力が出現！

「っ！」

振《ふ》り向くと壁の魔力灯が一斉《いっせい》に光り、炎蛇《えんじゃ》が此方《こちら》へ向けて飛翔《ひしょう》してきた。

咄嗟《とっさ》に身を躱《かわ》すとそのまま壁に激突《げきとつ》、吸い込まれていき──

「こ、これは⁉」

先程まで間違《まちが》いなく石壁だった場所に漆黒の扉《とびら》が浮かび上がり、次いで紅《あか》い紅い魔力の奔流《ほんりゅう》と共に、精緻《せいち》の極致《きょくち》とも言える八つの魔法式が同時構築され始めた。

周囲の壁にも見たこともない魔法式が浮かび上がる。

こ、この魔力は……。

「『炎鱗《えんりん》』の術式に用いられていたモノと同種⁉　それじゃ……これが『炎魔』の封！」

心が怯《ひる》むのを感じる。あの時、僕の隣《となり》にはリディヤとティナがいた。

けれど、今は……左手を温かく小さな手が包み込んだ。

狐耳《きつね》の幼女がふんわりと微笑む。まるで、『大丈夫《だいじょうぶ》。私がいるよ？』と言うように。

――心が定まった。

『彼女』の魔法式を僕はもう見た。なら……対処は出来る筈《はず》だ。

第一、ここで恐《おそ》れたら、

「――リディヤと、ティナ達の未来を見る資格なんてないよね！」

羨望《せんぼう》さえ覚える美しい魔法式が扉だけでなく、一帯に広がっていく。

――正しく精緻の極《きわ》み。

だが、明らかに敵意がある。魔法式を解けなければ……命はないだろう。

僕は息を深く吸い込み、黒扉に触れ魔法式へ介入《かいにゅう》し――

「っっっ！！？！！！」

余りの情報量の多さに脳が沸騰《ふっとう》しかけ、片膝《かたひざ》をつきそうになるのを無理矢理、抑《おさ》え込む。

分かったことを頭の中に並べていく。

・炎蛇《えんじゃ》の魔法式と似通っている。

・全ての魔法式が暗号化。かつ超々《ちょうちょう》高速変容。魔法式への介入、自壊《じかい》も不可。

・暗号自体は『炎麟《えんりん》』の召喚《しょうかん》式が書かれていた日記帳とほぼ同一。

・込《こ》められている魔力量が尋常《じんじょう》じゃない。現状のリディヤを超《こ》え、ティナが最大限成長したと仮定した際の出力に匹敵《ひってき》。これを作った人は間違いなく……天才にして怪物《かいぶつ》だ。

・暴発した場合の想定規模は――都市攻撃《こうげき》用戦略魔法級！！！！

魔法式はどんどん溢《あふ》れ出し増殖《ぞうしょく》していく。

今や、僕等が降りて来た螺旋階段方向にまで拡大。顔が引き攣《つ》る。

この規模……解かないと、本気で島どころか周辺一帯の地形すら変えかねないっ！

幼女が小首を傾《かし》げながら僕の顔を覗き込んできた。状況《じょうきょう》を理解出来ていないようだ。

暗合式を突破し一つ目の魔法式を解く――前に変化する。

「ごめんよ！　僕の魔力量だと、ちょっと苦戦しそうなんだっ！」

超高速で再度魔法式を解きつつ、答える。

「？　！　――――♪」

幼女が不思議そうな顔をし、直後、両手を合わせ――歌い始めた。

「いったい何――……っ！？！！！」

僕の周囲に淡い光が集まり輝《かがや》き始め――魔力がいきなり膨《ふく》れ上がる。

揺蕩《たゆた》う無数の光と魔力が強制的に繋《つな》がった⁉

――圧倒的《あっとうてき》な全能感。

これを感じたのは生涯《しょうがい》で二度目。

黒竜《こくりゅう》戦時にリディヤと深く魔力を繋いだ時以来……いや、それ以上かもしれない。

……やっぱり、この子は大魔法……光も精霊《せいれい》……いや、全部後回しだ！

魔力に物を言わせて魔法式を強引《ごういん》に解きつつ、右手を振り幼女と自分へ光属性上級治癒《ちゆ》魔法『光帝快癒《こうていかいゆ》』を多重発動。傷を癒《いや》す。

更に呪《のろ》いの解呪《かいじゅ》も試みるも……駄目《だめ》だ。この呪印、厄介《やっかい》過ぎる！

浄化《じょうか》魔法の研究をもっとしておくべきだった、なっ！

――その間も、拡大しつつある魔法式を押し止《とど》め解いていく。

一つ。二つ。三つ。四つ……遂には、七つ目の魔法式も突破。

最後の八つ目に取り掛《か》かるも――難易度が跳ね上がった。

「くっ！」

逆に押し込まれ、解いた筈の魔法式にまで侵食《しんしょく》される。まずいっ！

――その時、目の前の扉に未知の補助魔法式と文字が浮かび上がってきた。

流麗《りゅうれい》にして重厚《じゅうこう》。全属性が組み込まれた――これは植物魔法が応用されている⁉

僕は即座《そくざ》に自分の魔法式へ組み込み、解読を加速させる。

相当、昔に仕込まれたのか、文章は前半部分が欠けていて判読不能。

だけど、使われている文字自体で年代は特定可能だ。

これは今より約二百年前、狼《おおかみ》族の西方氏族が使っていた言語！

『――僕達三人は次元回廊《かいろう》を越《こ》え、此処まで――『エーテルハート』の研究塔《とう》最深部までやって来た。そして、黒扉、その七つ目までの『封《ふう》』を解くも……そこで撤退《てったい》を選択《せんたく》した。これを読むかもしれない『家族』の為に補助魔法式と――八つ目の魔法式を解く『名』を残す。……まぁ、最後まで覗いて見る勇気がなかったんだ。助けになったのなら、墓に大樹の実くらいは供えてほしい。『名』は――』

名前や来た日付は消えてしまっているが、類推は可能だ。

西方狼氏族の言葉を扱《あつか》い、大樹の実が好物の獣人《じゅうじん》なんて――そんなにいない。

……そうか、彼も此処にやって来ていたのか……。

二百年後に同じ名前の僕が来たのも、不思議な話だな。

しかも――歌い続けている狐の幼女へ視線を向け、微笑《ほほえ》む。

「君の名前も――『アトラ』と言うんだね」

「！　…………アトラ…………」

金色の瞳《ひとみ》を大きく見開き幼女は恥《は》ずかしそうに小さく、けれど、とても嬉《うれ》しそうに自分の名前を呟《つぶや》いた。

――周囲の光が眩《まばゆ》さを増し、使える魔力が桁違《けたちが》いに増す。

あれ程、頑強《がんきょう》だった『封』も勝手に綻《ほころ》んでいき――遂《つい》に八つ目の魔法式が崩壊《ほうかい》した。

僕は黒の扉へ直接触れ、思いっきり押す。

――視界の外れに炎蛇《えんじゃ》が見え、深紅《しんく》の長髪《ちょうはつ》で小さな眼鏡をかけた女性魔法士の姿へと変わった。

あの人は……『炎鱗《えんりん》』を封じる際に見た幻《まぼろし》の！

次の瞬間《しゅんかん》――アトラの歌声を聞きながら、僕達は黒扉の中に吸い込まれていった。

＊

「♪」

「――……此処《ここ》は、いったい……？」

気付けば、僕達は見知らぬ石造りの路《みち》に立っていた。

辺りを見渡《みわた》しても――黒扉も、先程の空間も見当たらない。

柔《やわ》らかな光が降り注ぎ、気持ちの良い《い》風。

樹木は生き生きと生い茂《おしげ》り、道端《みちばた》に見たこともない草花が咲《さ》いている。

どう見ても……闇《やみ》に閉《と》ざされていた地下の世界じゃない。

周囲を見渡し、呟く。人の気配は皆無《かいむ》だ。

「……何処《どこ》かの森。いや、それにしては樹木の配置が綺麗《きれい》過ぎるし、この道は明らかに通路だ。人の手が長年加わっていない庭なのかな……？　ティナがいてくれれば、もっと詳《くわ》しく分かるんだけど……」

僕は上を見上げた。建物の遺構を突き破り、樹木が枝を伸《の》ばしている。

骨組みからして、かつては硝子《ガラス》がはまっていたようだ。

遥《はる》か上空《し》では——

「蒼翠《そうすい》グリフォンの群れが飛んでいる……？」

あの種の生息域は知られている限り、王国東方に限られていたような……？

疑問を覚えつつ——……思い至った。

「温室か、もしくはそれと同様の建物の廃墟《はいきょ》なのか……。でも、地下深くから、どうして、こんな場所に——おっと」

「！　♪」

アトラが僕の左手を両手で引っ張った。『こっち、こっち』らしい。

——此処が何処かは皆目見当《かいもく》がつかないけれど、今はこの子に従おう。

僕は幼女と一緒《いっしょ》に歩き始めた。

通路を進んで行くと、強い既視感《きしかん》を覚えた。

規模こそ、この場所の方が明らかに巨大《きょだい》だけれども、通路の形や、樹木、花々の植え方、かつては、休憩《きゅうけい》場所が置かれていただろう場所の位置――大部分が北都郊外《こうがい》のハワード公爵家屋敷《こうしゃくけやしき》で見たティナの温室に酷似《こくじ》している。

「……いや、むしろ、この場所を参考にしたのか……？」

ティナの温室は王都でも見ることが出来ない規模だった。

当時はただ感嘆《かんたん》するだけだったけれど……考えてみれば、如何《いか》な公爵家とはいえ、王都にない規模の温室を建築出来たことに疑問を覚えないといけなかった。

ワルター様が意図的に話さなかった、とは思わない。

おそらく……知らなかったのだろう。

今度、お会いした時に、温室の設計をしたのが誰《だれ》なのかを聞かないといけないな……。

――冬以来の懸案《けんあん》ながら、中々調査の進んでいなかったティナとステラの亡《な》くなられた御母様《おかあさま》の元々の姓《せい》は『エーテルハート』だった、ということが判明している。

そして――先程《さきほど》の文章内にも、その姓があった。

「つまり……ローザ様は、もしかしてこの場所を知って、わっ！」

顔に冷たい水がかかった。

「♪」

目の前の、未《いま》だ湧《わ》き水《みず》が出ている噴水跡《ふんすいあと》に入ったアトラが悪戯《いたずら》っ子《こ》の顔を見せ、尻尾《しっぽ》を振《ふ》った。遊んでほしいらしい。

僕は自分の身体《からだ》と幼女の身体を確認《かくにん》し――

「こらっ！　いけない子は誰かな？　そんな子は――こうだっ！」

「！」

噴水跡に勢いよく飛び込み、清らかな湧き水でアトラの身体を洗っていく。

……小さい頃《ころ》、遊び終えて家に帰る前、カレンとよくこうして、水路に飛び込んだっけ。

懐《なつ》かしさを覚えていると、するり、と抜《ぬ》け出した幼女が僕へ水をかけてきた。

「！　‼　♪」

「あ、やったな」

「♪」

はしゃぎながら、水を掻《か》き分け逃《に》げていく。獣人の幼子と同じだ。

――アトラと自分の汚《よご》れを落とし、途中《とちゅう》の果樹になっていた見知らぬ瑞々《みずみず》しい果物を齧《かじ》りながら、先へ先へと進む。とても甘くて美味だ。

興味深いことに、小鳥や小動物達は僕達を見ても全く逃げない。

今、この場所を人が訪《おとず》れることはないようだ。

アトラが僕の左手を引っ張った。

「――……ああ、やっぱりそうか」

前方に見えて来たのは、ティナの自室とよく似た部屋の入り口だった。

近づき、木製の扉《とびら》へ恐《おそ》る恐る触《ふ》れる。

――結界等はない。その代わりに、保存魔法《まほう》が幾重《いくえ》にもかかっているのか。

ゆっくりと開け――その場で僕は立ち竦《すく》み、賛嘆《さんたん》が零《こぼ》れた。

「これは……凄《すご》いな……」

部屋は入り口付近から、壁《かべ》が本棚《ほんだな》に埋《う》め尽《つ》くされていた。ティナの自室と似通っているものの、規模が桁違いだ。文献《ぶんけん》に触れてみる。

『歴代天騎士《てんきし》及《およ》び天魔士《てんまし》の記録』

今の世では絶えた世界最強前衛後衛の異名。

「……埃《ほこり》がない……」

どうやら、保存魔法は室内全体にかかっているようだ。

どんな文献があるのかを今すぐにでも調べたいのだけれど……僕はアトラを見た。

遊び回った結果、所々に葉っぱがついている。

つまるところ、まず探すべきは――

「……お風呂《ふろ》、かな……。保存魔法がかかっているなら、使えるかもしれないし」

「！　⁉　！！！！」

「あ！　こらっ‼」

アトラは獣耳《けものみみ》と尻尾を膨らまし、部屋の奥《おく》へ駆《か》け出した。お風呂は苦手らしい。

ますます、小さい頃のカレンだなぁ……。

くすり、と笑い、僕は幼女との追いかけっこを開始した。

幼女と追いかけっこすること暫《しば》し――僕は首尾《しゅび》よく、生きている露天《ろてん》風呂を発見。

身体を洗って汚れを落とし、湯につかって情報も整理した結果――全体像が朧気《おぼろげ》に分かってきた。

この空間――下手な屋敷以上に広い。

ただし、廊下《ろうか》と呼べる物は存在せず、扉を開けたら次の部屋があるだけだ。

最初の大書庫。使われた様子の一切《いっさい》ない調理場。温泉が湧き出ていた露天風呂。簡素な仕事場――これらの部屋だけで、全てが完結するように作られている。

使われている魔法式は全て既存《きそん》のそれではない。

僕だと、魔力が足りなくて起動すら出来ないものばかりだ。

部屋の壁際《かべぎわ》に立ち並ぶ黒色のクローゼットに触れる。着ているのは、探索《たんさく》中にアトラが持ってきてくれた新しい白シャツだ。あの子はここで暮らしていたのかもしれない。

材質は木材。……保存魔法があっても数百年、朽《く》ちない木、か……。

東都に聳《そび》える大樹が脳裏《のうり》に浮《う》かんだ。

「？」

追いかけて来ない僕に気付き、頭を濡《ぬ》らしたアトラが小首を傾《かし》げ、とてとて、と近くまでやって来た。この子も新しい白服に着替《きか》えている。

ただ、両手足首には、僕が結んだ黒布をつけたまま。外したくないみたいだ。

気付いていない振りをして――抱《だ》き上げ、捕獲完了《ほかくかんりょう》！

幼女は腕《うで》の中でジタバタ。身体全体で抗議《こうぎ》してくる。

「！　‼　‼」

「ズルくないよ？　さ、頭を拭《ふ》こうか。その後、休める場所を探そう」

「？　！」

アトラが腕を伸ばし、扉を示した。前進する。

――クローゼットで埋め尽くされている部屋を幾《いく》つか通り過ぎると、一際大きな扉が見えて来た。

アトラが触れると暗号式が瞬《また た》き、抵抗《ていこう》を示す。

けれど、最後は力尽《ちから つ》き……扉が開け放たれた。

「ここは……」

――その部屋は寝室《しんしつ》だった。

中央には天蓋《てんがい》付きの巨大なベッド。

壁にはこれまた、幾つかクローゼットがあり、枕元《まくらもと》には小さなテーブルと古い古い簡素な椅子《いす》。部屋の四隅《よすみ》には光。床《ゆか》には派手な深紅《しんく》の絨緞《じゅうたん》が敷《し》かれている。

……ちょっと罪悪感。

アトラが油断した僕の腕から脱出《だっしゅつ》。そのままベッドへ跳躍《ちょうやく》しようとし――たのに対し、
浮遊《ふゆう》魔法を発動し、食い止める。

幼女は器用に身体の向きを変え、前髪《まえがみ》と獣耳と尻尾をぴんっ！　と張り、頬《ほお》を膨《ふく》らます。

「！　‼」

「駄目《だめ》だよ。まずは頭を拭こうね」

木製の椅子へと降ろし風魔法で温風を起こし、頭を乾《かわ》かしていく。

「♪」

幼女は気持ちよさそうに目を細める。

──このテーブルと椅子、職人が作った物じゃないな。素人《しろうと》の手製だ。

けれど、同時に……。

「どれだけ大切にしていたんだろう……重ね掛《が》けされている保存魔法の数、千を超《こ》してい
るんじゃ……はい、終わりだよ」

「！☆」

アトラはその場で立ち上がり、気持ちいいのかクルクルと回る。

そして、僕へと跳躍。受け止めると、すぐさまよじ登ってきた。

いけない……折角、綺麗《きれい》になったのにまた遊ぼうとしている！

僕は浮遊魔法をかけて幼女をベッドへと優《やさ》しく放り投げた。

「！‼！‼」

ベッドの上で二、三度跳《は》ね、アトラは嬉《うれ》しそうにはしゃぐ。

ブランケットの中に潜《もぐ》り込み、暫《しばら》くもぞもぞと動いていたが、中から顔だけをちょこん、
と出し、僕を見つめた。

ベッドを叩《たた》いて催促《さいそく》。『座《すわ》って！』ということらしい。

僕が座ると、アトラが膝上《ひざうえ》に頭を乗せてきたので撫でる。

幼女はとても満足気。

──やがて安心しきった寝息が聞こえて来た。
この子の正体については察しがついている。
ただ……この子がどんな存在であれ、僕は命を救われたのだ。
ならば、どうにかするとしよう。
『自分がしたことは忘れてもいい。けれど、他者から受けた恩を忘れてはいけない』
幼い頃、父の膝の上で教えられた言葉をまた思い出す。
僕は左腕を抜き幼女の頭を優しく撫《な》でる。
……はい、憶《おぼ》えています、父さん。僕は貴方《あなた》の息子《むすこ》ですから。
後方に気配を感じた。
僕はゆっくりとアトラの頭を枕に乗せ立ち上がり、振り返った。
おそらくは──これからが本番なのだ。
「来られると思っていました」
『……場所を変えましょう。アトラは巻き込めない』

＊

若い女性の冷徹《れいてつ》な声が聞こえた次の瞬間《しゅんかん》――僕は最初の部屋に佇《たたず》んでいた。

呆然《ほうぜん》としてしまい、思わず呟《つぶや》く。

「……他者に対する転移魔法をこれ程容易《ほどたやす》く……？」

『この程度の魔法で驚《おどろ》く男が、私の命を賭《と》した『封《ふう》』を解くなんてね』

僕の視線の先、置かれたテーブル脇《わき》に佇んでいたのは、小さな眼鏡をかけ深紅の長髪が印象的な美少女だった。

着ている物は紅《あか》を基調とした魔法士のローブ。腰《こし》には魔剣《まけん》を下げている。

年齢《ねんれい》は十代後半か。何処《どこ》となく……リディヤに似ていると思う。

腕組みをし、僕へ冷たい視線を叩きつけている。

けれど――その身体《からだ》は透《す》けていた。この少女は生者じゃないのだ。

『炎麟《えんりん》』を封じた際に見た過去の光景を思い出しつつ――名乗り、確認《かくにん》する。

「狼《おおかみ》族ナタンとエリンの子、アレンです。貴女《あなた》は今より約五百年前、大陸動乱の時代において『不世出の天才』と讃《たた》えられた――『炎魔《えんま》』様ですね？」

超《ちょう》高速で首筋を炎《ほのお》の短剣《たんけん》が通過。本棚前で空中停止。

反応は全く出来ず。少しでも動いていたら——死んでいた。

『……その異名で私を呼ぶな。過度な敬称《けいしょう》も禁止よ』

無数の荊棘《けいきょく》の炎蛇《えんじゃ》が出現し僕を包囲。威嚇《いかく》してくる。

だが、燃える筈《はず》の本や本棚が炎上しない。信じ難《がた》い魔法制御《せいぎょ》技術だ。

……死者でありながら、これ程の魔法を……。

余りの馬鹿馬鹿しい差に、恐怖《きょうふ》よりも疑問が先に立つ。

「……失礼しました。しかし。貴女がいながら、どうして、アトラはあのような鎖《くさり》に捕《と》われていたのですか？　魔力からして、数年前の出来事だった筈です」

『……それを貴方程度の魔法士に話す理由が私にあるとでも？』

僕は無言で頭《かぶり》を振《ふ》る。確かに、彼女が話す理由はない。

けれど……

「では、アトラの呪印《じゅいん》の解呪を！　あの子が苦しむ姿は……見たくありません」

『…………出来るのならっ、とっくにやっているっ！！！！』

歯軋《はぎし》りの音が聞こえ、美しい顔に凄《すさ》まじい憤怒《ふんぬ》が浮かぶ。

室内全体に深紅の炎風が吹き荒《ふ》び《すさ》、数体の炎蛇《えんじゃ》がすぐさま反応。僕を囲む。

それでも……問いを重ねる。

「……ならば、誰《だれ》が出来るのです……？　僕はあの地下牢《ろう》に押し込まれるまでに、幾度か聖霊教《せいれいきょう》及《およ》び聖霊騎士《きし》団とやり合いました。アトラの呪印は」

僕は左手首に刻まれている呪印を少女へ見せる。目を細めるのが分かった。

「次元が異なるものの同種な筈。貴女ならば、実物があれば解くことは」

『……その呪印は、そもそも『エーテルハート』を殺し、『大魔法』を弱らせ、捕らえる為《ため》に創られた代物《しろもの》なのよ。生前の私でも解けなかった。残り滓《かす》じゃ更《さら》に無理ね』

残り滓……か。

アトラの力を借りたとはいえ、『封』を僕が解けたのも、時間と共に弱まっていたからなのだろう。

少女が僕を睨《にら》みつける。

『……二百年前に、黒扉《とびら》まで貴方と同じ名前の狼が来たわ。あの子は本物の『鍵《かぎ》』だった。正直、『封』が解かれる、と思ったわ。だけど……七つ目までを解いて去っていった。この場所の恐《おそ》ろしさに気付いたんでしょうね。なのに……よりによって、『欠けている鍵』が解くなんてっ！』

どうやら、『流星』も、僕と似たような能力を使えたらしい。

……圧倒的《あっとうてき》な差があるようだけど。

まぁ、あの補助魔法式を見た後では何も反論出来ない。少女へ訴《うった》える。

「出口を教えていただければ、すぐに出て行きます！　此処《ここ》が何処で、先程の塔《とう》は何の目的で作られて、アトラを鎖で繋《つな》いだ相手が誰で――他にも貴女へ聞きたいことは山程、あります。けれど……そんな悠長《ゆうちょう》な時間はない筈です。僕にも。そして……貴女にも」

僕は視線を受け止めながら、本心を告げた。

少女の魔力《まりょく》は依然《いぜん》として強大。

けれど……『封』を解いて以降、明らかに力が喪《うしな》われてきている。炎蛇《えんじゃ》が消えた。

『……小賢《こざか》しいところだけは似ているわ。いいわ、全部教えてあげる。ただし』

「っ！」

『――私に勝ったらね！』

突如《とつじょ》、少女が僕へ向けて跳躍。腰の剣を抜《ぬ》き放ち、横薙《よこな》ぎに払《はら》った。

――躱《かわ》せたのはリディヤとの訓練の賜物《たまもの》。それ以外に理由はない。

考えるよりも身体が動き、足に風魔法を発動。

身体を屈《かが》め斬撃《ざんげき》を躱し、すぐさま後退。距離《きょり》を取る。

――射線上の本棚《ほんだな》は斬《き》られていない。

控《ひか》えめに言って…………神業《かみわざ》っ！

少女は肩《かた》に剣を置き、餓狼《がろう》の如《ごと》き笑《え》みを浮《う》かべた。

『多少はやるようね。首を飛ばすつもりだったのに』

「……お褒《ほ》めの言葉、どうも」

僕は必死で魔法を紡《つむ》ぐ。今の一撃で思い知らされた。

――この少女は、リディヤよりも強い！

ゆっくりと少女が僕へ剣を突《つ》き付けた。

『……推察通り、私は後少しで消えるわ。死んだ時に黒扉の『封』へほぼ全ての魔力を使ったし。それが、今から五百年前の話。もう、殆《ほとん》ど魔法は使えない。もって後半日ってところじゃないかしら』

顔が引き攣《つ》る。……この力で、殆ど使えない、って。

少女が、初めて表情を崩《くず》した。

『……貴方は、理由はどうあれアトラを救い出してくれた。だから少しだけ教えてあげる。アトラが鎖に繋がれたのは今から二年前のことよ。その時、塔の最深部に保管されていた蒼竜《そうりゅう》の遺骨も奪《うば》われたわ。以来、あの子は毎日泣き続けていたの。……解いてくれてありがとう――……だけどね？』

「っっ！」

室内の温度が一気に上がり、結界で完全に閉《と》ざされる。アトラに気付かれない為か。

無数の煌《きら》めく炎羽《えんば》が舞《ま》う中、思考を巡《めぐ》らす。

鎖に繋がれたのは二年前。おそらく、実行者は聖霊教異端審問官《いたんしんもん》か聖霊騎士団。

……でも、この少女がみすみす許したのは何故《なぜ》だ？

それに、蒼竜の遺骨って……。

竜の遺骨は死してなお桁違《けたちが》いの魔力を持つ。そんな代物を奪って、奴等《やつら》は何を企《たくら》んで？

少女が寂《さび》しそうな表情を見せた。

『……私はもう人を信じられないのよ。生前も死んだ後も、散々裏切られてきたわ。むしろ、戦争に利用しようとして捕らえた大精霊達の方が余程、信じられた。もう、分かっているわよね？　アトラは八大精霊の一柱――『雷狐《らいこ》』よ。かつて、私が戦争に利用するつもりで捕らえたのは『炎麟』『石蛇《へび》』、そして『雷狐』の三柱。でも……直接、接している内に考えは変わったわ。私には、あの子達を戦争用魔法の材料になんて出来なかった。だから、二柱は私が死ぬ直前に信頼《しんらい》出来る人間へ託《たく》したの。でも、最後のアトラを逃《のが》す前に私は殺されてしまった……。誰が相手だったかは、思い出せないわ。死ぬ寸前に黒扉へ『封』をかけて以来、私は一人でアトラを守って、外へ連れ出してくれる人をこの地で待ち続けていた。そして──……またしても裏切られた』

炎羽《えんば》が渦《うず》を巻き、室内中央に集束していく。

──炎属性極致《きょくち》魔法『火焔鳥《かえんちょう》』が顕現《けんげん》。

僕が知るそれとは大きさも込《こ》められている魔力も桁違いだ。

少女が泣き笑いの表情となり──名乗った。

『……だから、お願《ねが》い、私にもう一度人を──貴方を信じさせて？　アトラを託しても大《だい》丈夫《じょうぶ》だと……もう、私は眠《ねむ》ってもいいんだと。──私は【双天《そうてん》】リナリア・エーテルハート。史上唯一【天騎士】にして【天魔士】だった者よ。死力を尽《つ》くしなさい。さもなくば……死ぬわよ？』

第4章

「わぁぁぁ！　御姉様《おねえさま》、凛々《りり》しいですっ！」

「ステラ御嬢様《おじょうさま》、凄《すご》く凄くカッコいいです！」

「……ありがとう、ティナ、エリー」

北都郊外《こうがい》、ハワード公爵《こうしゃく》家屋敷《けやしき》の大会議室に設けられた、本営へ足を踏《ふ》み入れた私は妹達の賞賛に迎《むか》えられた。

けれど、周囲を見渡《みわた》すと、グラハム指揮下に戻《もど》ったロランの代わりに、私の護衛を務めてくれている胸甲《きょうこう》を身に着けたメイド達は口元を手で押さえ、ミナに至っては「……ロラン、この御姿を見られないなんて、執事《しつじ》として運もないですね。才覚も落第ですが……。『ウォーカー』としては完璧《かんぺき》の完璧なのに……」口を開けてぶつぶつ。

……似合っていないのかしら？

今、私は白と蒼《あお》を基調とした軍服を初めて身に纏《まと》っている。

――亡《な》き母、ローザ・ハワードが遺《のこ》した軍服を基《もと》に、メイド長のシェリーが用意してくれたのだ。

なお、御父様から未《いま》だに軍服を着用し、戦場に出る許可は貰《もら》っていない。独断だ。

『私も戦場へ参ります！』

と、魔法通信で伝えて以降、連絡《れんらく》はない。

二侯爵《こうしゃく》に助力を願ったのも含《ふく》め、きっと怒《おこ》っておられるのだろう。

でも――私は決めたのだ。迷ったりはしない。

ティナとエリーの執務《しつむ》机に近づくと妹達は立ち上がり、しげしげと私を見つめた。

「……ち、ちょっと、恥《は》ずかしいんだけど……？」

「御姉様っ！　すっごくっ、すっごくっっ、お似合いですっ！　そうよね？　エリー！」

「は、はひっ！　で、でも……ステラ御嬢様、ほ、本当に、戦場へ行かれるんですか？」

ティナは目を輝《かがや》かせ、その場でぴょんぴょん飛び跳《は》ね、エリーは頷《うなず》きつつ、少し不安そうだ。大きく頷く。

「ええ。今、私が出来るのは、戦場に出て士気を鼓舞《こぶ》することだと思うから」

私はティナみたいにガロアの天候、地理に精通しているわけではない。

エリーみたいに、凄い早さで書類を処理する能力もない。

けれど──私の名前は『ステラ・ハワード』なのだ。

次期公爵候補の人間が、後方でふんぞり返っているだけと知った将兵はいい気分にはならないだろう。……ティナ達には言わないけれど、『囮《おとり》』にもなれる。

戦端《せんたん》が開かれて以降、膨大《ぼうだい》な事務作業をこなし、兵站《へいたん》業務を完璧に統制しているシェリーが手を止め、私を見た。その瞳《ひとみ》は潤《うる》んでいる。

「……ステラ御嬢様。ローザ様の生き写しでございます……」

「……シェリー」

メイド長が目元を白いハンカチで押さえる。……御母様と似ているなら、嬉《うれ》しい。

ティナが右手を勢いよく上げた。前髪《まえがみ》も立ち上がっている。

「はいっ！　御姉様、私も一緒《いっしょ》に」「駄目《だめ》よ」

最後まで言わせず、却下《きゃっか》する。

妹が口をぱくぱくしている隣《となり》でエリーが私の左袖《そで》を摑《つか》み、上目遣《うわめづか》いに見てきた。

「……ス、ステラ御嬢様、わ、私も、一緒に、行きたいでしゅ。あう……」

「エリー、貴女《あなた》とティナが抜けたら、シェリーが困ってしまうわ」

「あう……で、でも、でも……」

「──エリー御嬢様、その小動物のような表情でのお願い、満点です！　けれど、此度《こたび》だけは、ステラ御嬢様のこと、私達にお任せくださいっ！」

「！　ミナ姉様……」

副メイド長のミナとメイド達が近づいてきた。

ミナは膝《ひざ》を少し曲げ妹達に微笑《ほほえ》みかける。

「ティナ御嬢様、エリー御嬢様、ステラ御嬢様を想《おも》われるその御気持ち、満点の満点です。優《やさ》しくお育ちになられて……嗚呼《ああ》、ミナはっ！　ミナはっ‼」

「わぷっ！　ミ、ミナ⁉」「あぅあぅ。抜け出せないですぅ」

副メイド長はここぞとばかりに妹達を抱《だ》きしめ、撫《な》で回す。私はメイド長に尋《たず》ねる。

「シェリー、最新の状況《じょうきょう》を教えてくれる？」

「――それならば、俺からした方が良《い》いだろう」

「？　！　ユニー叔父《おじ》様‼」

低く渋《しぶ》い声がし、汚《よご》れた軍服を着られた偉丈夫《いじょうふ》が入って来られた。

淡《あわ》い蒼の白金髪《はっきんぱつ》で、御父様によく似た顔立ち。違《ちが》うのは顎髭《あごひげ》がないことくらい。

――ユニー・ハワード副公爵。

ガロアを統治している御父様の実の弟。つまり、私やティナにとっては叔父にあたる人物だ。皆《みな》、一斉《いっせい》に立ち上がり、敬礼をする。

叔父様は相好を崩され、太い腕《うで》をあげられた。

「ステラ、ティナ、久しぶりだな。皆、楽にしてくれ。貴官らが後方で奮闘《ふんとう》しているから、前線の我等は戦えているのだ。戦《いくさ》が終わった後は必ず報《むく》いる。期待しておいてくれっ！……無論、元手は兄上の財布《さいふ》からになるが」

室内に笑い声が響《ひび》く。御父様が叔父様のことを『ユニーでなければ、ガロアは統治出来ん』と全幅《ぜんぷく》の信頼を置かれているのがよく分かる光景だ。

北方全域図を見て、ニヤリ、とされた。既《すで》にガロアの三分の二は帝国《ていこく》軍が占領《せんりょう》中だ。

「現状は理解しているな？　我等は押されている。敵軍は部隊を先鋒《せんぽう》部隊と本隊とに分離《ぶんり》。進軍を継続《けいぞく》中。戦力は向こうの方が上。まともな会戦では勝ち目がない」

「……と、帝国軍に思わせ、領内奥深《おくふか》くへ引きずり込んだ。グラハムと諜報《ちょうほう》部に、我が家は困りはて、決戦を避《さ》けようとしている、と噂《うわさ》まで流させて」

私は叔父様の目をしっかり見つめ、見解を述べる。

そして、ガロア南部を指し示した。

「現在、我が軍はロストレイに集結して、野戦陣地《じんち》を構築中。父の大方針は全くブレていません。一戦で帝国南方方面軍主力を一掃《いっそう》する腹積もり……ですね？」

「……そうだ。では、次の一手、ステラならばどう指す？」

地図を俯瞰《ふかん》して眺《なが》めてみる。

――敵先鋒と敵本隊との距離《きょり》が数日前よりも明らかに広がっていた。そうか！

私は指でロストレイにいる公爵軍を動かし――敵先鋒後方へ回り込ませた。

叔父様は力強く答えてくれる。

「見事！　ステラ、想い人がおらぬのなら、うちの息子《むすこ》を婿《むこ》に取るか？　美男子ぞ！」

「え……わ、私には、その………」

予想外の方向から矢が飛んで来て、避けられずまともに被弾《ひだん》する。甥《おい》っ子は未《ま》だ乳飲《ちの》み子《ご》だ。私の反応に叔父様がニヤつかれる。

「既にそういう相手がいたのか。これは俺としたことが！　相手は噂に聞く例の」

「お、叔父様っ！　い、今、そういう話はっ！　……それに、アレン様は……」

私は途中《とちゅう》で声を遮《さえぎ》り――遅《おく》れて俯《うつむ》いた。ティナとエリーも唇《くちびる》を噛《か》み締《し》めている。

叔父様の大きな手が、妹達と私の肩《かた》を次々と叩《たた》いた。

「……すまん。気落ちさせるつもりはなかったのだ。アレンという青年の話は、兄上や教授、グラハムからも聞いている。まずは、これを聞いて落ち着いてくれ」

視線が集まる中、ユニー・ハワード副公爵は不敵に笑った。

「先程《さきほど》、教授から魔法《まほう》生物の小鳥で急報が届いた。『ハワード公爵軍は敵先鋒軍をメーア平原において奇襲《きしゅう》。潰走《かいそう》させたり。此方《こちら》の損害、極《きわ》めて微弱《びじゃく》なれど敵を欺《あざむ》く為《ため》、大々的な報告は厳に禁ず。――敵軍を彼《か》の地に引きずり込む為に』」

＊

ガロア中央に位置するメーア平原。その南東部に位置する通称《つうしょう》『昼寝猫《ひるねねこ》』の丘《おか》から、見える戦況《せんきょう》は今や一方的なものだった。

早朝、南方三か所から奇襲をしかけた一万五千の公爵軍が、五万のユースティン帝国軍を一方的に追い散らしているのだ。

「おやおや……随分《ずいぶん》と慌《あわ》てふためいているようだ。ガロアに入ってようやく得られた、まともな補給物資に浮《う》かれていたのかな？　まったく、ワルター・ハワード公爵殿下《でんか》の性格の悪さは王国随一《ずいいち》だね」

隣の悪友――『王国最凶《さいきょう》最悪の魔法士』と国内外に畏怖《いふ》されて久しい、教授が普段《ふだん》と変わらぬ口調で帝国軍と私を評した。

既に丸テーブルと椅子《いす》まで置き、紅茶を飲んでいる。

私は眼下の戦況を見つつ切り返す。頃合《ころあ》いか。

「……『まずはメーアの糧食庫《りょうしょくこ》を餌《えさ》にしよう』。そう言ったのは、戦後、教え子達からの折檻《せっかん》を恐《おそ》れている、何処その大学校教授だったと記憶《きおく》しているが？」

「……ワルター、恐ろしい未来を思い出させないでくれ。あの子達はアレンに関することだと、加減っていう単語を辞書から削除《さくじょ》しているんだ。……ああ、そろそろだね」

「……ふんっ！」

私は悪友の指摘《してき》に鼻を鳴らし、左手を掲《かか》げた。

即座《そくざ》に——後方で準備をしていた兵達が、蒼の信号弾《だん》を複数上げる。

間髪《かんはつ》入れず潰走中の帝国軍前方の森林地帯から、全身を蒼の軍装で統一した部隊——王国北方諸家最強部隊、勇将オージアス・フィッシャー伯爵《はくしゃく》率いる『蒼備《あおぞな》え』が出現。突《とっ》撃《げき》を開始した。ただでさえ滅茶苦茶《めちゃくちゃ》になっていた帝国軍から、更《さら》に士気が喪《うしな》われていく。

教授が声をかけてきた。

「包囲の一方向は開けたかい？」

「無論。虐殺《ぎゃくさつ》なぞ無意味よ。我等は次なる大戦争を欲《ほっ》してなどいない」

悪友が黒猫の描《か》かれた白磁のカップを掲げた。楽しそうに茶化してくる。

「見事な御手並み！　圧倒《あっとう》していても死《し》に物狂《ものぐる》いとなれば、此方も数の差で打撃を受ける、からね。ま、そもそも三倍以上の敵を、軍の機動運用だけで撃滅《げきめつ》しようとしている時点でおかしいのだけれど。いやはや……雨で悪路と化した道路をどうするのかと思えば、まさか、氷魔法で雪原にして高速機動させるとは！　兵に木の板を履《は》かせる発想は出てこなかったよ。流石《さすが》は大陸内で唯一《ゆいいつ》『軍神』の称号《しょうごう》を一族として持っているだけのことはある」

「十分な情報があればこの程度は児戯《じぎ》よ。ロランをグラハムの下《もと》へ戻《もど》した一手は正解だったな。情報の量、質が向上した。——だが、兵には無理をさせた。ティナが開発した携帯《けいたい》糧食がなければ温かい食事も出せなかっただろう。教授、私にも紅茶を淹《い》れろ」

「——旦那《だんな》様の分は私めが」

テーブルを挟《はさ》み空いている椅子へ腰《こし》かけ、教授へ紅茶を要求すると——気配なく現れた執事《しつじ》長のグラハム・ウォーカーがティーポットを取った。

教授がニヤニヤと此度の作戦を評する。

「確かに……ロストレイから此処《ここ》まで、公爵軍を僅《わず》か一日で機動させて、半包囲し叩いただけだね。普通《ふつう》の軍だと五日以上はかかる行程だけどね。加えて、並の将は軍を簡単に適切な機動なんてさせられない。ワルター、君の悪い癖《くせ》だ。自分の功績を誇《ほこ》らない。グラハムからも少し言ってくれないかな？」

「旦那様は、奥様《おくさま》と御嬢様《おじょうさま》方以外の進言はあまり——紅茶でございます」

「……貴様等《ら》……」

紅茶を飲み、戦場を舞《ま》っているグリフォンに視線を向ける。

「我等は、専《もっぱ》ら偵察《ていさつ》と連絡《れんらく》に使ってしまっているが、リアムは『攻撃用《こうげき》に使う』と言っていたな。この戦が終わった後で聞き出すとしよう。――教授、敵は退くと思うか？」

「退かないね。否《いな》――もう、退けない。何せ」

悪友の瞳に嗜虐《しぎゃく》が見えた。グラハムも冷たく微笑《びしょう》している。

……この二人がこういう顔をするのも久しく見なかったのだがな。

教授が罠《わな》で雁字搦《がんじがら》めになった相手を弄《もてあそ》ぶ悪役の顔になり、嗤《わら》う。

「今頃、帝国内では『王国相手に大勝利！』と新聞等で盛《さか》んに喧伝《けんでん》されているだろう。ガロアには南部を除いて未《いま》だ鉄道が敷《し》かれていないし、帝国国内も鉄道網《もう》や魔法通信、電話も未発達だ。情報伝達の早さは此方よりも遥《はる》かに遅《おそ》い」

グラハムが後を引き継《つ》ぐ。

「既に、幾《いく》つかの筋から帝国内へ偽《にせ》情報を漏《も》らしております。此方の損害はある程度多大に。先方の損害は過少に。……ロランはあれで、この手のことに長《た》けております」

――『勝利の報』を聞いた帝国国民や貴族達はどう思うか？

間違いなく、決戦を帝国南方軍に要求するだろう。

今更帝国軍は『まともに戦っておらず、戦果もあげていない』とは言えまい。

何しろ──敵総司令官はユースティンの皇太子なのだ。

現実には、秋の収穫《しゅうかく》前で糧食の現地調達が出来ず、悲鳴をあげていたとしてもだ。

教授が詐欺《さぎ》師の顔になった。

「しかも──今日の会戦でも敗走こそしたものの、再集結させてみると、戦死者は過少。『敵は我が軍を包囲しながらも稚拙《ちせつ》にも好機を逸《いっ》し、しかも、損害は多かったらしい』。次、敵陣地《てきじんち》で流れる噂話はこんな感じでいいかな？」

「もう少しばかり……『ハワードは勝ったものの、損害大きく、戦争の先行きに大きな不安を感じている。王都を押さえられ、エクトル、ブラウナー両侯爵《こうしゃく》家を含《ふく》め、北方諸家の軍も動かず。公爵は交渉《こうしょう》で啖呵《たんか》を切ったのは間違いであった……と毎日、嘆《なげ》いている』。この辺りで如何《いかが》でございましょう？　敵総司令官には軍籍《ぐんせき》ではない謎《なぞ》の軍師がいる模様です。出自詳細《しょうさい》は不明ながら、ララノア共和国出身でかなりの切れ者とか。多少、真実味があった方がよろしいかと。また、ヤナ・ユースティン皇女殿下とフス・サックス殿《どの》も本営にいるとのこと。御二人共、若き俊英《しゅんえい》と聞き及《およ》んでおります」

「いいね！　ついでだ、ワルター。ほら？　嘆いておくれよ。『……愛娘《まなむすめ》を二人共、一人の男に奪《うば》われそうなのだが……』ってさ」

「…………教授、あまりふざけるならば、私にも考えがあるぞ」

「ほぉ？　い、言ってごらんよ」

悪友が若干怯《じゃっかんひる》んだ。馬鹿者めがっ！　敵は私だけではないのだぞ？

後方のグラハムを見よっ！

目が『アレン様の周りよりエリーを排除《はいじょ》なさる、と？』と言っておるわ。

私は重々しく口を開いた。

「……流れていた貴様の嫁選びをリンスターにも強く働きかけ、再開を」

「ハッハッハッ。ワルター、君と僕の仲じゃないかぁ。グラハム、エリー嬢《じょう》を省いたのに、他意はないよ。ほんとだよ？　……だから、嫁探しは止《や》めてくれっ！！！！！」

教授が悲鳴をあげる。勝ったわ、他愛ない。……何と虚《むな》しい勝利か……。

——眼下の戦場は終焉《しゅうえん》を迎《むか》えつつあった。帝国軍は、河へ河へと追いやられていく。

紅茶を飲み干し、悪友に意見を聞く。

「リンスターは南方で暴れておるだろうが……西のルブフェーラはどう出るか。陛下の負傷も気になる話ではあるが……」

「陛下の負傷は少し違和感《いわかん》があるけれど、西はまず動かない。戦略予備である王国騎士《きし》団の幾つかが配置を東方へ指向するくらいじゃないかな？　……普通ならね」

私は視線を悪友へと向けた。

「……何かあるのか？」

「根拠《こんきょ》はない。精々アンコが連絡役の子猫こそ寄越《よこ》すけれど、西都から頑《かたく》なに帰ってこないくらいさ。──ただね。此度《こたび》の一件、アレンが深く関わっている。ならば……間違いなく人事になるだろう。あの子はそういう星の下に生まれたのだから」

「……無事に終わったならば、戦後、彼の地位引き上げは絶対ぞ？」

「何処で折り合いをつけるか、だろう。ただ……そうなれば争奪《そうだつ》戦だ。ワルター、ステラ嬢とティナ嬢から、同時にこう求められたらどうするんだい？『婚約《こんやく》者にしたい』って」

「……………仮定の話には答えんっ！　蒸《む》し返すならば」

「──旦那様、御《ご》報告がございます。ステラ御嬢様、軍服を纏《まと》われユニー様と共にロストレイへ向かわれたとのこと。護衛にはミナが。私信も届いております。『ティナの予測では、一週間内に雨の降る可能性は無く、霧《きり》が発生する見込《みこ》み』。以上です」

絶妙《ぜつみょう》な間で、グラハムがステラの情報を報《しら》せてきた。

……ふんっ。私の考えを読んだか。あの……あのステラが！

それにしても、王立学校入学の件といい、軍服の件といい、老エクトルとブラウナーに助力を頼《たの》んだ件といい、父親の命に反するとはけしからんっ！

……教わっている家庭教師が悪いのか。

救出した後は、彼とも酒を酌《く》み交《か》わさねばなるまい。

教授とグラハムが同時に突《つ》っ込んで来た。

「ワルター、口元が緩《ゆる》み過ぎだよ？」

「旦那様、ステラ御嬢様の御成長、喜ばしい限りでございますが……」

「ええいっ！　……グラハム、シェリーと各家当主へ連絡せよ。『戦場、戦術に変更《へんこう》無し』」

「畏《かしこ》まりました。旦那様、もう一点、気がかりがございます」

「……何だ？」

「先程の帝国《ていこく》軍師以上に未確認《みかくにん》情報なのですが……」

グラハムが言い淀《よど》む。

……『深淵《しんえん》』とすら謳《うた》われたこの男が口にするのを躊躇《ためら》う、だと？

無言で待っていると、静かに告げてきた。

「――……『勇者』アリス・アルヴァーン様の御姿、帝都にはございませぬ」

「……そうか」

あの生きた英雄《えいゆう》である少女の姿がない。

人同士の戦《いくさ》に介入《かいにゅう》するとは思えぬが……頭の片隅《かたすみ》には置いておくこととしよう。

グラハムが腰を直角に曲げ、深々と頭を下げた。

「私はガロア北部において噂《うわさ》の流布《るふ》をば。旦那様、御武運を祈念《きねん》しております」

執事長の姿が掻《か》き消えた。教授も立ち上がり、椅子と机を闇《やみ》の中に収納する。

「さて、と……ワルター、僕は帝都へ行くよ。老皇帝陛下と少しお話をしておかないとね。先方も泥沼《どろぬま》の戦争なぞ望んではいまい」

「……頼む」

戦争を始めるのは容易《たやす》く、終えるのは難しい。

この時期に教授が北方にいたのは幸いだった。……口には出さんがなっ！

悪友が私を見て楽しそうに笑った。

「ワルター、君は以前、アレンにこう言ったそうじゃないか？『武門としてのハワードは私で終わる』と。どうやら、そうはならないようだね。ステラ嬢が『軍神』を継ぐのかな？　僕としては、『軍神』対『剣姫《けんき》』の戦いに巻き込まれたくはないのだけれど……」

「まだ言うかっ！　先の話は分からぬわ」

呆《あき》れつつ、教授へ宣言する。

「決戦場は事前の作戦案通り、百年前と同じく――ロストレイ。彼《か》の地で帝国との戦、終わりにするとしよう。勝つのは当然。問題は如何《いか》に勝つか、だ」

＊

ガロア南部、ロストレイの地中央には、手頃《てごろ》な大きさの丘《おか》がある。

現地で呼ばれている名は『不倒《ふとう》』。古《いにしえ》の大英雄が無数の魔物《まもの》の群れ相手に唯《ただ》一人、守り続けたという故事に由来しているらしい。

アレン様なら『ステラは勉強熱心ですね』と笑いながら、色々教えてくださるだろう。

私は、胸の内ポケットに忍《しの》ばせた蒼翠《そうすい》グリフォンの羽とティナとエリーに『これだけでもっ！』と押し付けられ、左肩《ひだりかた》付近に着けた髪飾《かみかざ》りとリボンに触《ふ》れた。

何にせよ――丘は軍事上重要だ。なのに……私はもう一度、ミナへ聞き返す。

「その報告は本当なの？　本当に……御父様《おとうさま》は自ら丘を捨てた、と？」

「はい。間違いありません。帝国軍に占拠《せんきょ》され、本営も置かれています」

――我《わ》が軍は帝国軍より早くロストレイに布陣《ふじん》していた。

その為《ため》、当然、『不倒』の丘を確保していたのだけれど……机の上に置かれた地図に目を通す。私達はあえて中央奥に置かれた総司令部とは少しだけ離《はな》れて陣を張っている。

ノートに書かれていたアレン様の言葉を心の中で繰《く》り返す。

『――物事には必ず理由があります。一見、繋《つな》がっていないように見えても、何処《どこ》かで繋がっているのかもしれません。ステラなら物事を俯瞰《ふかん》して見る大切さ、分かりますよね？』

目を瞑《つぶ》り――私は副メイド長を呼んだ。

「ミナ、部隊の輸送状況《じょうきょう》は？」

「北都より全軍、輸送完了《かんりょう》し着陣しております！　一部部隊の移動には車両が用いられた模様です。脱落《だつらく》部隊はございません。ティナ御嬢様、満点です♪」

古都オーインより帝国軍主力の進軍が開始された後――北都郊外《こうがい》に集結させていた北方諸家の大部分は汽車により、ガロア最南端《さいなんたん》ゼーセアへ移動を開始。

到着《とうちゃく》後は霧の中、間髪《かんはつ》入れずロストレイへ行軍。どうしても、間に合わない部隊は集結させていた車両による移動が試みられ、成功したのだ。

おそらく――史上初の車両の軍事利用。ティナの名前は戦史に残るかもしれない。

「帝国軍は兵站《へいたん》的にガロア南部へ進めさせることが出来る限界の約十万。対して此方《こちら》は約七万。兵力的には劣勢《れっせい》だけれど……敵はおそらく」

私は地図上の右翼《うよく》を指さす。昨日までは僅《わず》か五千しか布陣していなかった。

「此処《ここ》に戦力を集中して突破《とっぱ》を図《はか》ろうとする筈《はず》よ。けれど、この濃霧《のうむ》。帝国軍は増援《ぞうえん》兵力が配置されていることに気付いていないでしょう。しかも、右翼は野戦築城化されている。簡単には突破出来ない……」

全体図が見えて来た。……つまり御父様は。

椅子《いす》から立ち上がり、私は副メイド長に微笑《ほほえ》みかけた。

「――丘の下へ向かいます。御父様へこう伝えて。『新極致《きょくち》魔法』を使いますと」


会戦は私が丘下に到着する前に始まった。

予測通り、帝国軍は霧が晴れた右翼へ大攻勢《だいこうせい》をしかけてきた。けれど、ユニー叔父《おじ》様が徹底的《てっていてき》に行った野戦築城と、二侯爵家軍の増援を受けた右翼は攻勢を跳《は》ね返し続ける。

焦《じ》れる帝国軍。そして――その時は来た。

上空で偵察《ていさつ》を行っていたグリフォンからの報告が各陣の通信宝珠《ほうじゅ》を震《ふる》わせる。

『敵軍多数、丘を下り、右翼へと向かいつつあり！　増援の模様！　本営は動かず！』

この報告を――御父様は待たれていたのだ。

馬から下り、私の隣《となり》に来られたワルター・ハワード公爵は腕《うで》組《ぐ》みをし、未だ霧に包まれた丘を眺《なが》められた。後方には『蒼備え《あおぞなえ》』他、北方諸家より選抜《せんばつ》された精鋭《せいえい》部隊が、今や遅《おそ》しと突撃《とつげき》命令を待っている。

「……ステラよ。お前がアレン考案の新極致魔法を——『氷光鷹《ひょうこうよう》』を使う必要はない！　あれは最高機密扱《あつか》いなのだぞ？　士気高揚《こうよう》の任は既《すで》に果たし終えておる」

「敵に与《あた》える衝撃《しょうげき》は大きい方が良《い》い筈です。私は、アレン様が与えてくださったこの力を使うことを躊躇いません。……遅かれ早かれ他国にもバレることです。まして今は有事。まずは勝たないと。全てはそこからではありませんか？」

張り詰《つ》めた空気。霧の中、南方から戦場音楽が流れて来る。

御父様が——ふっ、大きく息を吐《つ》かれた。

「……困ったものだ」

「教わっている方が悪い方なので」

「……彼とは話をせねばなるまい。——ゆくぞ！」

御父様が両拳《こぶし》を合わせ、魔法を紡《つむ》ぎ始めた。

漏《も》れ出た膨大《ぼうだい》な魔力で周囲一帯が雪原と化し、近くの樹木を凍結《とうけつ》させていく。

これが……これが、ハワード公爵の実力！

おそらく、かつての私ならこの時点で心が折れてしまっていた。

でも、今の私は――

「いきますっ！」

裂帛《れっぱく》の気合と共に愛剣《あいけん》と短杖《たんじょう》を抜《ぬ》き、丘を覆《おお》う霧へと向ける。

カレンと戦った時はアレン様がいた。……いてくれた。けれど、今は私一人しかいない。

それでも……それでもっ！　私は何時《いつ》までも立ち止まってはいられないっ‼

――無数の雪華《せっか》が舞《ま》い、清浄《せいじょう》なる氷風が吹《ふ》き荒《あ》れる。

私はアレン様が与えてくれた極致魔法――『氷光鷹《ひょうこうよう》』を発動！

氷と光、二羽《わ》一対《つい》の『鷹《たか》』が顕現《けんげん》し、私を守るように飛翔《ひしょう》する。

ミナとメイド達が驚《おどろ》きの声を発した。

「満点じゃ……足りません」「綺麗《きれい》……」「凄い！　凄い‼　凄いっ‼!」

後方の部隊もどよめき、驚いている。

――何千、何万と練習してきた中で、今回が一番安定している。

ティナとエリーが渡《わた》してくれた髪飾りとリボン、そして、アレン様の御守りのお陰《かげ》かしら？　私は戦場に似つかわしくない優《やさ》しい感情を抱《いだ》き――叫《さけ》んだ。

「御父様！」「分かっておるっ！」

――雪嵐《ゆきあらし》が吹き荒《すさ》び、氷属性極致魔法『氷雪狼《ひせつろう》』が顕現！

御父様へ視線を向ける。

「何時でも大丈夫《だいじょうぶ》です！」

「……突撃参加は許さぬ。この場で待機せよ。――……ステラ」

「はい？」

「――……よくぞ、よくぞ、ここまで練り上げたっ！　いくぞっ!!!」

「っ！　はいっ！　……はいっ!!!」

思わぬ賞賛に胸がいっぱいになるも――私は細剣《さいけん》と短杖を振《ふ》るい、丘を覆う濃霧へ向けて、『氷光鷹《ひょうこうよう》』を解き放ったっ！

同時に『氷雪狼《ひせつろう》』も大咆哮《ほうこう》。突撃を開始し――

私達の極致魔法は、一気に濃霧を吹き飛ばした。

御父様が馬に跨《また》り、獅子吼《ししく》。

「全軍、前へっ！！！！　帝国《ていこく》軍を追い落とせっ！！！！！」

凄《すさ》まじい雄叫《おたけ》び。生ける『軍神』を先頭に『蒼備え』が突撃を開始し、丘を登り始める。

陽光と氷片《ひょうへん》、魔力の残滓《ざんし》により、丘を登り始めた兵士達が光り輝《かがや》く。

全軍から此処まで聞こえて来る、歓喜《かんき》のどよめき。

一気に味方の士気が高揚していくのが肌《はだ》で分かる。私は通信宝珠で全軍へ呼びかけた。

『皆《みな》――今こそ前へっ！　勝利をっ‼』

ロストレイ全体に、鬨《とき》の声《こえ》が響《ひび》き渡っていく。

――あっという間に丘の上の帝国軍軍旗が倒《たお》れた。無事奪還《だっかん》に成功したようだ。

通信宝珠から『敵本営へ突入開始！』の報が響く。

これで、この戦いは勝った。

御父様はまず右翼を手薄《てうす》にし敵軍を誘い、丘をも取らせた。

けれど、増援《ぞうえん》を得た右翼は抜けず、敵は予備を投入。

そこを突き、我が軍は敵戦線を中央突破したのだ。

後は右翼に集中し、退路を断《た》たれた敵軍を包囲殲滅《せんめつ》すればいい……。

けど――私は、周囲に氷魔法を静謐《せいひつ》発動。目を潤《うる》ませているミナへ話しかける。

「まだ終わりじゃないわ。周囲を警戒《けいかい》――ミナ！」「ステラ御嬢様《おじょうさま》！」

気づいたのはほぼ同時だった。

誰《だれ》もいない筈の森林地帯から、光閃《こうせん》と石弾《せきだん》が降り注ぎ――私が発動した氷鏡《ひょうきょう》に弾《はじ》かれ、ミナの拳と蹴《け》りで砕《くだ》かれる。

すぐさまメイド達が私を囲み、防御陣形《ぼうぎょじんけい》。戦闘《せんとう》態勢へ移行した副メイド長は前方へ向け、

「はっ！！！！！」

右拳を突《つ》き立てた。信じられないことに竜巻《たつまき》が発生し、破壊《はかい》音と共に認識阻害《にんしきそがい》が崩壊《ほうかい》。

敵兵の姿が現れた。数は十数名。先頭は少女で、中央には奇妙《きみょう》な箱。魔道具？

先頭の弓を持っている少女騎士《きし》が驚愕《きょうがく》し、青年騎士は顔を引き攣《つ》らせた。

「っ！　ど、どういう原理よっ⁉」「……ヤナ様、やはりこれは駄目《だめ》です。退《ひ》きましょう」

私は油断せず魔法を紡ぎながら、名乗る。

「ハワード公爵家が長女――ステラ・ハワードです。誰かは戦場を迂回《うかい》して直接本営を奇《き》襲《しゅう》してくると思っていました。ですが、此処は本営じゃありませんよ？」

「！　ハワード公爵家の……ヤナ・ユースティンよ。こっちはフス・サックス」

少女騎士が目を見開き、自分と青年の名を名乗った。

……『ユースティン』と『サックス』ね。

私は細剣と短杖を構える。

「ここでの戦いは終わりました。退けば――……足止めします！　行ってください‼」

「？　何を言って」「ヤナ様っ！」

青年騎士が鋭《するど》く叫び、少女騎士を引き倒した。直後――その頭上を魔法の鎖《くさり》が通過。

私は氷属性上級魔法『閃迅氷槍《せんじんひょうそう》』を発動。認識阻害を使っている相手に解き放つ。

超《ちょう》高速の氷槍の群れが少女騎士達の後方へと殺到《さっとう》し、全て黒灰の盾《たて》にあっさりと砕かれた。……これはジェラルド王子の。

「私に気付いているとは、中々にやる」

高い声がし、認識阻害魔法が剝《は》がれ落ちていく。

現れたのは、純白だが袖《そで》やフードの縁《ふち》は深紅《しんく》に染められているフード付きローブ姿の女だった。背丈《せたけ》はティナと同じくらいかもしれない。

手には硝子《ガラス》の小瓶《こびん》を持っている。入っているのは、

「………血と……あれは何？」

私の呟《つぶや》きには反応せず、女は頭《かぶり》を振った。

「まったく……最後の最後で『人形』が自我《じが》を持つとは、嘆《なげ》かわしい。決戦は無理だ、と助言したというのに……愚物《ぐぶつ》に勝利の報は麻薬《まやく》だな。まぁ、ハワード自体が蛮族《ばんぞく》だった。

公爵自らの突撃敢行《かんこう》とは。――だが、ユースティンの『血』は手に入った。後は」

「っっっ⁉」「ヤナ様っ！！！！！」

女が左手を無造作に振った。禍々《まがまが》しい残光と共に無数の鋭い刃《やいば》が少女騎士へ襲《おそ》い掛《か》かる。

私は短杖を振るい、『氷神鏡《ひょうじんきょう》』を多重発動。少女と身を挺《てい》そうとした少年を守り、叫ぶ。

「早く行ってっ！　おそらく皇太子殿下《でんか》は……もう、駄目ですっ！　次の狙《ねら》いはヤナ・ユースティン！　貴女《あなた》ですよっ‼」

「くっ！　だ、だがっ！」

「……ハワード公女殿下、感謝します。この礼は必ずっ！　退くぞっ！！！」

「え？　ええ？　ち、ちょっと、フスっ‼」

躊躇《ためら》う女騎士を抱《だ》きかかえた青年騎士が号令を下し、撤退《てったい》していく。

女の哄笑《こうしょう》が響いた。

「馬鹿が。逃《のが》すわけがない。ユースティンの『血』はまだまだ欲《ほ》しい」

そして、袖から複数の呪符《じゅふ》を取り出し、虚空《こくう》へ放り投げた。

私達を囲むように、次々と魔法陣《まほうじん》が形成され――

「な、何？　あれは……？」

顔が見えない兜《かぶと》に重鎧《じゅうがい》。手には様々な武器を持つ奇妙な騎士達が現れた。

ミナが切迫《せっぱく》した声で、私を呼ぶ。

「ステラ御嬢様っ！　あれらはおそらく魔導兵ですっ‼　私達が時間を稼《かせ》ぎますっ‼　お逃《に》げくださいっ！！！」

「魔導兵……ララノアとユースティンで研究されていたという人造兵ね……」

私は知識を呼び起こしながら、周囲を確認する。

――前方には謎《なぞ》の女。周囲には魔導兵。皇女達も逃げきれなかったようだ。

通信宝珠は……

『ス……！　皇太――負傷――……逃…………』

ダメね。阻害されている。けれど、御父様ならばすぐ異変に気付かれる筈《はず》……。

私は剣と短杖を構え直す。

「……ミナ、この女は私が相手をします。貴女はみんなを指揮して。救援がくるまで何としても持ち堪《こた》えてっ！　フス・サックス！　貴方《あなた》も協力してくださいっ！」

「ステラ御嬢様っ！　――……承知致《しょうちいた》しました。ミナ・ウォーカーにお任せください」

「……了解した！」「ち、ちょっとっ！」

ヤナの叫びを聞きつつ、私は女へ氷属性中級魔法『氷神槍《ひょうじんそう》』を四方から発動させた。

「――ほぉ」

「っ!!」
だが、無数の氷槍は女を守る黒灰の魔法障壁《しょうへき》に阻《はば》まれ砕け散った。
ならっ！！！　すぐさま、紡いでおいた次の魔法を解き放つ。
――氷属性上級魔法『閃迅氷槍《せんじんひょうそう》』『双大氷柱《そうだいつらら》』『氷帝吹雪《ひょうていふぶき》』。
女を囲むように、三発を同時発動。
しかし、それらも黒灰の障壁を貫通《かんつう》出来ず、砕け散り、無数の氷片をまき散らす。
「悪くない。並の使徒ならば死んでいただろう……さて、抵抗《ていこう》はもう終わりか？」
女は胸元《むなもと》から木製の印を取り出し弄《いじ》りながら、私へ問うた。
……駄目ね。並の魔法じゃ、この魔法障壁は突破《とっぱ》出来ない。
多分、『氷光鷹《ひょうこうよう》』でも……。なら、もうあれしか。
でも――私に出来るの？　アレン様もいらっしゃらないのに？
ノートに書かれていた優しい言葉が脳裏《のうり》に蘇《よみがえ》った。
『ステラなら出来ますよ、僕は君を信じています』
アレン様、私に勇気を与《あた》えてください……！　ティナ、エリー、私に力を貸して！

私は蒼翡《そうすい》グリフォンの羽、髪飾《かみかざ》り、リボンに触《ふ》れ——息を吸い込み、女を見た。

「私は——負けませんっ！！！！！！」

叫び、私は細剣と短杖《たんじょう》を振り『氷光鷹《ひょうこうよう》』を顕現《けんげん》させる。女が嘲《あざけ》る。

「初めて見る極致《きょくち》魔法だ。——が、その威力《いりょく》では、聖女様より与えられた聖なる『盾《たて》』は抜《ぬ》けない！」

「……でしょうね。でも」

二羽《わ》一対《つい》の鷹《たか》が私へと急降下！

雪華《せっか》が踊《おど》り、細剣と短杖が蒼《あお》く、蒼く光り輝《かがや》き始める。

私は女へ静かに告げた。

「——『切り札は取っておくもの』でしょう？」

「！？！！」

フード下の女の顔が驚愕するのが分かった。秘伝を使える者は公爵《こうしゃく》家でも多くはない。

私は左手の短杖へ発動させた新秘伝——八華《はっか》の『蒼楯《そうじゅん》』を突き出し、と突撃《とつげき》を開始！

八角錐《はっかくすい》となった、『蒼楯《そうじゅん》』は女の黒灰色の禍々しい『盾』を貫通し——

「はぁぁぁぁぁ――――!!!!!!!!!!!」

「っ!」

秘伝『蒼剣《そうけん》』を全力で振《ふ》り下ろした。

――激しい金属音と凄まじい衝撃《しょうげき》。

女が片刃の短剣を引き抜き、受け止めたのだ。

衝撃で先程《さきほど》弄っていた印が見える。あれは聖霊《せいれい》教の。

突如《とつじょ》、女の魔力が膨《ふく》れ上がり、私は弾き飛ばされ、半ば雪原と化している地面を転がる。

すぐさま立ち上がり、細剣と短杖を構えた。

女は『蒼剣《そうけん》』を受け、漆黒《しっこく》の剣身と左腕《ひだりうで》が一部凍結《とうけつ》し、ローブの袖も千切れている。

――くぐもった笑い声。

「くっくっくっ………」

「……何が可笑《おか》しいんですか」

女はゆっくりと顔を上げ――私を見た。短剣が折れ、地面に突き刺さる。

「っっっ!!!」

背筋に悪寒《おかん》が走る。この人の目……怖《こわ》い……。女が口角をあげた。

「……『英雄《えいゆう》』達の血にしか興味はなかったが……王国四大公爵家にはウェインライトの

血が流れていたな。礼の代わりに名乗ってやる――聖女様に選ばれし新使徒イーディスだ」

「……使徒？」

「……下賜《かし》された短剣が折れ、ローブも破れてしまった……。その罪、許し難《がた》し。贖《あがな》いは汝《なんじ》の『血』で埋《う》め合わせるとしよう」

残る右袖から、先程持っていた硝子の小瓶を取り出した。

イーディスの絶対的優位を確信している目線が私を貫《つらぬ》く。

「新しい得物の可能性に気づかせてくれた礼だ。精々――足掻《あが》いてみせろ」

そう言い、イーディスは小瓶を地面へと叩《たた》きつけた。

――禍々しい魔法式が周囲一帯を埋め尽《つ》くす。

これって……魔法生物の召喚《しょうかん》式！？！！

黒灰光が瞬《またた》き、膨大《ぼうだい》な魔力が集束していく。

……ダメ。このイキモノはダメっ！！！

私は全力で『氷光鷹《ひょうこうよう》』を発動。イーディスへ全力で襲い掛からせた。

――着弾《ちゃくだん》する寸前でもイーディスの笑《え》みは崩《くず》れていなかった。

猛吹雪《もうふぶき》が巻き起こり視界が閉《と》ざされ、樹木、草花が凍結、大氷原が形成されていく。

…………やった？

氷霧《ひょうむ》を貫いてきた『骨の尾《お》』を躱《かわ》せたのは、アレン様との訓練のお陰《かげ》だった。

『眼《め》だけじゃなく、魔力でも感知する癖《くせ》をつけてください』

後方へ跳躍《ちょうやく》した私が見たのはさっきまでいた場所に開いた大穴。

氷霧を暴風により吹《ふ》き飛ばし——……それは目の前に現れた。

余りの出来事に身体《からだ》が硬直《こうちょく》。声が震《ふる》える。

「……ま、まさか……そ、そんな……こ、これって……」

上空を飛翔《ひしょう》していたのは巨大《きょだい》な——骨の竜《りゅう》だった。

口元には鋭《するど》く、幼児程《ほど》の大きさもある無数の牙《きば》。巨大な八枚の翼《つばさ》には、黒灰色の魔力で膜《まく》が形成されている。

何より……目に見える程の圧倒的《あっとうてき》な魔法障壁。こ、こんな……こんなのって……。

骨竜の頭に乗っている、イーディスの嘲笑《ちょうしょう》が私の耳朶《じだ》を打つ。

「おや？　どうしたのかな、ハワードの娘《むすめ》。もしかして怖くなってしまったのかな？　すまない。力の加減が苦手なのだ。——ああ、こう言うのだったかなぁ？」

イーディスが蔑《さげす》んだ口調で、私へ向けて言い放つ。

「『切り札は取っておくもの』。くっくっくっ……ハッハッハッハッハッ！！！！！」

「っ……！」

私は震える自分を叱咤《しった》し、細剣と短杖を構える。

……こんな所で死ねないっ！　私は、あの御方《おかた》を、アレン様を助けに行くっ‼

飛び散る雪華が私を励《はげ》ますように、明滅《めいめつ》する。イーディスが嗤《わら》うのを止《や》めた。

「何だその顔は？　つまらない。……生かして捕獲《ほかく》しようと思っていたが、止めだ。死ね！」

骨竜が大きな口を開けた。黒灰の魔力が集束し、大きな珠《たま》になっていく。竜の息吹《いぶき》！

退避《たいひ》は――……駄目《だめ》だ。後方で魔導兵達と戦っているミナ達に当たる。

私が受け切るしかないっ！

短杖を突《つ》き出し、『蒼楯《そうじゅん》』を全力展開。雪華が更《さら》に激しく明滅する。

イーディスは苛立《いらだ》たしそうに、爪《つめ》を噛《か》んだ。

「……何故《なぜ》逃げない？　後ろの連中を守っているのか？　公爵家の娘が？　あり得ないっ！　お前たちは悪い奴《やつ》なんだっ‼　そうでなきゃいけないんだっ‼」

「逃げたりなんかしません。だって――」

上空のイーディスへ視線をぶつける。

「私は──世界で一番優《やさ》しくて強い魔法使いさんの教え子なんですからっっ‼」

「…………死ね」

骨竜が黒灰色の息吹を解き放った。

『蒼楯《そうじゅん》』と激突し、

「つぐっ……………」

次々と貫通。短杖を持つ左腕が軋《きし》み、激痛が走る。

イーディスが叫《さけ》んだ。

「死ねっ！　早く……早く死ねっ‼　悪い貴族は死んでしまえっ‼」

「私は貴女《あなた》になんか……絶対、負けたりしないっっ！！！！！！！！」

温存しておいた右手の細剣を繰《く》り出し──二枚目の『蒼楯《そうじゅん》』を発動。

──これが私の真の『切り札』。

アレン様のノートで示唆《しさ》されていた、秘伝の二重発動だ。
雪華が舞《ま》い、白蒼の光を煌《きら》めかせ、息吹そのものを逆に凍結させていく。
『蒼剣《そうけん》』『蒼楯《そうじゅん》』はどちらも攻防《こうぼう》一体の秘伝。
楯《たて》だからといって、攻撃《こうげき》が出来ないわけじゃないっ！
「馬鹿なっ⁉」
イーディスが驚《おどろ》くも、遂《つい》には骨竜の魔法《まほう》障壁も凍結させ、突破！
本体に到達《とうたつ》、侵食《しんしょく》し凍結させ――氷霧が発生。視界が再び無くなっていく。
私は全魔力を注ぎ込み――……限界を迎《むか》え『蒼楯《そうじゅん》』の発動を停止させた。
疲労《ひろう》感と激痛で、私は地面に両手両膝《りょうひざ》をついてしまう。
「はぁはぁはぁはぁ………」
……また、アレン様に助けられた……。
細剣を地面に突き、よろめきながら立ち上がる。
ミナ達は――咄嗟《とっさ》に剣で尾の一撃を受けつつも、後方へ跳《と》べたのは奇跡《きせき》に近かった。
「きゃっ！」
悲鳴をあげつつ吹き飛ばされ、地面へと転がる。
氷霧が――晴れていく。

上空には、所々、黒灰の光を瞬かせ再生している骨竜。そして、その頭の上には明らかに激怒《げきど》しているイーディスが見えた。

「貴様ぁぁぁぁぁぁ！！！！！！　聖女様より下賜されし、蒼竜の骨に傷をつけたなぁぁぁぁ。許さないっ！　もうっ‼　絶対にっ、許さないっ！！！！！」

竜の口が開き、禍々《まがまが》しい魔力が集束していく。

複数の魔導兵を相手にしているミナの悲鳴が聞こえて来た。

「ステラ御嬢様《おじょうさま》っ！！！！！！　お逃《に》げくださいっ！！！！！！！！」

みんなはまだ戦っている。なら――……イーディスが驚く。

「！……まだ立つというのか。無駄《むだ》な足掻《あが》きをっ！」

「死ねないっ！　私は、あの御方を、アレン様を助けに行くんだからっ‼」

「……お前はここで死ね」

骨竜が息吹を解き放とうし、

「……ん。来て正解。この存在は看過出来ない。――えい」

「！？！！！」

平坦《へいたん》な声と共に、近くの樹木から跳躍したその人は、骨竜の顔を小さな手で叩《はた》いた。

骨を砕《くだ》かれ叩き落とされた骨竜は、土煙《つちけむり》と轟音《ごうおん》をあげ、地に伏《ふ》す。

「ちっ！」

舌打ちしながら、イーディスも地面へと着地。口元は動揺《どうよう》している。

そして——少女は現れた。

＊

「……可哀想《かわいそう》……」

絶体絶命の私を救った後、白金髪《はっきんぱつ》に金リボンをつけ、腰《こし》に古い剣を下げている人形の如《ごと》き美少女——『勇者』アリス・アルヴァーンは、状況に戸惑《とまど》っているイーディスへ告げた。

「竜はこの世界で最も美しい生き物。なのに……これは何？　古い古い蒼竜の遺骨を、マガイモノにすらなってない大魔法擬《もど》きと薄《うす》くて濁《にご》り切った『射手』の血で無理矢理、動かしている。醜悪《しゅうあく》に過ぎる。こんなことを考え実行に移した、貴女の主《あるじ》は——」

アリスの目が細まり、『新使徒』と名乗った女を貫く。

「余程《よほど》、性格がねじ曲がっている悪い子。世界にとって間違《まちが》いなく害悪。名前を教えてくれると嬉《うれ》しい。ただ……剣《けん》では斬《き》りたくない。汚《よご》れるし、そんな価値もなさそう」

イーディスが激高した。

「⁉　き、貴様っ！　貴様貴様貴様貴様ぁぁぁぁぁぁ！！！！！！！！」

身体をわなわなと震わし、地団太を踏《ふ》む。

「あの御方を……この碌《ろく》でもない世界を、救済されようとしておられる聖女様を愚弄《ぐろう》するなっ！！！！！　あの御方が為《な》されることは正しいっ！　全て正しいんだっ！　予言通り、東方では『欠陥品の鍵《けっかんかぎ》』を捕《と》らえ、南方では『剣姫《けんき》』が半ば墜《お》ち、北方では貴様がこのこと現れたっ！　選ばれし新使徒である私が今日、ここでお前を討《う》ち、後顧《こうこ》の憂《うれ》いを取り除く！！！！！　聖竜‼　その女を潰《つぶ》せっ‼」

先程、弾《はじ》き飛ばされた骨竜が起き上がり、少女に襲《おそ》い掛《か》かる。

「危ないっ！」

私は叫び、咄嗟に迎撃《げいげき》しようとし――小さな手で制された。

「ん――　狼《おおかみ》聖女、ありがとう。でも、大丈夫《だいじょうぶ》」

迫《せま》り来る異形の竜を前にしても、少女の声は全く変わらない。

大きく口を開き、鋭《するど》い歯がアリスを貫《つらぬ》かんとし、

「──私はこれでも、ちょっとだけ強い」

「──!?……!」

アリスを噛み砕かんとした骨竜は、小さな手に鼻面《はなづら》を押さえつけられ強制的に止められていた。そして、

「んしょ」

「なっ⁉」

骨竜はあっさりと、そのまま上空に放り投げられた。

絶句するイーディス。私も唖然《あぜん》とする。

翼を広げ上空で体勢を立て直した骨竜が声なき憎悪《ぞうお》の呻《うめ》きで、空間を震わせた。前方に十数の魔法陣《じん》が浮《う》かび上がり、凄《すさ》まじい魔力が集束していく。未知の攻撃魔法!

「くっ………」

私は歯を食い縛《しば》り、よろめきながらも今度こそ立ち上がり、細剣と短杖《たんじょう》を構える。

さっきみたいに『蒼楯《そうじゅん》』で防がないと……みんなが危ない!

御父様が駆《か》けつけてくださるまでは、私がみんなを守らなきゃ……!

悲壮《ひそう》な決意を固めていると、アリスがちらり、と私を見た。

「魔力切れが近くて、ボロボロになってもまだ抗《あらが》い、みんなを守ろうとする。——狼聖女、貴女はちゃんとあの人の教え子。偉《えら》い。でも、さっきも言った。大丈夫。何故なら」

「やれっ！　その女を殺せっ‼」

イーディスが絶叫《ぜっきょう》し、骨竜《こつりゅう》に指示を出す。召喚《しょうかん》主に従い、骨竜は魔法を解き放とうし、

「——私は『勇者』アリス・アルヴァーン。この世界を守る『剣』だから」

少女は呟《つぶや》きと共に、古い黒の剣を引き抜《ぬ》き——無造作に一閃《いっせん》させた。

次の瞬間《しゅんかん》——……骨竜は両断され、その後方の雲が消失し、空自体が裂《さ》けた。

遅《おく》れて——息吹の魔力が暴発。凄まじい衝撃《しょうげき》と突風《とっぷう》が辺り一帯に吹《ふ》き荒《あ》れる。

「あの出鱈目《でたらめ》な魔法障壁《しょうへき》を……斬ったの？」「っっっ！？！！！！！」

私が唖然とし、イーディスが激しく動揺する中、骨竜だった物体は落下。

砂になっていき——地面へ到達する前に消え去った。

アリスがイーディスへと向き直り、つまらなそうに告げる。

「終わり？　他にあるなら早めに出す。面倒《めんどう》」

「っぐっっっ⁉　……私を、聖女様に直接選ばれた新使徒を舐《な》めるなっ！！！」

そう叫び、右袖《みぎそで》から小瓶《こびん》を二つ取り出し、同時に地面へと投げつけた。

小瓶が割れ、染《し》みを作り——一気に、血と灰と黒色が入り混じった精緻《せいち》な魔法式が地を走った。私は周囲を見渡《みわた》し、目を見開く。

「この魔法式は……⁉」

「……今より百年前、ここで死んだ帝国《ていこく》の亡霊《ぼうれい》達が貴様等《ら》を葬《ほうむ》ってくれる。古戦場を決戦の地としたのが間違いだったと知るがいいっ！！！！」

フード下の頰《ほお》に、蛇《へび》のような紋章《もんしょう》を浮かび上がらせながら、イーディスが勝ち誇《ほこ》る。

——禍々しい魔力の鼓動《こどう》。地面が鳴動し、多くの何かが……這《は》い出ようとしている。

突然、無数の骨の腕《うで》が地面から突き出された。

「っっっ！」

悲鳴をあげそうになったのをどうにか堪《こら》え、私は細剣と短杖を構え直す。

ま、まさか、この魔法って……。

周囲一帯でも、次々と骸骨《がいこつ》の兵士——中には生前の軍服を着た、この地で戦死した者達が立ち上がってくる。

イーディスの哄笑《こうしょう》が響《ひび》き渡《わた》った。

「ふふ……ふふふ……天才魔法士、『炎魔《えんま》』の創りし禁忌《きんき》魔法が一つ、死者の軍隊を生み出す『故骨亡夢《ここつぼうむ》』だ！　『勇者』よ、貴様は強い。だが、如何《いか》な貴様とて、数万に達する死兵達には勝てまいっ！　此処《ここ》が古戦場だったことを呪《のろ》うがいい」

「…………」

アリスが沈黙《ちんもく》する。確かに、この数は……。でも！　それでもっ‼

私は諦《あきら》めず、出来うる限り氷魔法を紡《つむ》いでいく。

だって、

「私は、アレン様の教え子っ！　こんな程度でっ‼」

「ふんっ……往生際《おうじょうぎわ》の悪い。とっとと諦めればいいものを。『欠陥品の鍵』も今頃《いまごろ》は『炎魔の塔《とう》』で死んでいるぞ！　『勇者』とハワードの『血』を同時に回収出来れば、聖女様はお喜びになられるだろう。だが、安心せよ。貴様たちは死ぬわけではない。あの御方は、万人《ばんにん》が幸福になる世界を希求しておられる。『実験』が完成した暁《あかつき》には――」

フード下のイーディスの口角が上がり、愉悦《ゆえつ》を示した。

『実験』？　さっきの骨竜もこの禁忌魔法の再現も、全てその副産物なの⁉

それに……アレン様を『欠陥品の鍵』と呼び、『炎魔の塔』へ幽閉《ゆうへい》した⁉

「人は『死』を超越《ちょうえつ》し、神の域へと至り、自在に蘇生《そせい》することが可能になる。そうなれば、争いも、獣人《じゅうじん》や姓無《せいな》し、移民、孤児《こじ》といった弱き者達が虐《しいた》げられることもなくなり……世界は平穏《へいおん》が満ちるだろう。貴様等が今、犠牲《ぎせい》になったとしても、それは犠牲ではないのだっ！　名誉《めいよ》ある一時的な死に過ぎないっ‼」

「！？！！！！」「…………」

私は絶句し、声も出ない。アリスは未《いま》だ沈黙している。

……この人は、いったい、いったい、何を言っているの？

イーディスは恍惚《こうこつ》の口調で断言した。

「かつての大英雄《えいゆう》『聖女』が扱《あつか》いし大魔法『蘇生』、その完全なる復元こそ、我等が悲願！　聖女様が、子供達が涙《なみだ》を流す必要のない、世界を我等は手に入れるっ！！！！」

「貴女《あなた》は本気でそんなことをっ！」「……ん、だいたい、理解した」

声を荒《あら》らげ、問い詰《つ》めようとした私をアリスが左手で制した。周囲は既《すで》に、万を遥《はる》かに超《こ》える死兵に包囲されている。少女が淡々《たんたん》と言葉を紡ぐ。

「良《い》いように聞こえて、否定し辛《づら》いことを並べている。貴女の主は頭がいい。私も……死者と話したい、と思わないわけでもない」

今は亡《な》き御母様――ローザ・ハワードの優《やさ》しい笑顔《えがお》を思い出す。

「――けれど」

アリスの口調が断固としたものに変化した。

「永遠の生。そんなものは実現しない。人は誰《だれ》しもが死ぬ。人だろうと、エルフだろうと、ドワーフだろうと……貴女みたいな半分狼だろうと、平等に死ぬ」

「！？！！！！！！」「…………え？」

イーディスの身体《からだ》が硬直《こうちょく》し、私も呟きを零《こぼ》す。

アリスは剣を天高く掲《かか》げた。

「でも、だからこそ――人は想《おも》いを託《たく》し、想いを繋《つな》げ、想いに支えられて前へ前へ進んで行く。それを否定し、自らの希望という名の絶望で世界を殺そうとするのなら」

「ば、馬鹿、な……」「す、凄《すご》い……」

少女の身体から、とても人とは思えない魔力が放出され、無数の電光が散った。

そして、電光は白く輝《かがや》く翼《つばさ》を形成。アリスは空へと舞《ま》い上がる。

『勇者』が布告。

「私は――神亡き後の世界を託された『アルヴァーン』の名において、貴女《あなた》達を止める」

暴風が吹き荒れ、イーディスのフードが飛ばされた。

——その頭には、カレンよりも小さいながらも獣耳《けものみみ》と小さな二本の角があった。

「っくっ！　黙《だま》れっ！　黙れっ‼　黙れっ‼︎　黙れぇぇぇぇ——！！！　あの御方は、聖女様は、こんな半端《はんぱ》な私の手を取り、救ってくださったんだっ！！！！　それを否定する、貴様を許せるものかっ！！！！！　死兵共、その女を殺せっ！！！！！！！」

ここまで聞こえる程《ほど》の歯軋《はぎし》りが聞こえ、怒号《どごう》と共に命が下された。

無数の死兵達が蠢《うごめ》き、連結し、まるで動く河のようになって、上空のアリスへと襲い掛かった。

少女は少しだけ悲しい顔をし……剣を振《ふ》り下ろした。

「——『千雷《せんらい》』——」

今まで散々、カレンの雷《かみなり》魔法を見て来た。音にも慣れているつもりだった。

けれど——アリスの放った雷魔法は次元が違《ちが》い過ぎた。

「っっっっっ！！！！！！！！！！！！！！」

イーディスが悲鳴をあげるのだけは分かり、私は反射的に両手で顔を覆《おお》う。

この世界が崩壊《ほうかい》してしまうんじゃないかという強い白光、轟音《ごうおん》がロストレイ全体を包み込み、自分のあげている悲鳴すらも聞こえない。

——……やがて、閃光《せんこう》と音が止《や》んだ。

覆っていた両手を外す。

「…………え？」

私は呆《ほう》けた声しか出せなかった。周囲に、あれ程いた死兵は何処にもいない。

最低でも万はいたあの数の死兵を、僅《わず》か一発の魔法で……葬ったの⁉

イーディスの姿は見えず、結界も消失。ミナ達が戦っていた魔導兵の魔力反応も感じない。どうやらさっきの雷で一掃《いっそう》されてしまったようだ。

……でも、この残留した呪力《じゅりょく》……。

目の前に白翼《はくよく》を消し、剣《けん》を収めたアリスが、音もなく降り立った。不満気に零す。

「……逃《に》げた。逃げ足だけは一人前とか面倒くさい。狼《おおかみ》聖女、怪我《けが》はない？」

「……ありがとうございます。助かりました」

私は気遣《きづか》ってくれた少女へ頭を下げる。

そして、細剣と短杖《たんじょう》を交差し掲げる。

白蒼《はくそう》の魔力が私の周囲に生まれ、舞い散り始めた。

アリスがきょとんとする。

「？　何をするつもり？」

「少しでもこの地を浄化《じょうか》します。今ならまだ魔力も浸透《しんとう》していません。じゃないと……何も作れない、死の土地になってしまいます」

「――……むふん」

少女が変な声を出した。そして、嬉《うれ》しそうに身体を左右へ揺《ゆ》らす。

「ステラ、貴女は紅《あか》い泣き虫毛虫よりもよっぽどあの人に相応《ふさわ》しい。自分だって、大変だったのに、終わったらすぐ他者のことを考えられる。これで、その呪われた胸がなければ、同志になれたのに……残念。もいでおく？」

「も、もぎませんっ！」

私は、慌《あわ》てて自分の胸を抱《かか》える。

アリスがほんの微《かす》かに相好を崩《くず》し、剣を抜《ぬ》いて、私の剣と短杖に重ねてきた。

この感覚……アレン様と魔力を繋げた時と少し似てる？

「――私はあの人に借りがある。だから、此処で少し教え子に返しても怒《おこ》られないと思う。全力で浄化をして。私も手伝う」

「！　は、はいっ！」

私は、アレン様からいただいた二冊目のノート、そこに書かれていた光と氷の浄化魔法を構築していく。

……変ね。今なら、何でも出来てしまいそう。

周囲では既に戦闘音《せんとう》は聞こえず、実質的に停戦状態のようだ。

視界の外れに、ミナ達と共に此方《こちら》へ駆《か》け寄って来る、ユースティンの皇女とその護衛達が見えた。良かった――無事だったみたいね。

通信宝珠《ほうじゅ》から、御父様《おとうさま》の切迫《せっぱく》した大声が響き渡った。

『ステラ！！！！！！　返事をせよっ！！！！！！　無事かっ⁉　無事なのかっ！？！！　今、そちらへ向かっているっ！！！！！』

「……御父様」「……狼、五月蠅《うるさ》い。でも、狼聖女、愛されている」

アリスが歌うように私を茶化して来た。……通信宝珠持ちは全員が聞いているわね。

私は魔法を構築し終え、通達した。

『――これを聞いている全員へ告げます。私の名は、ステラ・ハワード。今から、この地を浄化します。攻撃《こうげき》ではありません。落ち着いて、結果を見てください』

『！？！！　ステラっ！！！！　どういうことだ⁉　説明――』

御父様の声が響く通信宝珠を切り、アリスと視線を合わせる。

「――いきます！」「ん！」

光と氷の複合浄化魔法――『清浄雪光《せいじょうせっこう》』を全力発動。

白蒼の雪が空から、ロストレイの地に降り注ぎ――汚《けが》れを浄化していく。

……魔法が信じられないくらい、増幅《ぞうふく》されている？

「あの人の魔法式は相変わらず綺麗《きれい》。狼聖女専用になっているのは、不満。後で虐《いじ》める」

私が唖然《あぜん》とする速度で浄化が進む中、アリスは御機嫌《ごきげん》な様子だ。

魔法の雪が降り注ぐ中――周囲ではおかしなことが起こっている。

味方の将兵、そして、潰走《かいそう》しつつあった敵軍が何故《なぜ》か私達を囲むように集まり、手を合わせ始めたのだ。口々に何かを呟《つぶや》いている。

『……聖女様だ』『……奇跡《きせき》だ』『嗚呼《ああ》……俺達は何てことを……』『導き手だ……』

「狼聖女、おめでとう。今日から、有名人」

「…………有名になんかなりたくありません。私がなりたいのは」

「──あの人のお嫁《よめ》さん？」

「勿論《もちろん》、そうで──………〰〰〰〰〰〰〰〰っ！！！！！！」

突然《とつぜん》の奇襲《きしゅう》に私は己《おのれ》の奥底《おくそこ》に秘《ひ》めていた願望を半ば口に出してしまい、赤面した。

わ、私ったら、なんて、なんて、大それたことを言ってっ！

──魔法の発動が終わっていく。

私は剣と短杖を鞘《さや》へと納めつつ、満足げな少女へジト目を向ける。

すると、アリスも剣を収め背伸《せの》びをし、私の頭を優しく撫《な》でて来た。

「みんなを先導する狼聖女、いい子。よく、頑張《がんば》った。……私は倒《たお》すしか出来ない」

「い、いえっ！　貴女がいてくれたからです。有難《ありがと》うございました」

私は慌てて両手を振る。浄化出来たのは、どう考えてもこの子がいたからだ。

馬の嘶《いなな》きが聞こえた。振り返ると、御父様が此方へ向かって来る。

アリスが私の頭から手を外し──真剣《しんけん》な表情になった。

「……あの紅い弱虫毛虫は泣き過ぎて迷子になったらしい。私が止める。手伝って」

「……はい」

イーディスは『南方』と言っていた。つまり紅い弱虫毛虫とは……『剣姫《けんき》』リディヤ・

リンスター。墜《お》ちた、の意味は正直分からないけれど、理由は分かる。

――アレン様が生死不明になられたこと。

少しだけ……ほんの少しだけ、嫉妬《しっと》を感じる。

それくらい、あの御方はアレン様を想われている……。

アリスが独白しながら、身体を揺らす。

「私にも――託され、受け継《つ》いで来た古い古い約束がある。どうやら、果たす時が来たらしい。残念ながら場所は分からないけれど……大丈夫《だいじょうぶ》。きっと『精霊《せいれい》』と『星』が導いてくれる。人同士の争いには介入《かいにゅう》しないけど、私も王都へ、そして東都へ行く」

「……はいっ！」

私は大きく頷《うなず》いた。それを見た少女は目を瞑《つぶ》り、

「じゃあ――夕食になったら起こして。私は寝《ね》る。食後はお菓子《かし》も食べたい」

「え？　ええ？？」

私の腕《うで》の中に倒れ込んできた。

受け止めると、すやすや。……寝てる。あと、軽い。とてもとても軽い。

「ステラ！」「ステラ御嬢様《おじょうさま》」

御父様とミナが駆け寄って来る。私は、口に人差し指を当て「（静かに！）」。

帝国《ていこく》はこの一戦で北方方面軍を丸ごと失った。
他方面から軍を引き抜けない以上、戦いは継続《けいぞく》出来ないだろう。
……これでようやく、ようやく、王都へと進める。
王都を奪還《だっかん》したら——すぐに東都へ！　アレン様とカレンの元へっ‼
私は、すやすやと眠《ねむ》っているアリスを抱えながら決意を新たにする。
カレン……どうか無事でいて。
アレン様……今度は私が貴方《あなた》を助けます。もう少しだけ待っていてください。
遥《はる》か上空では雲が勢いよく流れている。
どうやら——西に向けた強い風が吹《ふ》いているらしい。

＊

王国西方の中枢《ちゅうすう》都市、西都。ゾルンホーヘェン辺境伯《へんきょうはく》の屋敷《やしき》。
その内庭にはたくさんの花々が咲《さ》き誇《ほこ》っている。
窓際《まどぎわ》の椅子《いす》に腰《こし》かけ、目を細め、眼下の花々を眺《なが》めていたエルフの美女——先々代のルブフェーラ公爵《こうしゃく》たる、レティシア・ルブフェーラ様は淡い翠《みどり》のカップを私へ掲《かか》げてみせた。神々《こうごう》しいまでに美しい翡翠《ひすい》色の髪《かみ》は二百年前と同じく光り輝《かがや》いている。

「見事なものだ。流石《さすが》は花の栽培《さいばい》で大儲《おおもう》けしておる、と噂《うわさ》のゾロス・ゾルンホーヘェン辺境伯閣下、といったところよの。今やエルフ族で一番の金持ちなのではないか？　ん？」

「……からかうのはお止めください。あれらは私の個人的な趣味《しゅみ》ですし、全く儲かっていません。むしろ赤字です。エルフ族一の金持ち……何処《どこ》の世界のお話ですか」

顔を顰《しか》めながら、数十年ぶりに訪ねて来られたかつての上官に文句を言う。うちの財政は逼迫《ひっぱく》こそしていないものの、決して西方の他家に羨《うらや》まれるものではないのだ。

「そうかのぉ？　お主程《ほど》の知恵者《ちえしゃ》が赤字に対して何も考えていない筈《はず》はあるまい？」

「……買い被《かぶ》りが過ぎます。私は、所詮《しょせん》一辺境伯に過ぎませぬ」

西方ではなく、王都へ生産した花々をどうにか持ち込めまいか、試行錯誤《しこうさくご》をしているのを勘《かん》づかれた⁉　若干動揺《じゃっかんどうよう》しつつも、表向きは平然と返答する。

――魔王《まおう》戦争以降。我が家を含《ふく》む、四辺境伯爵家は王国最西方の地を鎮護《ちんご》してきた。血河《けつが》を挟《はさ》み魔王軍と対峙《たいじ》すること、かれこれ二百年余。その間、大規模な衝突《しょうとつ》はないものの軍備に手は抜けず……財政は常に厳しい。私は元上官に愚痴《ぐち》を零《こぼ》す。

「……魔族との講和は出来ぬものなのでしょうか？」

「無理だ」

レティ様は無慈悲《むじひ》に断言された。視線は窓の外へと向けられている。

「今の王国内で講和を真面目に考えておる者はおらん。この二百年の間、それを考え、実行に移そうとしたは、我等《われら》の団長たる『流星』――……」

「？　どうかされましたか？」

当然、黙《だま》り込まれたレティ様に問いかけつつ、私も視線を窓の外へと向ける。

――遥か上空を何かが飛んでいる。

私の視力では判別不能だが、徐々《じょじょ》に近づいて来ているようだ。

元上官があっさりとその正体を看破された。

「――蒼翡《そうすい》グリフォンとは珍《めずら》しいの。今では王国東都と、魔王領の聖地周辺にしか生息していない筈。血河の要塞《ようさい》線から事前に報告は入っておるか？」

「いえ。現在、西都には東の揉《も》め事《ごと》への対処を決する為《ため》、主だった西方諸家の当主が集まっております。血河の警戒《けいかい》度も引き上げられておりますし、警戒網《もう》から漏《も》れるとは」

「で、あろうな」

あっさりと、レティ様は首肯《しゅこう》された。

百年前の某《ぼう》事件後、第一線を退かれたとはいえ、この御方は魔王戦争において、魔王本人とすら刃《やいば》を交えた勇士の中の勇士。その武威《ぶい》、状況《じょうきょう》判断に衰《おとろ》えは微塵《みじん》もなく、西方諸家の当主達からは未《いま》だ畏怖《いふ》されているのだ。

——私の視力でも、特徴《とくちょう》的な長い首と蒼《あお》と翠の身体《からだ》が見えてきた。

必死に羽ばたき此方へ近づいて来る。身体に傷を負っているのか、疲労《ひろう》なのか、お世辞にも優雅《ゆうが》とは言えない。しかも……背中には人が乗っている？

内庭に我が家の者達、十数名が飛び出してきた。手には槍《やり》や長杖《ちょうじょう》、弓を持っている。

レティ様が鋭《するど》く叫《さけ》ばれた。

「撃《う》つでない!!!」

そして、窓より内庭へ飛び降りられ中央へと向かわれる。私も慌てて後を追う。

完全に識別出来るようになった蒼翠グリフォンが内庭に落下してくる。

レティ様が無造作に左手を振《ふ》られた。落下速度が弱まり、枯《か》れた老木傍《そば》に着地。相変わらず見事な浮遊《ふゆう》魔法だ。疲労の色が濃《こ》い蒼翠グリフォンが首を持ちあげ、私達を威嚇《いかく》。

背中にはやはり、人——獣人族《じゅうじん》の少女を乗せていた。

着ているのは王立学校の制服で、制帽《せいぼう》は被《かぶ》っておらず、腰に短剣《たんけん》を下げている。

少女は顔を俯《うつむ》かせたまま目を瞑り微動《びどう》だにせず。気絶しているようだ。

「蒼翠グリフォンが人を背に乗せるとは……レティ様？　如何《いかが》されましたか？」

かつての上官は蒼翠グリフォンを見つめ、ポツリ、と零された。

「……この魔力……おぬし、もしやルーチェの子孫か……？」

――今より二百余年前、我々は狼《おおかみ》族が大英雄《えいゆう》『流星』を団長に戴《いただ》き、戦場を疾駆《しっく》した。

その際、団長が騎乗《きじょう》したのが純白の身体を持つ蒼翠グリフォンこそルーチェだ。

レティ様が穏《おだ》やかに話しかける。

「その者に危害を加えるつもりはない。信じてくれぬか？」

蒼翠グリフォンは元上官を見つめ――首を下げ少女を優《やさ》しく甘噛《あまが》みし差し出して来た。

レティ様は両腕《りょううで》で少女を抱《だ》きかかえられ、丁寧《ていねい》に御礼を述べられた。

「感謝する。ゾロス！　部屋を用意せよ。医者も呼べ‼　この蒼翠グリフォンにもだっ！」

「はっ！」

一転、鋭い声。思わず背筋が伸《の》び私は敬礼。すぐさま屋敷へ取って返す。

後方からはレティ様の呟きが聞こえて来た。

「……この娘《むすめ》……狼族……あの人と一緒《いっしょ》か……しかも、しかも、この短剣は……」

私は不思議な高揚《こうよう》を感じていた。

――何かが動き出そうとしている。

あの場所……忘れようもない血河の地で止まってしまった何かが。

＊

「──……う、ん………ここ、は？」

目が覚めると、私は見知らぬ小奇麗《こぎれい》な部屋のベッドで寝ていた。母グリフォンもいない。

窓の外には緑が見え、光が差し込んでいる。上半身だけ起こし──気付く。

着ている服が見慣れぬ淡い翠を基調とした寝間着《ねまき》だ。

「……王立学校の制服じゃない？　誰《だれ》かに着替《きが》えさせられた？」

──西都には間違《まちが》いなく辿《たど》り着いた。

だけど、途中《とちゅう》、嵐《あらし》に摑《つか》まった私も母グリフォンも疲労の限界で、父さんの魔道具が指し示す御屋敷《おやしき》を目指して……最重要な事を思い出す。

「！　短剣と懐中時計《かいちゅう》‼」

慌《あわ》てて周囲を見渡《みわた》すと、ベッド脇《わき》の丸テーブル上に短剣と兄さんの懐中時計が置かれていた。手を伸ばし、両方共手に取る。

短剣の鞘《さや》に指を滑《すべ》らすと、兄さんの優しい魔力を感じられた。補助魔法式は未《ま》だその力を失っていない。……私を気絶させた時には、魔力を消耗《しょうもう》していた筈なのに。

『大丈夫だよ。カレンは僕が守るから』

優しい声が聞こえた気がした。

「……兄さんのバカ。…………兄さんのバカ。…………おにいちゃん…………」

短剣と懐中時計を胸に押し付け、目をギュッと瞑る。

……ダメだ。泣くのは後だ。早く自分の使命を果たさないと。

その時、小さなノックの後、部屋の扉《とびら》が開いた。

視線を向けると入って来たのは、畳《たた》まれた服を持っている美しいエルフの女性だった。

肩《かた》までの美しい翡翠髪とまるで神話で語られる女神《めがみ》様のような均整がとれている肢体《したい》。

着ている服は薄手《うすで》の淡い翡翠色の物で、明らかに上質なのが分かる。

女性は私を見ると、穏やかに微笑《ほほえ》んだ。

「おお、目が覚めたか」

「え、えっと……」

戸惑《とまど》う私に対して、女性はベッド脇に近づいて来た。木製の椅子に腰かけ丸テーブルの上へ服を置き、軽く左手を振る。

「ああ、心配するでない。着替えさせたのはうちのメイド達だ。制服は洗わせておいた。後で着替えると良《い》い。蒼翠グリフォンも休ませておる」

「あ、ありがとうございます」

良かった。あの子も無事みたいだ……。女性が近くの椅子に座った。

「……で、だ。王立学校の制服を着た狼族の娘が、西都へ、しかも、蒼翠グリフォンに乗って来るなぞまずない。しかも、その短剣……そなたはいったい――」

「レティ様！　もう、出発の刻限ですっ‼　何処におられるのですか⁉」

廊《ろう》下《か》から男性の声が聞こえてきた。女性が舌打ちする。

「……ちっ。もう、来おったか。無駄《むだ》に目端《めはし》が利《き》く男も考え物じゃな。そうは、思わんか？」

「は、はぁ……」

ポカンとしていると、扉が開き赤茶髪のエルフの男性が部屋へ飛び込んで来た。

淡い翠と白を基調とした魔法士のローブ姿で、腰には剣《けん》を下げている。

私の疑問を他所《よそ》に男性は、ドカドカと足音を立てて女性の傍へ。随分《ずいぶん》と焦《あせ》っている様子だ。

「副長！　お急ぎください。既《すで》にルブフェーラ本邸《ほんてい》の大会議室には王太子殿下《でんか》と王女殿下、ルブフェーラ公爵殿下と二侯爵《こうしゃく》閣下、他辺境伯、各部族の長《おさ》達が集まられているとの報が入っております。本日の会議で西方諸家の大方針が決定するのですよっ⁉」

「……騒《さわ》ぐでない。西方で知らぬ者はおらぬ勇将、ゾロス・ゾルンホーヘェン辺境伯の名が泣くぞ？　我が行こうが、行くまいが、軍は動かぬ。精々、王立騎士《きし》団の一部を王都方面へ配備し直す程度であろうさ。結論ありきの会議なぞ、退屈《たいくつ》の極《きわ》みではないか？」

「ぐっ！ た、確かにそうですが……」

……西方諸家は動く気がない？ 心臓が止まるような感覚。

それと——ゾルンホーヘェン辺境伯っ！ 『古き誓約《せいやく》』の取次役！

女性は私の表情の変化を眺めながら、ニヤリ、と笑った。

「そんなつまらぬ会議よりも——今はこちらが重要であると思うがな。そうであろう？」

「え？ あ…………は、はいっ！」

私は頷《うなず》き返し、急いで懐中時計の蓋《ふた》にかけておいた魔法の封《ふう》を解く。

「ほぉ……」「見事な魔法式だ」

女性と男性が同時に零した呟《つぶや》きを聞きながら——潜《ひそ》めておいた小さな黒布を取り出す。

私は辺境伯を真っすぐ見つめ、口を開いた。

「——ゾルンホーヘェン辺境伯に火急の願いがあり、東都よりここまで参りました、狼族ナタンとエリンが娘、カレンと申します。どうか、至急、『翠風《すいふう》』レティシア・ルブフェーラ様とお引き合わせください！」

「……ほぉ。東都から来た、と」「…………」

辺境伯が目を細め、女性は沈黙《ちんもく》している。

私は深々と頭を下げ、黒布を差し出し――告げた。

「――『古き誓約』をっ！！！」

「！？！！！」

二人が電撃《でんげき》に打たれたかのように、身体を硬直《こうちょく》させたのが分かった。

そして、女性はふらふらと立ち上がり、私が手に持つ布を両手で包み込んだ。

「……ま、まさか……そ、そんな……そんな、ことが………」

「レティ、様………！」

男性が声を震《ふる》わし、女性へ尋《たず》ねた。今にも泣き出しそうだ。

……先程《さきほど》の呼び方は『副長』で、今は『レティ様』。もしかして、この方が。

私が黒布から手を離《はな》すと、女性はすぐさまそれを胸へ押し付け、大粒《おおつぶ》の涙《なみだ》を零《こぼ》し始めた。

「嗚呼《ああ》……嗚呼……嗚呼っ………！　私の、私の『アレン』が……私の元へやっと……やっとっ！　やっとっ‼　帰って来てくれたっ…………‼　この日が来るのを……二百年……私は二百年間、待って、待って……待ち続けていたっ！！！！」

まるで、少女のように女性は涙を零し、床《ゆか》に染《し》みを作っていく。

近くで佇《たたず》む辺境伯も肩を大きく震わせ「よもや……生きている間には望めぬと……」。

呟きながら片手で目を押さえている。

——暫《しばら》く部屋の中に啜《すす》り泣きが響《ひび》いた後、女性は静かに立ち上がられた。

目を真っ赤にし、袖《そで》で涙を拭《ぬぐ》われる。

「……みっともないところを見せた。『流星旅団』副長を務め、先々代のルブフェーラ公《こう》爵《しゃく》でもあった、レティシア・ルブフェーラだ。レティと呼べ。カレン、して、獣人族は何を望む？　やはり——東都の救援《きゅうえん》か？」

「いいえ！」

私は紛《まぎ》れもない英雄の視線を受け止め、即答《そくとう》した。御二人が怪訝《けげん》そうに私を見る。

「……東都救援ではない、と？」「では、何に『古き誓約』を使うと言うのかね？」

「それは——」

私は、本来であればあり得ないであろう願いと状況《じょうきょう》を口にした。

——沈黙が部屋を包み込む。

辺境伯が静かに……けれど、明らかに激情を含《ふく》んだ声でレティ様を呼ばれた。

「——……レティ、様　これは…………このような一致《いっち》、奇跡《きせき》としかっ…………。団長が、我等《われら》を……未《いま》だ不甲斐《ふがい》なき我等を叱咤《しった》しておられますっ！」

「……そうか。獣人族は二百年経《た》って、あの人と同じ選択《せんたく》を…………」

レティ様の瞳《ひとみ》からは再び大粒の涙が溢《あふ》れ、頬《ほお》を伝い、身体《からだ》が大きく震えた。

幾度《いくど》も涙を拭われながら、自分自身に言い聞かせるかのように独白される。

「……分かっている。分かっておるともっ……！　これは単なる偶然《ぐうぜん》の一致に過ぎぬっ。この止まらぬ身体の震えも、勝手に流れ続ける涙も、所詮《しょせん》は感傷っ！　この世界に神なぞおらぬ。おったならば、死なす者を間違える筈《はず》もない。『ルブフェーラの忌《い》み子《ご》』と呼ばれ、何一つ見えぬ闇《やみ》の中にいた私を救い、幼かった私の手を引き、この世界もそう捨てたものではない、と教えてくれたあの人を、永遠に奪《うば》う筈もな……」

——私の脳裏《のうり》に紅髪《あかがみ》と蒼白金髪《そうはっきんぱつ》、二人の少女が浮《う》かんできた。

そうか。今、私の目の前で泣いている『少女』は、あの二人と——リディヤさんとティナと同じなんだ。レティ様が叫《さけ》ばれる。

「だが……だがっ……だがっっ…………それでもっ！！！」

涙を拭われた瞳には力が宿った。万感《ばんかん》の想《おも》いを吐《は》き出される。

「魔王《まおう》戦争後の長い長い……余りにも……余りにも長過ぎる私の生の意味は、今日この日──この瞬間《しゅんかん》の為《ため》に、それだけの為にあったのだっ！！！」

辺境伯は片手で目を押さえ「…………失礼致《いた》します。出陣《しゅつじん》の準備をせねば」と告げられ、退室されて行かれた。そして、廊下に出た途端《とたん》、

「うぉぉぉぉぉぉぉ！！！！！！！！！！！！！！！！！！！！！！！！！！！！！」

という、凄《すさ》まじい歓喜《かんき》の雄叫《おたけ》び。

私とレティ様は顔を見合わせ、くすり、と笑い合った。

エルフ族の英雄《えいゆう》が居住まいを正《ほとり》される。

「──二百余年前、血河《けつが》の畔《ほとり》にて、我が生涯唯一《しょうがいゆいいつ》の君と交《か》わせし古き、なれど必ず果たさねばならぬ誓い──『流星旅団』元副長レティシア・ルブフェーラ、確かに……確かに、承《うけたまわ》った！　……歩けるか？」

「はいっ！」

「そうか。では、まず着替《きか》えよ。その後は──我と共に参れ！」

「え？　ど、何処《どこ》にですか？」

思わず気の抜《ぬ》けた返事をしてしまう。どうやら、私は、自分が思った以上に緊張《きんちょう》して

いたようだ。レティ様が楽しそうに笑われる。

「くく……決まっておるだろう？　ルブフェーラが本邸へよ。今頃《いまごろ》は焦《じ》れて会議を始めておるに違《ちが》いないわ‼　ああ、そうであった——カレンよ、道すがらその短剣《たんけん》を見せてくれぬか？　それは我が唯一の人、『流星』が『双天《そうてん》』より賜《たまわ》りし古《いにしえ》の短剣なのだ」

エピローグ

王立学校の制服に着替えた私は、レティ様と一緒《いっしょ》に王国西方を統《す》べるルブフェーラ公爵家の御屋敷《おやしき》へ連れて来られていた。

御屋敷は白翠《はくすい》の大理石造りの豪奢《ごうしゃ》なもので、私達が歩いている廊下も凄《すご》く天井《てんじょう》が高い。

——廊下の先に数段の階段。そこを上った所に大きな扉《とびら》が見えてきた。前には数名のエルフが立っている。手に持った槍《やり》を回転させレティ様がニヤリ、とされる。

「間に合ったようだな。未《ま》だ会議中ぞ。カレンは運を持っておるわ」

——現在、この屋敷には、西方有力家の当主と各部族の長、王都を脱出《だっしゅつ》された王族の方々が集まり、今回の叛乱《はんらん》についての会議が行われているそうだ。

そして、私は今からその人達の前で……レティ様が優《やさ》しく両手を握《にぎ》ってくれる。

「大丈夫《だいじょうぶ》だ、カレン。我がおる。これでも、西方では半ば神様扱《あつか》いぞ？」

「止まれっ！」「何者かっ！」「武器を持っているぞ！」「学生？」

答える前にエルフの騎士達が武器を構え、厳しい口調で詰問《きつもん》してきた。

私はレティ様へ胡乱《うろん》な目線を向ける。半神様が肩《かた》を竦《すく》められる。

「……よもや西方で我のことを知らぬ者がおろうとはな……引き籠《こも》り過ぎたかっ！」

騎士達が警戒《けいかい》を強め、魔法を紡《つむ》ぎ始める。レティ様が零された。

「……自らの職務を果たさん、とする心意気や良し」

『！？！！！！』

翡翠《ひすい》色の膨大《ぼうだい》な魔力が顕現《けんげん》。騎士達は顔を蒼白《そうはく》にし、身体をガタガタと震わせた。

私達は軽《かろ》やかに跳躍《ちょうやく》し階段上に着地。レティ様が名乗られる。

「――レティシア・ルブフェーラだ。中へ入れてくれるかの？」

『は、はっ！』

騎士達は左右の扉を押し――よく通る男性の声が飛び込んできた。

「では……ジョン王太子殿下と王宮魔法士筆頭殿《どの》の案に決する。西方諸家は此度《こたび》の叛乱に際し派兵を行わない。王立騎士団の一部は他家と呼応して行動を決定する――」

「……っ！」

私は息を呑《の》む。……派兵はしない……？

「……やはりの。カレン、行くぞ」

レティ様が淡々《たんたん》と呟かれ、中へ。私も慌《あわ》てて追いかける。

――大会議室の中は恐《おそ》ろしく広かった。

部屋の真ん中に巨大《きょだい》な大理石のテーブルが置かれ、十数名の人々が乱入してきた私達へ怪訝そうな視線を向け――レティ様を見て唖然《あぜん》。多い種族はエルフで、ドワーフ、巨人《きょじん》、竜人《りゅうじん》、半妖精《ようせい》、東都にはいない獅子《しし》族までいる。あ……学校長。

人族は少ないものの……一度だけ王立学校で見た男がいた。

――王宮魔法士筆頭ゲルハルト・ガードナー。

ジェラルド元王子と組み、兄さんを王宮魔法士にさせなかった男だ。心がざわつく。

座っているのが当主か長《おさ》達らしく、後方にいるのは護衛のようだ。

一番奥《おく》に座っているのは、金髪の青年と信じられないくらい眩《まばゆ》い美少女。人族だし王族の方なのだろう。青年は見るからに気弱そうだ。……陛下はおられない。

美少女の足下《あしもと》には白い狼《おおかみ》と、テーブル上には黒猫《くろねこ》がいる。アンコさん？　まさかね。

扉手前に座っている、薄翠色《うすみどりいろ》の髪《かみ》をした貴公子然としたエルフの男性が口を開いた。

「……御祖母《おばあ》様は来られぬと思っていました」

「我もそう思っていた、レオよ」

レティ様のからかい混じりの返事に、若いエルフの男性――王国四大公爵の一人、レオ・ルブフェーラ様は苦い顔をされた。他の当主達も同様で、表情が変わらないのはドワーフ、巨人、竜人、半妖精の長達だけ。私は幼い頃《ころ》、兄さんと読んだ絵本を思い出す。

……この人達って、『流星』と一緒に戦ったっていう分隊長さん達なんじゃ？

老ドワーフは丸腰《まるごし》だし、巨人族は持ち込んだ岩に座って、竜人族は片刃《かたば》の巨大な剣《けん》を椅子《いす》へ立てかけ、半妖精族も特徴《とくちょう》的な花帽子《ぼうし》を机に置いている。

レティさんが全員の顔を確認《かくにん》された。

「二侯爵《こうしゃく》とゾロスを除く三辺境伯《へんきょうはく》に各部族の長達までもが揃《そろ》うと壮観《そうかん》じゃの――陛下がおられぬようだが、傷の具合がそれ程《ほど》までにお悪いのか？」

「……あまり良くありませぬ。御祖母様、その者は何者なのですか？　此処《ここ》は学生が来るような場所ではありませぬっ！」

公爵が声を荒《あら》らげられるもレティ様は何処吹《ふ》く風。問いに答えず、優雅《ゆうが》に挨拶《あいさつ》をされる。

「そこにおられるのは、王太子殿下《でんか》と王女殿下ですな。レティシア・ルブフェーラでございます。――最重要案件に当たっていた為、遅参《ちさん》致しました。お許しあれ」

言葉を聞き咎《とが》め、公爵が眉《まゆ》を顰《ひそ》める。

「……この会議以上に重要な出来事があった、と申されるのですか？」

「ああ、あった。我がここに来たは、古い戦友達に一声かけねば、と思っての。その程度の礼儀《れいぎ》は弁《わきま》えておるのだ」

「……要件を言いなっ！」

「……約百年ぶりに会ってそれか」「……絵本通りだわ……。いよいよだ。

「……礼儀？」「……ほぉ」

四人の長達が剣呑《けんのん》な口調で、レティ様を詰《なじ》る。うわぁ……絵本通りだわ……。いよいよだ。

少し怯《ひる》んでいると『翠風《すいふう》』様は振《ふ》り返り微笑《ほほえ》み、私へ片目を瞑《つぶ》った。

緊張で身体が震《ふる》え、喉《のど》はからから。正直……泣きそうだ。

……情けないっ！　カレン、貴女《あなた》は何の為にここまでやって来たの？

その時、白狼《はくろう》がやって来て、私の前にちょこんと、座った。

「……シフォン？」

王女殿下が口元を押さえられた。次いで左肩《ひだりかた》に重み。室内がざわつく。

「！　ア、アンコさん……？」

「……神狼と夜猫が自ら動いて守護するだと？」「……あり得ぬ」「……ほぉ」

黒猫さんが私の頬を舐《な》め、足下の白狼が尻尾《しっぽ》で私の足をはたいた。……催促《さいそく》ね。

私は背筋を伸《の》ばした。

「――狼族、ナタンとエリンの娘《むすめ》、カレンと申します。東都よりやって参りました」

「！　東都からだと？」「いったいどうやって……」「状況はどうなっているのか？」「我《われ》等《ら》に何を要求するつもりなのだ！」「……既《すで》に結論は出た。我等は西方守護を」

「――静かにせよ。遥《はる》か東より、単騎《たんき》やって来た勇気ある少女が話しておるのだぞ？」

レティ様の一喝《いっかつ》で大会議室内に沈黙《ちんもく》が満ちた。

私は懐《ふところ》から兄さんの懐中時計《かいちゅう》を取り出し、蓋《ふた》を開け——小さな黒布を右手で掲《かか》げた。

静かに告げる。

「獣人族《じゅうじん》は——……ルブフェーラに対し、『古き誓約《せいやく》』の履行《りこう》を求めます」

居並ぶ西方の重鎮《じゅうちん》達が目を見開き、半ば腰を浮かし愕然《がくぜん》。

「う、そだ……」「これは……これは、夢か？」「…………本物なのか？」「ゾロスの奴《やつ》がいないのは、もしや……」「で、あるならば我等が為《な》すべきはっ！」

「……静まれっ！」

レオ・ルブフェーラ公爵の大喝が響《ひび》いた。

立ち上がり、瞳《ひとみ》に凄まじいまでの激情を湛《たた》えながら、レティ様に問われる。

「……本物なのですか？　『流星』様が、御祖母様に託《たく》されたと伝え聞く……」

「——……ああ、間違《まちが》いない。これは『アレン』が私に託した物に相違《そうい》ない！」

「ならば…………ならばっ！！！　答えは一つのみっ！！！！！」

そう叫《さけ》び、ルブフェーラ公爵は歩を進め——

「え？　ええ!?」

狼族の学生に過ぎない私の前で片膝《かたひざ》をついて跪《ひざまず》いた。雄々《おお》しく宣誓《せんせい》される。

「――……畏《かしこ》まった。ルブフェーラは『古き誓約』を果たさんっ！！！！」

唖然と状況《じょうきょう》を見守っていたジョン王太子が泡《あわ》を喰《く》う。

「なっ!?」「ルブフェーラ公、『古き誓約』について、教えていただけませんか？」

王太子の左隣《ひだりどなり》に座られている光り輝《かがや》く金髪《きんぱつ》の王女殿下が口を挟《はさ》んだ。

立ち上がり、今や歓喜を隠《かく》そうともしない公爵は目を閉じ、拳《こぶし》を握りしめ、声を震わす。

「……我等、西方の民《たみ》は魔王《まおう》戦争最終盤《さいしゅうばん》の折、戦功を焦《あせ》るがあまり、聖霊騎士《せいれいきし》団、オルグレンと共に抜け駆《が》けを行い……敗走。人族はあわや敗亡の一歩手前まで追い込まれました。それを救ったはリンスターとハワード。そして狼族の大英雄《えいゆう》『流星』！　西方の民は彼の活躍《かつやく》を寝物語《ねものがたり》として覚え、最後には歯噛《はが》みをし、泣きながら固く誓《ちか》うのです。『時がきたならば、必ず貴方《あなた》の恩義に報《むく》いる』と！」

学校長が後を引き取られる。

「『流星』殿は再度、血河《けつが》を渡《わた》る際、当時、副官を務めておられたレティシア殿に、自分のローブの裾《すそ》を破り伝言を託されたのです。『僕の全ては獣人族へ』と。戦後、それを伝え聞いた当時のオルグレン、ルブフェーラ両公爵はこう誓われた。オルグレンは『東都大樹近辺における獣人族の広範《こうはん》な自治』を。ルブフェーラは『最後に託された黒布を持って来た者の望みを、その全力で叶《かな》える』と。西方の民にとって誓いを果たすのは悲願なのです。……カレン嬢《じょう》、獣人族は何を望むのだ？」

「そんなの決まってるだろうが？　東都の解放！　それ以外に何があるよ？」

老ドワーフ――レイグ・ファウベル様が口を挟んできた。覇気《はき》に満ちている。

その隣《となり》で、灰髪灰髭《ひげ》の巨人族の長――ドルムル・ガング様も、目を閉じたまま灰色の長い髭をしごきながら無言で頷《うなず》かれる。

私は絵本そのままの英雄様達に内心興奮を覚えながらも――頭《かぶり》を振った。

「……望みは東都の解放ではありません」

疑問の視線が集中。気圧《けお》されるも――懐中時計を握りしめ、私は願いを口にした。

「誓いによって果たしていただきたいこと、それは――一人の狼族の救出です」

『！？！！！！！』

再び大会議室が混乱する。何しろ二百年使われなかったものを、一人の為《ため》に使うのだ。

見事な銀髪《ぎんぱつ》をした竜人族の長――『大戦士』イーゴン・イオ様が私へ銀眼を向けてきた。

「王都奪還《だっかん》はともかく……東都解放を後回しにしても良いと？」

「構いません」

少女にしか見えない半妖精族の長老が、低い声を発した。

「――……その者の名は何て言うんだい？」

心臓が、ドクン、と高鳴る。私は瞑目《めいもく》し息を吸い込み――声を振り絞《しぼ》り叫んだ。

「アレン！！！！　私の……血は繋《つな》がっていなくても、掛《か》け替《が》えのない世界でたった一人しかいない兄さんです!!!　……お願いします。どうか、どうか、どうかっ……！！！

私のお兄ちゃんを、助けて、くださいっっ！！！！」

『なっっっ！？！！！！』

四人の長達が絶句。震える声で、レイグ様がレティ様へ聞かれる。

「そ、その名……し、しかも狼族……ま、まさか、そ、そんな………。副、長……？」

レティ様がゆっくりと頭を振られた。

「偶然《ぐうぜん》の一致《いっち》よ。が、その男……団長と同じことをし、自らは囚《とら》われた。ああ、カレンを送って来たはルーチェの孫の孫で、腰に下げている短剣《たんけん》は……団長の物ぞ」

「……そうか。…………そうかっ。…………そうかっっ。ふっはっはっはっはっはっ！」

老ドワーフは笑いだし——後方で、護衛として控《ひか》えていた片手斧《ちょうな》を腰に下げている赤茶の縮れ髪《がみ》のドワーフの青年の名を呼んだ。

「——アドミラン」

「お、おうっ？」

くわっ、と瞳を大きく見開き、レイグ様は泣きながら叫んだ。

「全部族に陣触《じんぶ》れだぁ！　遅《おく》れるやつぁ置いていくっ‼　それが嫌《いや》なら……死ぬ気で駆けて来いっ‼　二度と……二度と俺達は遅れちゃならねぇんだからなっ！！！！」

全身これ筋肉の塊《かたまり》といった様子の老ドワーフが身体《からだ》を震わし、咽《むせ》び泣く。

「俺達は、血河の最終決戦に理由はどうあれ遅参し、あいつを、滅《ほろ》びつつあった俺達を救ってくれた、あの誰《だれ》よりも優《やさ》しかった男を……救えなかったっ。二度目は絶対に許されねえ——此度《こたび》の戦《いくさ》、王国西方全ドワーフの名誉《めいよ》を挽回《ばんかい》する最後の機会になるぞっ！！！！」

「！　応さっ……応さっっっ！！！！」

青年が勢いよく応じ、大会議室から駆け出して行く。老ドワーフも「そんじゃ……また後でな。一番斧《おの》は俺等がもらうっ！」と言い捨て、その後を追った。

ばしゃばしゃばしゃ……大理石の床《ゆか》に水が落ちる音が響く。

見やると、巨人族《きょじん》の老英傑《えいけつ》は両手で顔を覆《おお》い、滂沱《ぼうだ》の涙《なみだ》を流していた。

そして、後方の重鎧《じゅうがい》を着こみ巨大な戦槌《せんつい》を持つ若い巨人の名前を呼んだ。

「――……アグレロ」

「は、はっ！」

「返しきれぬ……命を賭《と》してもなお足りぬ大恩を受けながら、肝心要《かんじん》の時に彼《か》の御仁《ごじん》の盾《たて》になることすら果たせなかった……我等の生《い》き恥《はじ》を雪《すす》ぐ時ぞ。彼がいなければ、我等はとうの昔に滅んでいたのだ。で、あるならば………」

ずっと目を閉じていた、老巨人が目を見開く。

「此処で命を懸《か》けずして、何が巨人っ！　我等は死者との約を尊ぶ者ぞっ！　亡《な》き彼の御仁との誓い……今こそ果たさんっ！　領内全ての角笛を壊《こわ》れるまで吹《ふ》き鳴らせ！！！」

「!!!　御意《ぎょい》！！！！」

「――……我等、準備が他部族よりも幾分《いくぶん》かかり申す。これにて」

巨人族の老英傑はそう言うと巨大な岩を易々《やすやす》と抱《かか》え、青年と共に退室していった。

腕組《うでぐ》みをし瞑目している竜人族《りゅうじん》の大戦士へ、軽鎧を着た竜人族の女性が尋《たず》ねた。

「父上。我等は如何致《いかがいた》しましょうや？」

「……好きにせよ。王太子殿下《でんか》と王宮魔法士筆頭殿《どの》の言、一理ある。西方守護こそ我等の責務。――だがっ！　我は征《い》く。征かねばならん。何故《なぜ》なら、これは――……」

如何《いか》なる戦場においても動じることなし、と讃《たた》えられた老戦士の声が大きく震えた。

「……我《わ》が、我が友と交《か》わした……命に代えても果たさねばならぬ誓いゆえっ！」

それを受け、美女は恭《うやうや》しく頭《こうべ》を下げた。

「承《うけたまわ》りました。では――イーゴン・イオの娘、『託宣者《たくせん》』アアテナ・イーゴンの名において、竜人が全氏族を招集致します。我等が永々伝え聞いてきた、『血河の別れ』。その誓いを果たす場に西方の民の中、我等だけがいないなぞ……あり得ませぬっ‼」

「ふっ……いったい誰に似たのやら。……行くぞっ！」

「はいっ‼」

アアテナ、と名乗った美女とイーゴン様は動き出し、扉《とびら》前で一礼し出て行った。

一人残った半妖精《ようせい》族の長は淡《あわ》い橙髪《だいだいがみ》を掻《か》き乱し、舌打ち。

「ちっ……馬鹿な男共はすぐに走り始めちまう。二百年間、何を学んできたんだか……」

「チセ様」

後方にいた、大きな花の髪飾《かみかざ》りを着けた半妖精族の美少女が女性の名を呼んだ。

──『花竜の加護受けし者』チセ・グレンビシー。

半妖精族の長にして、生きて『竜』の加護を受けた王国最強魔法士の一角。

「アンドや──生き残りの老人共に触れを出しておくれ。『団長の遺命あり』」

「はい。期日は如何致しましょう？」

「明日の夜までだ。戦略転移魔法の全力使用を許可する。来られない奴は知らないよ。

……それ以上は待てない。待てやしないっ！！！！」

チセ様はあっさりと指示し。虚空《こくう》を見つめた。その瞳には宝石のような涙。

「……私達はもう随分《ずいぶん》と生かしてもらった。あのお節介《せっかい》な狼《おおかみ》に。あの馬鹿は、どうしようもない甘ちゃんの大馬鹿者は、私達に何時《いつ》もの笑《え》みと、『各々《おのおの》の生を全うすべし』だなんて団長命令だけ遺《のこ》し……『三日月』を救いに行き、呆気《あっけ》なく逝《い》っちまった。そんなの、ずる過ぎるじゃないかっ！　無論、死んだ後でも借りは返す。必ず返すっ。……だがね」

チセ様はテーブルに置いていた、花帽子《ぼうし》を手に取り深々と被《かぶ》り、つばを下ろした。

「この世で少しばかり返すのも悪くない。……悪くは、ないんだ………」

涙声になりながら背中の羽を羽ばたかせ、歴戦の魔法士は大会議室を出て行った。

アンドと呼ばれた美少女も後に続き、扉前で全員に頭を下げる。

「すいません。チセ様は『流星』様のことが今でも大好きなんです……」

――その後も、次々と有力貴族達が足早に退室。皆《みな》、一様に戦意と歓喜《かんき》を漲《みなぎ》らせていた。

呆然《ぼうぜん》としていた王太子が、ようやくルブフェーラ公爵《こうしゃく》へ言葉を発する。

「ル、ルブフェーラ、こ、公爵……わ、我等《われら》は西方を守る、と、き、決めたではないか」

レオ・ルブフェーラ公爵殿下が頷いた。

「ジョン王太子殿下……王国西方に生きる民にとって、『古き誓約《せいやく》』とはそれ程《ほど》までに重いのです。その身の全てを抛《なげう》っても足りぬ程に。我等は人族よりも長命。なれど」

雄々しく、決然と宣言される。

「滅亡《めつぼう》の淵《ふち》にあった我等を救ってもらった大恩と、血河での大失態の末、その大恩人を死なせてしまった歴史を忘れる恥知《はじし》らずでもない！　――オルグレンとは違《ちが》うっ!!!」

「っ！　だ、だが、あの、その……」

しどろもどろになり、ジョン王太子は沈黙《ちんもく》。後方に佇《たたず》むガードナーの表情が歪《ゆが》んだ。

公爵が話を纏《まと》められる。

「王太子殿下、西方守護は王国騎士《きし》団にお任せ致します。我等は――自らの責務を果たすのみっ!!!　ドド、フードル。お前達も残るか？」

残られていたエルフの二女性侯爵《こうしゃく》が、肩《かた》を竦《すく》める。

「……御冗談《ごじょうだん》を」「家出していた兄も帰って来ておりますので、酷使《こくし》致す所存」

「なっ⁉」

学校長が情けない声を出した。……侯爵家の方だったのっ⁉

ルブフェーラ公爵が、ジョン王太子へ恭しく頭を下げる。

「戦支度《いくさじたく》を整えなくてはならぬゆえ、これにて。御祖母《おばあ》様、そちらは？」

「誰に物を言っている？」

レティ様が、槍《やり》の石突《いしづき》で床を突《つ》いた。翡翠《ひすい》色の魔力《まりょく》が瞬《またた》き、大会議室内を舞《ま》う。

「我が名は『翠風《すいふう》』レティシア・ルブフェーラ。大英雄《えいゆう》『流星』の右腕《みぎうで》ぞ？　急げ。遅れれば――我と『流星旅団』が全てを片付けん！」

「それは困りますな。では、後程《のちほど》」

ルブフェーラ公爵は苦笑《くしょう》され、大会議室を後にされた。

残ったのは――青褪《あおざ》めている王太子殿下。無表情の宮廷《きゅうてい》魔法士筆頭ゲルハルト・ガードナーと護衛の王宮魔法士達。ロッド卿《きょう》に、レティ様。そして王女殿下とその護衛官だけ。

どうやら――私は使命を果たせたみたい。

……兄さん、私、頑張《がんば》りました……いっぱい……………褒《ほ》めてくれますか？

緊張《きんちょう》が緩《ゆる》んだのか、身体から力が抜《ぬ》け、

「！　カレン！」

レティ様の叫《さけ》びを聞きつつ、私は前へ倒《たお》れ込み、

「わぷ」

白狼《はくろう》のもふもふなお腹《なか》に受け止められた。心配そうな瞳《ひとみ》で私を見てきたので何となく頭を撫《な》で、次いで引っ付いて来たアンコさんを抱《だ》きしめる。

一気に疲労《ひろう》を感じ睡魔《すいま》が襲《おそ》ってきた。目を……開けていられない。

優しい足音がして誰かが近づいて来る。その人はしゃがみ込んで私の頬《ほお》に優しく触れ、温かく膨大《ぼうだい》な魔力が込《こ》められた治癒《ちゆ》魔法をかけながら、囁《ささや》いてきた。

「……こんな所で貴女《あなた》に会うなんて思わなかったわ。シェリル・ウェインライト。貴女のお兄さんにはとってもお世話になったの。だから……少しでも返すわ。シェリル・ウェインライトは恩を忘れない」

シェリル・ウェインライト王女殿下……？

それって、兄さんの手紙によく書かれていた、もう一人の王立学校同期生……。

温かい魔力で意識が落ちていく中、私は凜々《りり》しい王女殿下の宣言を聞いた。

「ジョン兄上……王族が一人も参陣《さんじん》せぬわけには参りません。私も東方へ！」

＊

「カレン、もう少しだ。落ちるでないぞ？　身体が辛《つら》かったらすぐに教えよ」

「は、はいっ！」

私は、飛翔《ひしょう》する蒼翠《そうすい》グリフォンを操《あやつ》りながら振《ふ》り向かれたレティ様へ返事をし、抱き着き直す。

左肩《ひだりかた》には、黒猫《くろねこ》姿の使い魔アンコさんが乗られている。

西方諸家が動き始めた翌日の夜。私はレティ様に連れられて、西都郊外《こうがい》の丘《おか》上に設けられた大尖塔《せんとう》下の臨時軍演習場へやって来ていた。四方を低い石壁《いしかべ》で囲み、雨避《あまよ》けの回廊《かいろう》が設けられた簡易なものだ。昨日の今日で作製されたらしく、魔力が新しい。

眼下の地平線上には多数の翠光。更《さら》にその奥《おく》には無数の血光。

「……あそこが血河《けつが》……」

「うむ。西都は血河の要塞《ようさい》線へ指令を出す位置に建てられたからな。着くぞ」

レティ様が蒼翠グリフォンを降下させていく。

私は演習場内を確認《かくにん》し――

「わぁぁ！」

思わず声が出た。そこには数百の将兵が参集し、中央には指揮台が置かれている。

エルフ、ドワーフ、巨人、竜人、半妖精……集まってきた歴戦の将兵達がただただ見つめているのは、指揮台横に掲《かか》げられた古い古い軍旗だった。

「……皆、来たか。カレン！　こ奴《やつ》を任すぞっ！」

「え⁉　あ、は、はいっ！」

エルフ族の美女は槍《やり》を持ち、私の返答も聞かず蒼翠グリフォンから指揮台へ飛び降り、優雅《ゆうが》に着地された。慌《あわ》てて、前へ身体《からだ》を動かし降下を継続《けいぞく》。

レティ様を確認した将兵達は全く動じず、整然と一斉《いっせい》に敬礼した。

『翠風』様も敬礼を返し――石突で指揮台を突いた。

「久しいな！　生き残りの古強者《ふるつわもの》共。数多《あまた》の激戦場を越《こ》え、『流星』と共に死ぬる、と誓《ちか》いながら死に損《そこ》ない、血河の畔《ほとり》で血涙《けつるい》を流した記憶《きおく》持ちし……懐《なつ》かしき我が戦友達よ」

レティ様が息を吸い込み――吐《は》き出された。

「喜べっ！！！！！　貴様達は幸運だっ！！！！！　我等が戴《いただ》く唯《ただ》一人の団長――『流

星』との誓いを果たす時、来《きた》れりっ！！！！！！！！！！！！！！！！！！」

『ウォォォォォォォォォ！！！！！！！！！！！！！！！！！！！！！！！！！！』

大歓声《だいかんせい》。将兵が皆、片腕を高く突き出す。既《すで》に泣いている人も多い。

レティ様が静かに続けられる。

「此度《こたび》——我等が救うは王都に非《あら》ず。況《いわ》んや東都に非ず！　唯一人の家庭教師である。異名は『剣姫《けんき》の頭脳』。この数年で名を大陸中に轟《とどろ》かせた『剣姫』の相方よ」

「『剣姫』の？」「知っているか？」「黒竜《こくりゅう》を退けたって噂《うわさ》だ」「双翼《そうよく》の悪魔と聞いたが？」

将兵が話し合っている。レティ様が説明を再開された。

「彼《か》の者、此度の愚挙《ぐきょ》において、東都の獣人族《じゅうじん》を大樹へと逃《のが》す為《ため》、殿《しんがり》を務めあげ、一度逃れたにも拘《かかわ》らず取り残された住民を救う為、再び戻《もど》り……囚《とら》われの身になったそうだ」

「……おい」「ああ」「……まるで、まるで」「団長と同じだ」。演説を聞いている方々の呟《つぶや》きが聞こえて来る。

最前列にいた、片目に眼帯をしているドワーフの老人が叫んだ。

「副長！　その者の名は何と‼」

レティ様が黒布を強く左胸に押し付けられた。そして……静かに名前を告げられる。

「──アレン。人族ではあるが、狼族の養子だそうだ」

『…………っっっっ！！！！！！！！！！！』

演習場内が大きくどよめいた。嗚咽《おえつ》が更に増えていく。

レティ様が美しく微笑《ほほえ》まれた。

「かつて、我等は『流星』をその眼前で失った。……だが、あのようなことは一度あれば十分だ。……ああ、十分だっ！　『古き誓約』の下《もと》、新しき時代の『流星』を、後を託された我等が救う！！！！　お人好《ひとよ》しなあの人ならば……喜んでくれると思わぬか？」

演習場内に泣き笑いが溢《あふ》れる。

レティ様が表情を引き締《し》められ、槍を高く掲げ、叫ばれた。

「──王都へっ！！！！！　そして、東都へっ！！！！　我等、今こそ『流星』との誓いを果たさんっ！！！！！」

『王都へっ！！！！　そして、東都へっ！！！！　我等──……我等、今こそ『流星』との誓いを果たさんっ！！！！！』

凄《すさ》まじいまでの大唱和が轟き、闇夜《やみよ》を切り裂《さ》いていく。

もしかしたら……血河を越えて魔王軍まで届いているかもしれない。

私は演習場脇《わき》の回廊近くに蒼翠グリフォンを着地させた。未《いま》だ大唱和は鳴りやまない。

グリフォンの首を優《やさ》しく撫でていると、後方から杖《つえ》を突く音がした。

振り返ると、そこにいたのは、

「学校長！」

「……カレン嬢《じょう》。東都からよくぞ……よくぞ、単騎《たんき》でっ…………！」

王立学校長『大魔導』ロッド卿は途中《とちゅう》で絶句された。

——暫《しばら》く沈黙された後、おもむろに戦況《せんきょう》を語られる。

「……リンスターは侯国連合を圧倒《あっとう》、ハワードもユースティン帝国《ていこく》軍を壊滅《かいめつ》させた。既に両公爵《こうしゃく》家は王都へ向け軍を発した。ステラ嬢とフェリシア嬢も名を売ったようだ」

「！　ステラとフェリシアが……」

私は親友達の顔を思い浮《う》かべる。あの二人のことだ、最大限の努力をしたに違いない。

とにかく——二人に早く会いたい。会って話をしたい！

学校長が真摯《しんし》な表情で私へ続けた。

「──これよりカレン嬢には護衛をつける。若造もアンコ殿《どの》も納得《なっとく》している」

「えっ⁉　い、いえ、私はそんな立場じゃ……」

突然《とつぜん》の申し出に驚《おどろ》き困惑《こんわく》する。所詮《しょせん》、私は一介《いっかい》の学生に過ぎないのだ。

「君はアレンの妹だ。第一──彼女達は君を絶対に護衛するだろう」

アンコさんが私を可愛《かわい》らしい前足で咎《とが》められる。学校長は左手で回廊内にいる数名の若い魔法士や剣士《けんし》の方々を示された。

種族はバラバラな若い男女で、服装は全員、兄さんが普段《ふだん》着ている魔法士風だ。

──先頭にいる黒の魔女帽子《ぼうし》を被《かぶ》り、長杖《ちょうじょう》を持つ小柄《こがら》な少女と視線が交錯《こうさく》。深々と頭を下げられる。瞳に見えたのは心底からの恩義と憤怒《ふんぬ》。学校長が口を開いた。

「教授の研究室に所属している者達だ。君を絶対に護衛する、と言って聞かぬ」

「！　それじゃ、兄さんの……」

「後輩《こうはい》達だ。皆《みな》、彼を強く慕《した》っている。命を賭《と》すのも躊躇《ためら》わぬ程度にはな」

左肩の黒猫様が一鳴き。本当らしい。そろそろ歓声が収まりつつある。

無意識に短剣《たんけん》の鞘《さや》を撫でていると、大尖塔最上層部から翠光が放たれた。発光信号？

少しして──地平線の先で血光が何度か瞬き、消えた。学校長の面白《おもしろ》がる声。

「ふん……彼奴等《きゃつら》も中々言ってきおるわ……」

「えっと……先程《さきほど》の発光信号のやり取りって……」

私が問いかけ終わる前にレティ様の戦意漲《みなぎ》る、潑剌《はつらつ》とした呼びかけが耳朶《じだ》を打った。

「カレン！　征《い》くぞっ‼　王都に到《いた》るまで我《わ》が傍《そば》を離《はな》れるなっ‼」

「あ、は、はいっ！　学校長、また後程、教えてください」

私は慌てて返事をし、学校長へ頭を下げ、颯爽《さっそう》と歩かれるレティ様の後を追う。

蒼翠グリフォンと左肩のアンコさんが楽しそうに鳴かれた。

＊

この日、ルブフェーラと魔王軍との間で交《か》わされた発光信号の内容を私が学校長から教えてもらったのは数日後——王都への行軍が開始された後になった。

発光信号の内容はすなわち、

『我等、これより『流星』との誓約《せいやく》を果たしに征《ゆ》かん。——攻《せ》めたくば、御随意《ごずいい》に』

『其《そ》、快事なり。後日、詳細《しょうさい》を必ず報されたし。——無事、誓約を果たされん事を』

――ルブフェーラ動くも、魔王軍は動かず。
これにより、後顧《こうこ》の憂《うれ》いはほぼ消失。
北方のハワード。南方のリンスター。そして、西方のルブフェーラ。
三大公爵家による、一大反撃《はんげき》が始まろうとしていた。
兄さん、待っていてくださいっ！　今度は私が、私達が貴方《あなた》を必ず救ってみせますっ‼

あとがき

四ヶ月ぶりの御挨拶《ごあいさつ》、お久しぶりです、七野《ななの》りくです。

……し、死ぬかと思った。皆様《みなさま》もスケジュール管理には気をつけましょう。

本作はWEB小説サイト『カクヨム』で連載《れんさい》中のものに、例によって九割程度、加筆したものです。……加筆なのです（拳《こぶし》を握《にぎ》りしめ）。

内容について。

第六巻で南方を書いたので、北方を書かないわけにも……というわけで、表紙は凛々《りり》しいステラ様となりました。幼女と迷ったんですけどね。

今巻で異能を見せた子達、まだ全開じゃないです。アレンがいれば更《さら》に向上します。

彼の恐《おそ》ろしさは一言――『全体向上』。

有《あ》り体《てい》に言うと……みんな褒《ほ》められる為《ため》にとっても張り切るのです。

それにしても、ステラ様は成長されましたね。第三巻を書いていた当時、ここまで前に出て来るとは思いませんでした。こ、これが覚醒《かくせい》狼聖女様の力……。

次は何を着せましょう？　今のところは獣耳《けものみみ》（以下、検閲《けんえつ》済み）。

六巻で暴れた南方の姫様《ひめ》は彼がいないとあんなもんです。淡々《たんたん》と斬《き》って、燃やして、引き籠《こも》って、祈《いの》り続けます。……この子を八巻でどうにかしないといけません。

リィネ、一緒《いっしょ》に頑張《がんば》ろう（彼女は、作中数少ない作者の味方です）。

次巻でどうなるか……御期待ください。


さて、宣伝です。

悩《なや》みに悩んだ、『辺境都市の育成者』第二巻、来月発売されます（※作業中デス）。

その巻も『公女』と一緒に読むと面白《おもしろ》いですよ！


お世話になった方々へ謝辞を。

担当編集様、大変、御世話《おせわ》と御迷惑《ごめいわく》をおかけしました。次巻もよろしくお願いします。

ｃｕｒａ先生、ステラ様、凛々しい！　今巻もイラスト完璧《かんぺき》です！

ここまで読んで下さった全ての読者様にめいっぱいの感謝を。

また、お会い出来るのを楽しみにしています。次巻、第二部完結。全章見せ場ですっ！

七野りく

お便りはこちらまで

〒一〇二-八一七七
ファンタジア文庫編集部気付
七野りく（様）宛
ｃｕｒａ（様）宛

富士見ファンタジア文庫

公女殿下《こうじょでんか》の家庭《かてい》教《きょう》師《し》7

先導《せんどう》の聖女《せいじょ》と北方決戦《ほっぽうけっせん》

令和２年11月20日　初版発行
令和３年４月20日　３版発行

著者——七野《ななの》りく

発行者——青柳昌行
発　行——株式会社KADOKAWA
〒102-8177
東京都千代田区富士見2-13-3
0570-002-301（ナビダイヤル）
印刷所——株式会社暁印刷
製本所——株式会社ビルディング・ブックセンター

※定価はカバーに表示してあります。
●お問い合わせ
https://www.kadokawa.co.jp/（「お問い合わせ」へお進みください）
※内容によっては、お答えできない場合があります。
※サポートは日本国内のみとさせていただきます。
※Japanese text only

ISBN978-4-04-073852-9 C0193

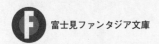

切り拓け！キミだけの王道
ファンタジア大賞
原稿募集中！
賞金
《大賞》300万円
《金賞》50万円
《銀賞》30万円
選考委員
細音啓「キミと僕の最後の戦場、あるいは世界が始まる聖戦」
橘公司「デート・ア・ライブ」
羊太郎「ロクでなし魔術講師と禁忌教典《アカシックレコード》」
ファンタジア文庫編集長
前期締切 8月末日
後期締切 2月末日
公式サイトはこちら！ https://www.fantasiataisho.com/
イラスト／つなこ、猫鍋蒼、三嶋くろね